종교 밖으로 나온 성경

종교 밖으로 나온
성경

김기태 지음

침묵의 향기

◆ 일러두기
본문에 나오는 성경 구절은 '개역 한글판' 성경을 기본으로 하되 표현이 너무 고
어(古語)이거나 어려운 한자어 등은 '개역 개정판' 성경을 참조하여 고쳤음을 밝혀
둔다.

차례

나는 성경을 사랑한다.

젊은 날 마음이 너무 괴롭고 사는 것이 참 고통스러워 그 모든 고통과 괴로움을 완전히 해결해 주고 내 마음에 참된 평화를 가져다줄 '답'을 찾아 세상과 책 속을 미친 듯이 돌아다닐 무렵, 우연히 누군가로부터 "세계 최고의 베스트셀러는 바로 성경이다." 라는 말을 듣고, 어쩌면 그 안에 내가 찾는 '답'이 있지 않을까 하는 생각에 성경책을 펼쳐 들고 읽기 시작한 이래로 나는 지금껏 성경을 늘 가까이에 두고 때마다 펼쳐 보며 한결같은 감동에 젖곤 한다.

다행히 나는 오랫동안 목마르게 찾아다녔던 '답'을 알게 되었고, 그와 동시에 한없이 힘들고 무거웠던 마음의 모든 고통과 괴로움이 완전히 해결되어, 강 같은 평화가 내 가슴속을 언제나 흐르는 가운데 진정 자유롭고 행복한 존재가 되어 지금 이 순간을 살아가고 있다. 얼마나 감사한지!

그런데 뜻밖에도 '답'은 성경책 속에서가 아니라 내 안에서 나왔다. 삶의 모든 의문과 괴로움을 해결해 줄 '답'은 내 안에는 없고 바깥 어딘가에 혹은 누군가에게 있을 것이라고 생각했고, 그 '답'을 얻거나 알기 위해서는 끊임없는 노력과 수고와 수행을 해야 한다고 생각했건만, 뜻밖에도 '답'은 그런 노력과 수고를 통하여 도달할 수 있는 미래의 어느 순간이 아니라 매 순간의 '지금' 속에 있었고, 밖이 아니라 내 안에 있었다. 끊임없이 '답'을 찾아다니던 그 순간에도 나는 언제나 '답'과 함께 있었던 것이다. 그랬기에 '답'을 찾기 위한 '밖'으로의 나의 모든 노력과 수고는 아이러니하게도 이미 처음부터 불가능을 전제로 하고 있었다.

그렇게 내 안에 본래 있던 '답'을 만나고 나니 나의 모든 것은 완전히 변화했고, 그 후 도덕경(道德經)을 비롯한 이런저런 경전들을 강의하면서 다시 성경책을 펼쳐 들고 읽어 보았을 때, 놀랍게도 성경 안에 있는 그 모든 이야기와 비유들은 오직 그 '답'만을 가리켜 보여 주고 있음을 알게 되었다. 말하자면, 내 안에 있는 '답'을 만나고 나서야 비로소 성경이 분명하게 보이기 시작했던 것이다.

성경의 관심사는 오직 하나다. 그것은 우리 모든 사람들의 영혼의 구원이다. 우리 한 사람 한 사람의 영혼이 지금 이 순간 진실로 자유롭고 평화롭게 되어서 영원히 행복한 존재가 되는 것이다. 또한 "땅에 있는 자를 아버지라 하지 말라. 너희의 아버지는 한 분이시니 곧 하늘에 계신 자시니라."(마태복음 23:9)는 예수의 말씀처럼, 하나님의 아들이라는 우리 자신의 본래 모습을 깨달아 서로 사랑하며 살아가는 것이다.

오직 그 하나를 위하여 성경은 너무나 풍부하고 다양한 이야기와 역사(歷史)와 비유들을 그 안에 가득히 담고 있으며, 그 하나하나의 이야기 속에 놀랄 만큼 섬세하고 따뜻하게 그 '답'을 품고 있다. 그러므로 우리는 누구든지 성경을 통하여 넉넉히 진리를 깨달아 알 수 있으며, 자신 안에 본래 있는 '답'을 만나 영혼의 참된 치유와 자유를 깊이 맛볼 수 있다. "너희 모든 목마른 자들아, 물로 나아오라. 돈 없는 자도 오라. 너희는 와서 사 먹되 돈 없이, 값 없이 와서 포도주와 젖을 사라."(이사야 55:1)는 말씀처럼, 우리는 누구나 아무런 조건 없이 성경 안으로 들어가 성경이 따뜻이 품고 있는 그 '답'을 찾아내어 마음껏 가져갈 수 있다. 성경은 어느 누구에게도 그 길을 막지 않고 활짝 열어 두고 있다.

그런데 이 소중하고 아름다운 '진리와 생명의 책'인 성경이 종교 안에 갇혀 있고 십자가에 묶여 있는 것이 나는 늘 안타까웠다. 성경은 모든 사람에게 아무런 조건 없이 그 진리와 생명의 길을 열어 두고 있건만, 종교와 십자가는 자신들을 통하지 않고서는 결코 성경 안에 있는 그 길을 발견할 수 없다고 말한다. 그러나 그렇지 않다. 성경이 품고 있는 '답'은 종교 안에만 있는 것이 아니라 종교 밖에도 있고, 십자가 위에만 있는 것이 아니라 십자가 아래에도 있다. 그 '답'은 종교와 십자가와는 아무런 상관없이, 그리고 종교와 십자가를 통하지 않고서도 얼마든지 누구든지 성경 안에서 넉넉히 만날 수 있다. 그 '답'은 지금 이 순간 우리 자신 안에도 똑같이 있기 때문이다.

나는 본래 모든 사람들의 것인 성경을 모든 사람들에게 돌려주고 싶었다. 어느 누구든지 아무런 조건 없이 성경 안으로 들어가 그 안에 무궁무진하게 펼쳐져 있는 진리와 자유를 마음껏 퍼가게 하고 싶었다. 종교 안으로 들어가지 않고서도 편안하게 성경 안으로 들어가게 하고 싶었고, 십자가를 바라보지 않고서도 자유롭게 성경 안에 있는 '답'을 찾아 누릴 수 있게 하고 싶었다.

나는 성경의 모든 이야기를 우리 '안' 곧 우리 '내면의 이야기'로 돌려 읽었다. 하나님의 천지창조를 비롯하여 선악과(善惡果) 이야기, 노아의 방주, 십계명뿐만 아니라 예수 그리스도의 탄생과 예수의 족보에 이르기까지 그 모든 이야기들을 지금 이 순간 우리 자신 '안'에서 일어나는 이야기로 읽었다는 것이다. 내가 이렇게 읽은 것은, 성경이 그 모든 이야기들 속에서 끊임없이 말하고 있는 시점은 바로 '현재'이기 때문이며, 그 모든 이야기를 통하여 끊임없이 보여 주고자 하는 것은 바로 지금 이 순간 우리 자신의 '마음'이기 때문이다. 성경의 중심은 바로 지금 이 순간의 우리 자신이다. 또 '밖'으로 읽으면 성경 속에서 하나님의 역사(役事)와 이스라엘의 역사(歷史)를 보게 될 것이지만, '안'으로 읽으면 지금 이 순간 우리 자신 안에 있는 진리와 생명을 만나게 될 것이기 때문이다. 안과 밖은 결국 하나이지만, 우리 '안'에서 먼저 밝아질 때 '밖' 또한 막힘없이 밝아져서 모든 것을 있는 그대로 보게 될 것이기 때문이다.

이 아름답고 눈부신 '진리와 생명의 책'인 성경이 손만 뻗으면 닿을 가까운 자리에 늘 있다는 것이 참 감사하다. 우리 밖에 있는 듯하나 사실은 우리 안에 있는 이 성경을 보다 많은 사람들이 아무런 조건 없이 자유롭게 펼쳐 읽어 봄으로써 그 안에 있는 영원한 진리와 생명을 마음껏 퍼내어 갈 수 있으면 좋겠다. 그리하여 우리 모두가 성경을 통하여 진정 자유롭고 행복해졌으면 좋겠다.

2014년 8월

김기태

1
천지창조

성경은 이 천지창조 이야기를 통하여 우리에게 진리가 무엇인지,
참된 영혼의 자유가 어디에 있는지를 분명하게 가리켜 보여 주고 있다.
그 '길'은 바로 천지창조 이야기 속에서 일곱 번이나 되풀이되고 있는
"하나님이 보시기에 좋았더라."는 말씀 속에 있다.

하나님이 지으신 그 모든 것을 보시니 보시기에 심히 좋았더라.
_창세기 1:31

"태초에 하나님이 천지를 창조하시니라."(창세기 1:1)

성경은 이렇게 시작한다. 이 세상 만물과 인간이 하나님에 의해 창조되었음을 선포하면서, 『창세기』로부터 『요한계시록』에 이르는 전체 66권 1,800쪽에 이르는 방대한 이야기를 시작하고 있는 것이다. 그 선포와 함께 창세기 1장에서는 하나님이 구체적으로 어떻게 천지와 만물과 인간을 창조하셨는지를 자세하게 밝혀놓고 있다.

첫째 날에는 하나님이 빛이 있으라 하시니 빛이 있었고 그 빛이 하나님이 보시기에 좋았으며, 둘째 날에는 하나님이 하늘을 창조하셨고, 셋째 날에는 땅과 바다와 땅 위의 모든 식물들을 창조하셨으며, 넷째 날에는 하나님이 태양과 달과 별들을 만들어 땅에 비취게 하셨고, 다섯째 날에는 하늘에 나는 새와 물속의 모든 생물들을 창조하셨으며, 여섯째 날에는 땅 위의 모든 짐승과 가축과 기는 것을 각기 그 종류대로 만드시고 또 하나님의 형상대로 사람을 창조하시되 남자와 여자를 창조하셨으며, 이 모든 창조를 다 마치고 난 후 일곱째 날에는 하나님이 안식하셨다는 이야기가 창세기 2장 3절까지 계속된다. 이렇게 성경은 하나님이 천지를 창조하신 이야기로부터 시작하고 있는 것이다.

그런데 이 천지창조 이야기를 단지 하나님이 태초에 천지와 만물과 인간을 창조한 이야기로만 읽을 것이 아니라, '우리 내면의 이야기'로 돌려 읽어 보면 어떨까? 말하자면, 성경을 보는 관점을 '밖'이 아니라 '안'으로 돌려서 '우리 마음의 이야기'로 한번 읽어 보자는 것이다. 그러면 성경은 단지 천지창조로부터 시작된 하나님의 역사(役事)와 이스라엘의 역사(歷史)를 중심으로 쓰여진 경전이 아니라, 바로 지금 이 순간을 살아가고 있는 우리 자신과 우리의 마음에 관한 경전이 된다. 성경의 중심이 대번에 우리 자신에게로 옮겨 오는 것이다.

이렇게 성경을 '우리 내면의 이야기'로 돌려 읽게 되면, 창세기 1장 1절 "태초에 하나님이 천지를 창조하시니라."는 말씀 속에서의 '태초'는 아득한 과거의 어느 한 시점이 아니라 바로 '지금 이 순간'이 되고, '천지'는 우리 '내면의 천지' 곧 우리 마음 안에서 매일 매일 새롭게 창조되고 있는 온갖 다양한 모양의 감정,

느낌, 생각들이 된다. 단지 관점 하나를 '밖'이 아니라 '안' 곧 우리 '내면'으로 돌리기만 하면 천지창조를 비롯한 성경의 모든 이야기가 아득히 먼 과거의 역사나 이야기가 아니라, 바로 지금 이 순간의 우리 자신과 우리 마음에 관한 말씀이 되는 것이다.

"또 여기 있다 저기 있다고도 못하리니 하나님의 나라는 너희 안에 있느니라."(누가복음 17:21)는 예수의 말씀처럼 하나님의 나라, 곧 모든 고통과 괴로움과 영혼의 목마름이 끝이 나고 영원한 자유와 진리와 행복이 가득한 '그 나라'는 바로 지금 이 순간의 우리 마음 안에 있기 때문에, 나는 이렇게 '밖'이 아니라 '안'으로 눈을 돌려서 성경을 읽어 보고 싶은 것이다. 그러면 성경은 문득 지금 이 순간의 우리 자신의 마음을 있는 그대로 비추어 주는 맑디맑은 거울이 되어, 그 앞에 오롯이 서 보는 것만으로도 우리가 미처 알지 못하고 깨닫지 못하고 있던 우리 자신에 관한 많은 새로운 진실들을 분명하게 보게 될 것이며, 그와 동시에 우리의 온갖 다양한 경험과 지식과 노력이 가져다주지 못하던 참다운 지혜와 진리를 우리 안에서 발견하게 되어, 마침내 진정한 자유와 행복을 맛보게 될 것이다. 성경은 친절하게도 온갖 비유와 은유와 역사의 이야기를 통하여 하나님의 나라가 우리 마음 안의 어디에 어떤 모습으로 있는지를 놀랍도록 정확하게 가리켜 보여 주고 있기 때문이다.

이제 성경을 '밖'이 아니라 '안'으로 읽는, 그래서 "세례 요한의 때부터 지금까지 천국은 침노를 당하나니, 침노하는 자는 빼앗느니라."(마태복음 11:12)는 말씀과도 같이, 성경이라는 거울을 통하여 지금 이 순간의 우리 자신 안으로 들어가 우리 안에 있는 보배들을 마음껏 캐내어 가지는 새롭고도 흥미진진한 이야기 속으로 한번 들어가 보자. 그랬을 때, 창세기 1장에 나오는 이 천지 창조 이야기는 어떻게 읽힐까?

태초에 하나님이 천지를 창조하시니라. 땅이 혼돈하고 공허하며 흑암이 깊음 위에 있고 하나님의 영은 수면 위에 운행하시니라. 하나님이 이르시되, 빛이 있으라 하시니 빛이 있었고 그 빛이 **하나님이 보시기에 좋았더라.** 하나님이 빛과 어둠을 나누사 빛을 낮이라 부르시고 어둠을 밤이라 부르시니라. 저녁이 되고 아침이 되니 이는 첫째 날이니라.

하나님이 이르시되, 물 가운데에 궁창*이 있어 물과 물로 나뉘라 하시고, 하나님이 궁창을 만드사 궁창 아래의 물과 궁창 위의 물로 나뉘게 하시니 그대로 되니라. 하나님이 궁창을 하늘이라 부르시니라. 저녁이 되고 아침이 되니 이는 둘째 날이니라.

하나님이 이르시되, 천하의 물이 한 곳으로 모이고 뭍이 드러

---

* **궁창(穹蒼)** 지구를 둘러싸고 있는 대기권의 넓은 공간을 의미한다.

나라 하시니 그대로 되니라. 하나님이 뭍을 땅이라 부르시고 모인 물을 바다라 부르시니, **하나님이 보시기에 좋았더라.** 하나님이 이르시되, 땅은 풀과 씨 맺는 채소와 각기 종류대로 씨 가진 열매 맺는 나무를 내라 하시니 그대로 되어, 땅이 풀과 각기 종류대로 씨 맺는 채소와 각기 종류대로 씨 가진 열매 맺는 나무를 내니, **하나님이 보시기에 좋았더라.** 저녁이 되고 아침이 되니 이는 셋째 날이니라.

하나님이 이르시되, 하늘의 궁창에 광명체들이 있어 낮과 밤을 나뉘게 하고 그것들로 징조와 계절과 날과 해를 이루게 하라. 또 광명체들이 하늘의 궁창에 있어 땅을 비추라 하시니 그대로 되니라. 하나님이 두 큰 광명체를 만드사 큰 광명체로 낮을 주관하게 하시고 작은 광명체로 밤을 주관하게 하시며 또 별들을 만드시고, 하나님이 그것들을 하늘의 궁창에 두어 땅을 비추게 하시며 낮과 밤을 주관하게 하시고 빛과 어둠을 나뉘게 하시니, **하나님이 보시기에 좋았더라.** 저녁이 되고 아침이 되니 이는 넷째 날이니라.

하나님이 이르시되, 물들은 생물을 번성하게 하라, 땅 위 하늘의 궁창에는 새가 날으라 하시고, 하나님이 큰 물고기와 물에서 번성하여 움직이는 모든 생물을 그 종류대로, 날개 있는 모든 새를 그 종류대로 창조하시니, **하나님이 보시기에 좋았더라.** 하나님이 그들에게 복을 주시며 이르시되, 생육하고 번성하여 여러 바닷물에 충만하라, 새들도 땅에 번성하라 하시니라. 저녁이 되고 아침이 되니 이는 다섯째 날이니라.

하나님이 이르시되, 땅은 생물을 그 종류대로 내되 가축과 기는 것과 땅의 짐승을 종류대로 내라 하시니 그대로 되니라. 하나님이 땅의 짐승을 그 종류대로, 가축을 그 종류대로, 땅에 기는 모든 것을 그 종류대로 만드시니, **하나님이 보시기에 좋았더라.** 하나님이 이르시되, 우리의 형상을 따라 우리의 모양대로 우리가 사람을 만들고 그들로 바다의 물고기와 하늘의 새와 가축과 온 땅과 땅에 기는 모든 것을 다스리게 하자 하시고, 하나님이 자기 형상 곧 하나님의 형상대로 사람을 창조하시되 남자와 여자를 창조하시고 하나님이 그들에게 복을 주시며 그들에게 이르시되, 생육하고 번성하여 땅에 충만하라, 땅을 정복하라, 바다의 물고기와 하늘의 새와 땅에 움직이는 모든 생물을 다스리라 하시니라. 하나님이 이르시되, 내가 온 지면의 씨 맺는 모든 채소와 씨 가진 열매 맺는 모든 나무를 너희에게 주노니 너희의 먹을 거리가 되리라. 또 땅의 모든 짐승과 하늘의 모든 새와 생명이 있어 땅에 기는 모든 것에게는 내가 모든 푸른 풀을 먹을 거리로 주노라 하시니 그대로 되니라. **하나님이 지으신 그 모든 것을 보시니 보시기에 심히 좋았더라.** 저녁이 되고 아침이 되니 이는 여섯째 날이니라.

천지와 만물이 다 이루어지니라. 하나님이 지으시던 일이 일곱째 날이 이를 때에 마치니, 그 지으시던 일이 다하므로 일곱째 날에 안식하시니라. 하나님이 그 일곱째 날을 복되게 하사 거룩하게 하셨으니, 이는 하나님이 그 창조하시며 만드시던 모든 일을 마치시고 그날에 안식하셨음이니라. (창세기 1:1~2:3)

우리는 성경을 읽어 나감에 있어 '밖'이 아니라 '안' 곧 우리 내면으로 들어왔다. 그렇게 우리 '안'으로 돌이켜 성경을 읽으면 이 천지창조 이야기는 다음과 같은 뜻으로 읽을 수 있다.

하나님이 태초에 천지와 만물을 창조하시되 6일 동안 매일 매일 새로운 것들을 다양하게 창조하셨다는 것은 곧 '지금 이 순간'을 사는 우리의 '마음' 안에서 매일 매일 새롭게 온갖 다양한 모양의 감정, 느낌, 생각들이 끊임없이 창조되고 있음을 가리킨다. 아침에 눈을 떠서 밤에 잠들 때까지, 심지어 꿈속에서까지 '오늘'이라는 이 순간을 사는 동안 우리 안에서는 얼마나 많고 다양한 마음들이 창조되는가. 그 가운데에는 '천지창조' 속에서 하나님이 빛과 어둠을 나누었듯이 밝은 마음도 있고 어두운 생각들도 있으며, 하늘처럼 맑고 따뜻한 마음도 있는 반면에 물처럼 차가운 감정들도 있다. 바다 속처럼 고요하고 안온할 때도 있지만 회오리바람처럼 모든 것을 휩쓸어 가 버릴 것 같은 격랑의 순간도 있다.

어느 날 아침 문득 눈을 떴을 때 살포시 창문으로 들어오는 햇

살 한 줄기에, 아름답게 지저귀는 새들의 노랫소리에 괜스레 기분이 좋아지기도 하지만, 어떤 날에는 이유 없이 무겁고 우울한 마음에 일어나기조차 싫을 때가 있다. 길을 걷는 발걸음이 봄바람에 살랑거리는 나뭇잎처럼 가볍고 경쾌할 때도 있고, 젖은 솜처럼 한 걸음을 떼기조차 힘들 만큼 무거운 날도 있다. 누가 무슨 말을 해도 다 받아 줄 수 있을 것 같은 넉넉한 마음일 때도 있지만, 어느 순간엔 바늘 하나 꽂을 곳이 없을 만큼 날카롭고 메마른 마음이 되기도 한다. 누구를 만나더라도 편안하고 당당한 자신을 경험하기도 하고, 다른 사람의 말 한마디 눈빛 하나에도 주눅 들고 눈치 보며 한없이 초라해지는 자신을 목격하기도 한다. 또 개운하고 즐겁고 행복하게 '오늘'을 살기도 하지만, 혼란스럽고 불안하고 어찌할 바를 모르는 무력감에 사로잡힌 채 겨우겨우 버티듯 하루를 보낼 때도 있다. 꿈도 꾸지 않고 죽은 듯 깊고 달콤하게 잠을 잘 때도 있고, 바람 부는 겨울밤 밤새 떠는 문풍지처럼 왠지 모르게 잠이 오지 않아 스산히 뒤척이는 날도 있다. 슬프다가도 기쁘고, 우울하다가도 밝아지고, 얻기도 하고 잃기도 하고, 서기도 하고 무너지기도 하며, 미움과 질투와 분노에 범벅이 되어 괴로워하다가도 언제 그랬냐는 듯 깃털처럼 가벼워지는 순간도 경험한다. 아, 얼마나 많고 다양한 창조들이 매일 매일 새롭게 우리의 마음 안에서 일어나고 있는가! 마치 땅에 있는 풀과 각기 종류대로 씨 맺는 채소와 각기 종류대로 씨 가진 열매 맺는 나무들처럼(창세기 1:12), 하늘에 있는 해와 달과 무수한 별들처럼(창세기 1:16), 물에서 번성하여 움직이는 온갖 종류의 생물들과 날개 있는 모든 새들처럼(창세기 1:21), 그리고 땅에 있는 온갖 종류의 가축과 기는 것과 모든 짐승들처럼(창세기 1:25) 우리 '내면의 천지'에서는 매일 매일 얼마나 많고 다양한 감정, 느낌, 생각들이 창조되는가!

그런데 '천지창조'에 관한 창세기 1장의 이 모든 말씀들 가운데 꼭 주목해 보고 싶은 구절이 하나 있다. 그것은 바로 "하나님이 보시기에 좋았더라."는 말씀이다. 이 말씀은 무려 일곱 번이나 거듭 되풀이되는데,* 첫째 날에 창조하신 것에 대해서도 "하나님이 보시기에 좋았더라."고 하고, 둘째 날에 창조하신 것에 대해서도 "하나님이 보시기에 좋았더라."고 하며, 셋째 날에 창조하신 것에 대해서도 "하나님이 보시기에 좋았더라."고 거듭거듭 말하고 있다. 이렇게 6일 동안 창조하신 모든 것들에 대해 여섯 번이나 거듭 "하나님이 보시기에 좋았더라."고 하고서도, 그것도 모자라 창세기 1장의 맨 마지막 구절에서는 "하나님이 그 지으신 모든 것을 보시니, 보시기에 심히 좋았더라."고 한 번 더

---

* 성경에서 '7'이라는 숫자는 '완전 수'를 가리킨다. 곧 '완성된, 완전한, 온전한, 더 이상은 없는'이라는 뜻이다.

"하나님이 보시기에 좋았더라."는 말씀을 일곱 번 되풀이하고 있다는 것은 곧 하나님이 창조하신 모든 만물은 오직 좋은 것들밖에 없다는 뜻을 내포하고 있다.

크게 강조하고 있다. 이것은 무슨 뜻일까? 성경은 우리에게 어떤 메시지를 전해 주고 싶어서 이렇게도 같은 말을 일곱 번이나 거듭 되풀이하고 있는 것일까?

그것은 곧 지금 이 순간 우리 '내면의 천지'에서 매일 매일 새롭게 창조되고 있는 온갖 종류의 감정, 느낌, 생각들은 하나님이 보시기에, 즉 진리의 자리에서 보면 모두가 좋은 것들밖에 없다는 진실을 우리에게 말해 주고 있는 것이다.* 다시 말해, "태초에 하나님이 천지를 창조하시니라."는 선포로 시작되는 이 '천지창조' 이야기를 통하여 성경은 바로 지금 이 순간의 우리 마음 안에서 일어나고 있는 온갖 다양한 모양의 창조들이 사실은 모두가 하나님에 의해서 이루어진 일이며, 따라서 그 모든 것들은 진실로 다 좋은 것이기에, 다만 그 하나하나를 있는 그대로 받아들이고, 있는 그대로 경험하며, 있는 그대로 살아낼 때에 우리는 진정으로 자유롭고 행복한 존재가 될 수 있다는 진실을 말해 주고 있는 것이다. 그렇게 매 순간을 있는 그대로 존재하는 것, 그것이 바로 하나님의 뜻이며, 또한 그것이 바로 우리가 지금 이 순간 속에서 영원한 진리를 만날 수 있는 유일한 '길'이라는 것이다.

그런데 안타깝게도 우리는 그렇게 살지 않는다. "하나님이 그 지으신 모든 것을 보시니, 보시기에 심히 좋았더라."고 성경은

---

* 이 말은 곧 번뇌 그대로가 보리(菩提)라는 말과 같다.

거듭거듭 말하고 있건만, 우리는 우리 내면의 천지를 '좋은 것'과 '나쁜 것'으로 둘로 나누어 놓고는, 우리 눈에 좋아 보이는 것은 더 많이 가지려 하고 나빠 보이는 것은 끊임없이 버리려 함으로써 스스로 무거운 짐을 지며 괴로움과 고통 속으로 걸어 들어가고 있는 것이다.

즉, 우리 마음 안에서 일어나는 사랑과 자비와 기쁨, 즐거움, 편안함, 당당함, 자신감, 지혜, 성실, 겸손, 깨달음 등은 좋은 것, 바람직한 것, 아름다운 것으로 여기며 끊임없이 얻으려 노력하고 또 그런 것들로써 우리 마음 안을 가득히 채우고 싶어 하는 반면에, 불안, 우울, 슬픔, 외로움, 무기력, 미움, 분노, 교만, 무지, 게으름 등은 나쁜 것, 부끄러운 것, 수치스러운 것으로 생각하며 어떻게든 버리려 하고 또 그런 것들은 단 하나도 우리 마음 안에 남겨 두지 않으려고 애를 쓴다. 그리고 그런 쉼 없는 노력과 수고와 애씀의 끝에서 우리는 마침내 변치 않는 마음의 평화와 자유를 얻으려고 하는 것이다. 그런데 버리고 싶은 것들은 얼른 버려지지 않아서 괴롭고, 가지고 싶은 것들은 얼른 우리 마음 안에 들어와 주지 않아서 고통스러우니, 그 괴로움과 고통과 영혼의 목마름이 얼마이겠는가.

그러나 성경은 이 천지창조 이야기를 통하여 우리에게 진리가 무엇인지, 참된 영혼의 자유가 어디에 있는지를 분명하게 가리켜 보여 주고 있다. 그 '길'은 바로 천지창조 이야기 속에서 일곱 번이나 되풀이되고 있는 "하나님이 보시기에 좋았더라."는 말씀 속에 있다. 이 말씀이 거듭거듭 밝히고 있는 것과 같이 우리가 아침에 눈을 떠서 밤에 잠들 때까지 그리고 꿈속에서까지 '오늘'을 사는 동안 우리 '내면의 천지'에서 매일 매일 새롭게 창조되고 있는 모든 감정, 느낌, 생각들은 진리의 자리에서 보면 진실로 다 좋은 것들뿐이다.

그러니, 그 가운데 어떤 것은 택하고 어떤 것은 버리려고 하는 모든 몸짓을 정지하라. 지금 이 순간 우리 안에서 창조되고 있는 모든 것들은 하나님이 보시기에 심히 좋은 것들밖에 없으니, 그 모두를 다만 있는 그대로 받아들이며 매 순간의 '지금' 속에 존재하라. 하나님이 깨끗하다 하신 것을 우리가 속되다고 하지 말라.* 우리의 노력과 수고를 통하여 지금이 아닌 미래 속에서 참

---

* 이 말씀은 신약성경 사도행전 11장에 다음과 같이 아름답게 묘사되어 있다.
"베드로가 그들에게 이 일을 차례로 설명하여 이르되, 내가 욥바 성(城)에서 기도할 때에 비몽사몽간에 환상을 보니, 큰 보자기 같은 그릇이 네 귀에 매어 하늘로부터 내리어 내 앞에까지 드리워지거늘, 이것을 주목하여 보니, 땅에 네 발 가진 것과 들짐승과 기는 것과 공중에 나는 것들이 보이더라. 또 들으니 소리 있어 내게 이르되, 베드로야 일어나 잡아 먹으라 하거늘 내가 이르되, 주여 그럴 수 없나이다. 속되거나 깨끗하지 아니한 것은 결코 내 입에 들어간 일이 없나이다 하니, 또 하늘로부터 두 번째 소리 있어 내게 이르되, 하나님이 깨끗하게 하신 것을 네가 속되다고 하지 말라 하더라. 이런 일이 세 번 있은 후에 모든 것이 다시 하늘로 끌려 올라가더라."(사도행전 11:5~10)

다운 자유와 행복을 얻으려고 하는 그 마음을 내려놓으라.* 우리 영혼의 자유는, 진정한 행복은 그렇게 오는 것이 아니다. 그것은 언제나 지금, 여기에 있다. "여호와의 말씀에, 내 생각은 너희 생각과 다르며 내 길은 너희 길과 달라서, 하늘이 땅보다 높음 같이 내 길은 너희 길보다 높으며 내 생각은 너희 생각보다 높으니라."(이사야 55:8~9)고 하지 않았는가. 그러므로 우리의 생각을 꺾고 우리의 길을 돌이켜 여호와의 길 곧 '지금'으로 돌아오라. 하나님은 언제나 지금, 여기에 계신다. 매 순간 있는 그대로의 우리 자신 안에 하나님의 나라가 있다.

우리는 지금 이대로 하나님의 형상을 따라 하나님의 모양대로 만들어진 하나님의 아들들이다. "내가 이를 위하여 태어났으며 이를 위하여 세상에 왔나니, 곧 진리에 대하여 증거하려 함이로라."(요한복음 18:37)고 말씀하신 예수가 십자가에 못 박혀 돌아가시기 사흘 전에 예루살렘 성 안에서 무리와 제자들에게 말씀하실 때에 "땅에 있는 자를 아버지라 하지 말라. 너희의 아버지는 한 분이시니 곧 하늘에 계신 자시니라."(마태복음 23:9)고 하지 않았는가. 예수는 정녕 진리를 증거하셨다. 우리 모두는 지금 이대

---

* 마조(馬祖) 스님은 이렇게 말한다.

道不用修 但莫汚染 何爲汚染 但有生死心 造作趨向 皆是汚染

"도는 닦을 필요가 없다. 다만 더럽히지만 말라. 어떤 것이 더럽히는 것인가? 분별하는 마음으로써 조작하고 추구하는 것들이 바로 더럽히는 것이다."

로 완전한 하나님의 아들들이다. 그런데 무엇을 더하고 얼마만큼을 더 좋게 하려고 그렇게 자신 안을 둘로 나누어, 하나는 택하고 다른 하나는 버리려고 몸부림치면서 스스로 수고하고 무거운 짐을 지는가. 이미 완전한 하나님의 아들이 다시 무슨 방법과 노력으로써 완전해질 수 있다는 말인가.

우리가 진리를 얻기 위해, 진실로 자유롭고 영원히 행복하기 위해 해야 할 일은 아무것도 없다. 오히려 무언가를 함으로써 완전해지려는 그 허망한 마음을 내려놓고, 다만 매 순간 있는 그대로 존재하라. 매 순간 있는 그대로 존재하는 것, 그것이 바로 완전한 자유의 길이요, 해방의 길이며, 사랑의 길이다. 우리가 얻고자 하는 모든 것은 '지금' 속에 이미 온전히 이루어져 있기 때문이다.

그러므로 "하나님이 그 지으신 모든 것을 보시니, 보시기에 심히 좋았더라."고 일곱 번을 거듭 하고 있는 이 간곡한 진리의 말씀에 귀를 기울이라. 이 말씀을 가슴으로 받아들여 단 한 순간만이라도 가리고 택하는 마음을 버리고 매 순간 있는 그대로의 자기 자신으로 존재해 보라. 그러면 즉시 하나님의 나라가 우리 마음 안에 이루어져 "시냇가에 심은 나무가 철을 따라 열매를 맺으며 그 잎사귀가 마르지 아니함 같이"(시편 1:3) 마침내 우리 영혼의 모든 목마름과 메마름이 끝이 나고, 강 같은 평화와 사랑이 그 가슴속에 가득히 흐르게 될 것이다. 성경은 1,800쪽에 이르는 그 방대한 이야기의 맨 첫 장에서부터 이토록 완전한 진리의 '길'을 우리에게 말해 주고 있는 것이다. 그리곤 『요한계시록』에 이르기까지 오직 그 한 '길'만을 끊임없이 우리에게 얘기해 주고 있다.

나는 그 '길'을, 성경이 분명하게 우리에게 가리켜 보여 주고 있고 지금 이 순간 우리 마음 안에 온전히 드러나 있는 그 '길'을, 그러나 안타깝게도 우리가 보지 못하고 깨닫지 못하고 있는 그 완전한 진리와 자유의 '길'을 모든 사람들에게 펼쳐 보여 주고 싶다. 그리하여 이 책을 읽어 나가는 동안, 자신 안에 본래 갖추어져 있는 하나님의 아들로서의 모든 권능을 회복하여 지금 이 순간 속에서 진정 자유롭고 행복하게, 감사와 사랑이 넘실대는 삶을 살며 누리며 나누게 하는 데에 조금이라도 도움이 되고 싶다. "우주와 그 가운데 있는 만물을 지으신 하나님께서는…… 우리 각 사람에게서 멀리 떠나 계시지 아니하도다. 우리가 그를 힘입어 살며 기동하며 존재하느니라."(사도행전 17:24~28)고 성경이 분명히 말씀하고 있듯이, 그 '길'은 정녕 멀리 있지 않다.

이제 그 '길'을 보다 또렷하게 드러내어 보여 주고 있는 두 번째 이야기 속으로 들어가 보자. 창세기 3장에 나오는 '선악과(善惡果)'라는 이 기가 막히도록 아름답고 지혜 가득한 이야기 속으로……!*

---

* 그렇게 선악과 이야기 속으로 들어가기 전에 꼭 짚고 넘어가고 싶은 것이 하나 있다. 그것은 바로 창세기 1장 27절에 나오는 다음의 말씀에 대한 오해이다. "하

나님이 자기 형상 곧 하나님의 형상대로 사람을 창조하시되 남자와 여자를 창조하시고, 하나님이 그들에게 복을 주시며 그들에게 이르시되, 생육하고 번성하여 땅에 충만하라, 땅을 정복하라, 바다의 고기와 공중의 새와 땅에 움직이는 모든 생물을 다스리라 하시니라."(창세기 1:27~28)

우리는 이 말씀의 뜻을 너무나 오해하고 있다. 이 말씀 또한 '밖'으로 읽어서는 안된다. 우리 '안' 곧 우리 '내면의 이야기'로 돌려 읽어야 한다. 그랬을 때 '땅'은 지금 이 순간의 우리의 '마음'을 가리키고, '바다의 고기와 공중의 새와 땅에 움직이는 모든 생물'은 우리 마음 안에서 일어나는 온갖 감정, 느낌, 생각들을 가리킨다. 그리하여 "생육하고 번성하여 땅에 충만하라, 땅을 정복하라, 바다의 고기와 공중의 새와 땅에 움직이는 모든 생물을 다스리라."는 말씀은 곧 우리가 우리의 마음을 정복하고 우리 안에 있는 모든 감정, 느낌, 생각들을 다스리라는 말씀이다. 만약 우리가 진실로 그렇게 할 수 있다면, 그 순간 우리 안에서는 자신과의 모든 싸움이 끝이 나고 '나'와 '너'의 경계마저 사라진 완전한 사랑이 깨어난다. 그 사랑으로 우리는 진실로 다른 사람들뿐만 아니라 자연과도 함께 행복하게 상생(相生)했을 것이다. 그러나 인류는 이 말씀을 '밖'으로 먼저 읽었기에 인간과 자연을 분리시켜 그토록 가혹하게 자연을 정복하고 지배하는 데에만 몰두해 왔던 것이다. 얼마나 안타까운 일인가! 그렇듯 성경의 모든 말씀은 먼저 '안'으로 읽어야 한다. '안'에서 먼저 밝아질 때 '밖' 또한 함께 그 진리의 빛 안에서 행복할 수 있기 때문이다.

2
선악과 이야기

이 '선악과 이야기'는 우리가 어떻게 마음의 고통과 괴로움과
메마름 속으로 스스로 걸어 들어가게 되었으며, 그 원인은 무엇인지,
그리고 어떻게 하면 그 무거운 짐으로부터 벗어나서
영원히 자유롭고 행복한 존재가 될 수 있는지
그 '길'을 분명하게 가리켜 보여 주는 너무나 절묘한 이야기다.

여호와 하나님이 그 사람에게 명하여 이르시되, 동산 각종 나무의 열매는 네가
임의로 먹되 선악을 알게 하는 나무의 열매는 먹지 말라. 네가 먹는 날에는 정녕
죽으리라 하시니라.

_창세기 2:16-17

성경을 읽다 보면 그 깊이와 한계를 알 수 없는 무궁무진한 지혜와 사랑 앞에서 나는 참 자주 놀라고 전율한다. 어떻게 이런 책이 가능할 수 있었을까 싶을 만큼 나는 성경을 펼쳐 들 때마다 늘 감동하고 또 감탄하는 것이다. 그런데 사람들이 곧잘 "성경은 단지 이스라엘의 역사책이 아닌가요?"라고 내게 말하듯이, 겉으로 보면 분명 성경은 하나님의 역사(役事)와 이스라엘의 역사(歷史)라는 외양(外樣)을 뚜렷이 갖고 있다. 그러나 그 안을 조금만 더 깊이 들여다보면, 온갖 다양한 이야기와 역사와 비유 속에서도 성경은 오직 '지금 이 순간'의 우리 자신과 우리 '마음'에 관한 이야기를 하고 있다. 단 한 순간도, 어떤 이야기 속에서도 '그 자리'를 벗어나지 않고 정확히 가리키고 있는 성경의 그 엄정함과 치밀함에 나는 또 한 번 놀라고 감탄하는 것이다.

창세기 3장에 나오는, 하나님이 먹지 말라 명한 '선악을 알게 하는 나무의 열매'를 아담과 하와가 따먹고 나서 하나님의 저주를 받아 낙원인 에덴동산에서 쫓겨나게 되는 '선악과(善惡果) 이야기'는 성경이 얼마나 놀라운 지혜로 가득한 책인가를 가장 단적으로 보여 준다. 이제 그 감동적인 이야기 속으로 들어가 보자.

여호와 하나님이 지으신 들짐승 중에 뱀이 가장 간교하더라. 뱀이 여자에게 물어 이르되, 하나님이 참으로 너희에게 동산 모든 나무의 열매를 먹지 말라 하시더냐. 여자가 뱀에게 말하되, 동산 나무의 열매를 우리가 먹을 수 있으나 동산 중앙에 있는 나무의 열매는 하나님의 말씀에 너희는 먹지도 말고 만지지도 말라 너희가 죽을까 하노라 하셨느니라. 뱀이 여자에게 이르되, 너희가 결코 죽지 아니하리라. 너희가 그것을 먹는 날에는 너희 눈이 밝아져 하나님과 같이 되어 선악을 알 줄 하나님이 아심이니라. 여자가 그 나무를 본즉 먹음직도 하고 보암직도 하고 지혜롭게 할 만큼 탐스럽기도 한 나무인지라. 여자가 그 열매를 따먹고 자기와 함께 있는 남편에게도 주매 그도 먹은지라. 이에 그들의 눈이 밝아져 자기들이 벗은 줄을 알고 무화과나무 잎을 엮어 치마를 하였더라.

그들이 날이 서늘할 때에 동산에 거니시는 여호와 하나님의 음성을 듣고 아담과 그의 아내가 여호와 하나님의 낯을 피하여 동산 나무 사이에 숨은지라. 여호와 하나님이 아담을 부르시며 그에게 이르시되, 네가 어디 있느냐. 이르되, 내가 동산에서 하나님의 소리를 듣고 내가 벗었으므로 두려워하여 숨었나이다. 이르시되, 누가 너의 벗었음을 네게 알렸느냐. 내가 네게 먹지 말라 명한 그 나무 열매를 네가 먹었느냐. 아담이 이르되, 하나님이 주셔서 나와 함께 있게 하신 여자 그가 그 나무 열매를 내게 주므로 내가 먹었나이다. 여호와 하나님이 여자에게 이르시되, 네가 어찌하여 이렇게 하였느냐. 여자가 이르되, 뱀이 나를 꾀므로 내가 먹었나이다. 여호와 하나님이 뱀에게 이르시되, 네가 이렇게 하였으니 네가 모든 가축과 들의 모든 짐승보다 더욱 저주를 받아 배로 다니고 종신토록 흙을 먹을지니라. 내가 너로 여자와 원수가 되게 하고 네 후손도 여자의 후손과 원수가 되게 하리니, 여자의 후손은 네 머리를 상하게 할 것이요 너는 그의 발꿈치를 상하게 할 것이니라 하시고

또 여자에게 이르시되, 내가 네게 잉태하는 고통을 크게 더하리니 네가 수고하고 자식을 낳을 것이며 너는 남편을 사모하고 남편은 너를 다스릴 것이니라 하시고, 아담에게 이르시되, 네가 네 아내의 말을 듣고 내가 네게 먹지 말라 한 나무의 열매를 먹었은즉 땅은 너로 말미암아 저주를 받고 너는 네 평생에 수고하

여야 그 소산을 먹으리라. 땅이 네게 가시덤불과 엉겅퀴를 낼 것
이라. 네가 먹을 것은 밭의 채소인즉 네가 흙으로 돌아갈 때까
지 얼굴에 땀을 흘려야 먹을 것을 먹으리니, 네가 그것에서 취함
을 입었음이라. 너는 흙이니 흙으로 돌아갈 것이니라 하시니라.
아담이 그의 아내의 이름을 하와라 불렀으니, 그는 모든 산 자의
어머니가 됨이더라. 여호와 하나님이 아담과 그의 아내를 위하
여 가죽옷을 지어 입히시니라.

　여호와 하나님이 이르시되, 보라 이 사람이 선악을 아는 일에
우리 중 하나 같이 되었으니 그가 그의 손을 들어 생명나무 열매
도 따먹고 영생할까 하노라 하시고, 여호와 하나님이 에덴동산
에서 그를 내어 보내어 그의 근본된 땅을 갈게 하시니라. 이같이
하나님이 그 사람을 쫓아내시고 에덴동산 동쪽에 그룹들*과 두
루 도는 불 칼을 두어 생명나무의 길을 지키게 하시니라.(창세기
3:1~24)

　우리의 눈은 '밖'을 먼저 보게 되어 있다. 눈이 눈 자신을 향할
수는 없으니 이는 어쩌면 당연한 일이라고 할 수 있다. 그런데
우리의 눈이 밖을 향해 있다는 것은 곧 우리의 마음 또한 밖을

---

* 천사의 한 부류로, 성경에는 하나님의 보좌 천사로 나타난다.

향해 있다는 것이다. 그래서 이 선악과 이야기도 '밖'으로 먼저 읽음으로써 우리는 곧잘 다음과 같은 논란에 휩싸이기도 한다.

"에덴동산이 실제로 존재했느냐, 아니면 단지 신화에 불과한 것이냐?"

"성경에 분명히 기록되어 있는 것과 같이 에덴동산은 실제로 있었으며, 그 위치는 대체로 오늘날의 메소포타미아와 페르시아 만의 티그리스 강과 유프라테스 강 상류에 있었던 것으로 추측된다."*

"전지전능하신 하나님이 인간이 결국 선악과를 따먹을 줄을 알고 있었으면서도 왜 굳이 선악과를 만들었을까? 애초부터 만들지 않았더라면 인간의 타락도 없었을 텐데……."

"선악과 이야기는 인간에게 자유의지가 있음을 보여 주기 위한 하나님의 계획이요 선물이다." 등등.

---

* 이런 논란은 창세기 2장에 기록된 다음의 말씀에 연유한다.

"여호와 하나님이 흙으로 사람을 지으시고 생기를 그 코에 불어넣으시니 사람이 생령이 된지라. 여호와 하나님이 동방의 에덴에 동산을 창설하시고 그 지으신 사람을 거기 두시고, 여호와 하나님이 그 땅에서 보기에 아름답고 먹기에 좋은 나무가 나게 하시니, 동산 가운데에는 생명나무와 선악을 알게 하는 나무도 있더라. 강이 에덴에서 흘러 나와 동산을 적시고 거기서부터 갈라져 네 근원이 되었으니, 첫째의 이름은 비손이라 금이 있는 하윌라 온 땅을 둘렀으며, 그 땅의 금은 순금이요 그곳에는 베델리엄과 호마노도 있으며, 둘째 강의 이름은 기혼이라 구스 온 땅을 둘렀고, 셋째 강의 이름은 힛데겔이라 앗수르 동쪽으로 흘렀으며, 넷째 강은 유브라데더라."(창세기 2:7~14)

그러나 이 모든 논란은 단지 선악과 이야기를 '밖'으로 읽음으로 말미암아 비롯된 오해들일 뿐이다. 성경은 먼저 '안'으로 읽어야 한다. 그랬을 때 성경이 말하고자 하는 참된 뜻을 우리가 밝게 깨달을 수 있다. 그렇다면, '안' 곧 우리 '내면의 이야기'로 읽었을 때, 이 선악과 이야기는 어떻게 읽힐까?

우선 '에덴동산'이라는 것은 태초라고 하는 어떤 특정의 시간과 공간에 위치했던 하나의 '장소'를 가리키는 말이 아니다. 그것은 정확히 지금 이 순간의 우리 '마음'을 가리킨다. 에덴동산은 바로 지금 이 순간의 삶 속에서 이런저런 아픔과 힘겨움과 괴로움과 기쁨을 경험하며 살아가고 있는 우리 자신의 '마음'을 가리키는 말인 것이다.

이렇게 성경을 '안' 곧 우리 '내면'으로 돌려 읽으면, 우리는 즉시 시간과 공간을 뛰어넘어 성경의 모든 이야기와 비유들 속에서 지금 이 순간 있는 그대로의 우리 자신을 만날 수 있다. 그와 동시에 우리 마음의 모든 상처와 결핍이 치유되고, 모든 고통과 괴로움으로부터 벗어나서 참된 평화와 자유를 얻을 수 있는 분명한 '길'도 만나게 된다. 그렇듯 성경은 우리를 참된 진리와 자유로 인도해 주는 더할 나위 없이 좋은 영혼의 안내서인 것이다. 그러므로 성경이 가리키는 그 '길'을 따라 우선 창세기 2장에 나오는 다음의 말씀에서부터 선악과 이야기를 시작해 보자.

여호와 하나님이 그 사람을 이끌어 에덴동산에 두어 그것을
다스리며 지키게 하시고, 여호와 하나님이 그 사람에게 명하여
이르시되, 동산 각종 나무의 열매는 네가 임의로 먹되 선악을 알
게 하는 나무의 열매는 먹지 말라. 네가 먹는 날에는 정녕 죽으
리라 하시니라.(창세기 2:15~17)

에덴동산이란 바로 지금 이 순간의 우리 마음이기에 '동산 각
종 나무의 열매'는 곧 우리 마음 안에 있는 온갖 감정, 느낌, 생
각들을 가리킨다. 그런데 하나님이 그것들을 가리키며 "동산 각
종 나무의 열매는 네가 임의로 먹어라."고 지금 우리에게 말씀하
고 있는 것이다. 이때 '임의로'라는 말을 국어사전에서 찾아보면
'얽매이거나 제한이 없이 내키는 대로 자유롭다'는 뜻이므로, 하
나님의 이 말씀은 곧 "네 안에서 매 순간 올라오는 모든 감정, 느
낌, 생각들은 (창세기 1장에서 '하나님이 보시기에 좋았더라.'고 일곱
번을 거듭 말한 것과 같이 다 좋은 것이기에) 무엇이든지 가리지 말고
마음껏 먹어라."는 뜻이다. 즉 "매 순간 있는 그대로의 너 자신으
로 존재하라."는 말씀인 것이다.

이렇게 우리 안의 모든 것을 마음껏 먹도록 허용하신 하나님
도 그러나 딱 하나는 금하셨다. 그것은 바로 '선악을 알게 하는
나무의 열매'다. 그것도 "네가 먹는 날에는 정녕 죽으리라."는,
더할 나위 없이 단호한 어조로 말이다. 왜 그랬을까? 도대체 이

'선악과'라는 것이 무엇이기에 하나님은 그토록 엄하게 우리에게 먹지 말라고 명하셨던 것일까? 우리가 그것을 먹는 날에는 정녕 죽게 된다니, 이 말씀은 또 무슨 뜻일까? 무엇보다도, 선이란 무엇이고 악이란 무엇일까?

'천지창조'를 통하여 성경이 거듭거듭 말했다시피, 우리가 아침에 눈을 떠서 밤에 잠들 때까지 심지어 꿈속에서까지 우리 '내면의 천지'에서 매일 매일 새롭게 창조되고 있는 모든 감정, 느낌, 생각들은 진실로 다 좋은 것들뿐이다. 그래서 우리는 다만 그 모두를 있는 그대로 받아들이며, 임의로 먹으며, 매 순간 있는 그대로 존재하기만 하면 된다. 이것이 바로 하나님이 우리에게 진실로 원하는 것이다. 왜냐하면 바로 그때 우리는 하나님의 아들로서의 모든 권능을 온전히 회복하여 '지금', '여기'에서 진실로 자유롭고 행복한 존재가 될 수 있기 때문이다. "거룩하고 진실하사 다윗의 열쇠를 가지신 이 곧 열면 닫을 사람이 없고 닫으면 열 사람이 없는 그가 이르시되, 볼지어다 내가 네 앞에 열린 문을 두었으되 능히 닫을 사람이 없으리라."(요한계시록 3:7~8)는 말씀과도 같이, 지금 이 순간의 삶 속에서 영원을 맛볼 수 있는 참된 진리의 문은 그렇게 우리가 매일 매일 우리 안에서 경험하는 온갖 감정, 느낌, 생각이라는 형태로 우리 앞에 언제나 열려 있다.*

---

* 임제(臨濟) 스님은 이렇게 말했다.

道流 佛法無用功處 祇是平常無事 倚屎送尿 著衣喫飯 困來卽臥

40

그런데 안타깝게도 우리는 그렇게 살지 않는다. 스스로 무거운 짐을 지는 천형(天刑)과도 같이 우리는 언제나 지금 이 순간 우리 안에서 창조되고 있는 모든 것들을 '좋은 것(선)'과 '나쁜 것(악)'으로 둘로 나누고는, 우리 눈에 좋아 보이는 것은 택하고 나빠 보이는 것은 버리려고 애를 쓴다. 이를테면, '오늘'의 삶을 통하여 우리 안에서 매일 매일 새롭게 경험하게 되는 온갖 감정, 느낌, 생각들 가운데 사랑 자비 기쁨 즐거움 편안함 당당함 자신감 지혜 성실 겸손 등은 좋은 것(선)으로, 불안 우울 슬픔 외로움 무기력 미움 분노 교만 무지 게으름 등은 나쁜 것(악)이라고 생각하는 것이다.

사랑 ― 미움

자비 ― 분노, 화

성실 ― 게으름

기쁨 ― 슬픔

즐거움 ― 우울

편안함 ― 불편함

愚人笑我 智乃知焉
"도 배우는 이들이여! 불법에는 애써 공부할 것이 없다. 다만 평상(平常)하고 일 없으면 될 뿐이다. 똥 누고 오줌 누며, 옷 입고 밥 먹으며, 피곤하면 누워 쉰다. 어리석은 사람은 나를 비웃겠지만, 지혜로운 자는 알리라."

당당함	불안
분명함	우유부단
고요함	잡생각
지혜	어리석음
겸손	교만
충만감	초라함
완전	부족
의인	죄인
더 나은 미래	지금
⇩	⇩
좋은 것(선)	나쁜 것(악)
(가)	**(나)**

이렇게 우리 안을 둘로 나누어 버리면, 우리는 필연적으로 그 가운데 '좋은 것(선)'으로 보이는 (가)의 것들은 끊임없이 얻으려 노력하고 또 그런 것들로써 우리 마음 안을 가득히 채우고 싶어 하는 반면에, '나쁜 것(악)'이라고 생각되는 (나)의 것들은 어떻게든 버리려 하고 또 그런 것들은 단 하나도 우리 마음 안에 남겨 두지 않으려고 애를 쓰게 된다. 그런데 우리가 '오늘'의 삶 속에서 매 순간 그렇게 살고 있지 않은가? 다시 말하면, 우리는 이미 '선악을 알게 하는 나무의 열매'를 매일 매 순간 따먹고 있다

는 것이다. 하나님이 "네가 그것을 먹는 날에는 정녕 죽으리라."
고 말씀하신 그 '선악과'를 우리는 지금 이 순간에도 끊임없이 따
먹고 있는 것이다. 그렇듯 이 선악과 이야기는 태초에 아담과 하
와에게 있었던 이야기가 아니라, 바로 지금 이 순간 우리들의 마
음 안에서 벌어지고 있는 일인 것이다. 그렇다면, 정녕 죽으리라
는 이 말씀은 또 무슨 뜻일까?

　지난날의 나를 돌이켜 보면, 나도 언제나 (나)쪽에 있는 내가
싫었다. 아무리 돌아보아도 도무지 마음에 드는 것은 내 안에 하
나도 없었고, 그저 작고 초라하고 볼품없고 못난 것투성이인 나
자신이 견딜 수 없이 괴롭고 힘들었다. 그래서 어떻게든 (나)를
버리고 (가)로 가서 (가)의 인간이 되어 남들에게 인정받고 칭찬
받는 존재가 되고 싶었고, 영혼이 자유롭고 충만한 사람이 되고
싶었다. (가)에 닿기만 하면 내 삶의 모든 고통과 목마름은 일시
에 끝이 나고 영원히 행복할 것 같이만 생각되었던 것이다. 그렇
게 나는 나도 모르게 매일 매 순간 '선악과'를 따먹고 있었던 것
이다.

　그런데 안타깝게도 (나)를 버리고 (가)로 가려고 몸부림치는
동안, 내 영혼에는 단 한 톨의 진정한 평화도 자유도 없었고 오
직 타는 듯한 목마름과 메마름뿐이었다. "그러므로 공평이 우리
에게서 멀고 의(義)가 우리에게 미치지 못한즉, 우리가 빛을 바
라나 어둠뿐이요 밝은 것을 바라나 캄캄한 가운데에 행하므로,

우리가 맹인 같이 담을 더듬으며 눈 없는 자 같이 두루 더듬으며 낮에도 황혼 때 같이 넘어지니, 우리는 강장(强壯)한 자 중에서도 죽은 자 같은지라. 우리가 곰 같이 부르짖으며 비둘기 같이 슬피 울며 공평을 바라나 없고 구원을 바라나 우리에게서 멀도다."(이사야 59:9~11)라는 말씀처럼, 아무리 울고불며 애를 쓰고 노력을 기울여도 진정으로 (가)의 인간은 되지가 않았고, 나는 여전히 (나)에 머물러 있으면서 끊임없이 (가)만을 갈망하며 발을 동동거릴 뿐이었다. 아, 그 간절함이란! 그 목마름이란!

그러나 그럴수록 나는 더욱더 (가)의 인간이 되고 싶어 온전히 거기에 매달릴 수밖에 없었고, 그러는 동안 내 안에는 끊이지 않는 고통과 괴로움만이 가득했다. 그렇게 내 영혼은 34년 동안이나 "네가 그것을 먹는 날에는 정녕 죽으리라."는 하나님의 말씀대로 물기 하나 없이 생기 하나 없이 정녕 죽어 있었던 것이다.

그러던 서른네 살 초여름의 어느 날, 나는 갑자기 그 모든 목마름과 메마름이 영원히 끝이 나는 '영혼의 비약'을 맞이하게 되었다. 그토록 오랜 세월 동안 애타게 찾아다녔던 "영생하도록 솟아나는 샘물"(요한복음 4:14)을 마침내 마시게 된 것이다. 그리곤 내 삶은 완전히 바뀌어 지금까지 강 같은 평화와 사랑과 자유와 충만이 내 영혼을 가득히 적시며 흐르고 있다. 얼마나 감사한지! "너희가 나가서 외양간에서 나온 송아지 같이 뛰리라."(말라기 4:2)는 말씀처럼, 내 영혼이 얼마나 기뻐하며 뛰었는지!

그런데 놀랍게도 그 샘물은 "또 여기 있다 저기 있다고도 못하리니 하나님의 나라는 너희 안에 있느니라."(누가복음 17:21)는 예수의 말씀처럼, 내 바깥 어딘가가 아니라 내 안에 있었고, 미래의 어느 순간이 아니라 '지금' 속에 있었으며, 나는 단 한 순간도 그것을 떠난 적도 없었고 잃어버린 적도 없었다. 아, 그 샘물은 언제나 어느 순간에나 내 안에서 흐르고 있었다! 이 얼마나 아이러니한 일인가? 정작 내 안에 있는 샘물을 찾아서 나는 그토록 오랜 세월 동안 '밖'으로만 돌아다녔으니! 찾고 구하는 바로 그 마음 때문에 내 안에서 항상 흐르고 있는 그 샘물을 단 한 순간도 마실 수 없었으니!

이 '선악과 이야기'는 우리가 어떻게 마음의 고통과 괴로움과 메마름 속으로 스스로 걸어 들어가게 되었으며, 그 원인은 무엇인지, 그리고 어떻게 하면 그 무거운 짐으로부터 벗어나서 영원히 자유롭고 행복한 존재가 될 수 있는지 그 '길'을 분명하게 가리켜 보여 주는 너무나 절묘한 이야기다. 이제 창세기 3장으로 들어가 보자.

여호와 하나님이 지으신 들짐승 중에 뱀이 가장 간교하더라.
뱀이 여자에게 물어 이르되, 하나님이 참으로 너희에게 동산 모든 나무의 열매를 먹지 말라 하시더냐.(창세기 3:1)

여기에서 '뱀'이란 우리가 익히 아는, 혀를 날름거리며 땅을 기어 다니는 그 뱀을 가리키는 것이 아니다. 이때의 '뱀'은 바로 우리 '내면의 뱀' 곧 우리의 생각 혹은 마음(분별심)을 가리킨다. 우리의 이 생각과 마음(분별심)은 얼마나 간교한가? 우리 안에서 매일 매 순간 일어나고 있는 온갖 감정, 느낌, 생각들은 모두가 "하나님이 보시기에 심히 좋은 것들"밖에 없건만, 어떤 것은 좋은 것(선)으로 보이게 하고 또 어떤 것은 나쁜 것(악)으로 보이게끔 만든 다음, 그것도 모자라 그 '둘'은 명백히 실재하며, 우리 안도 그렇게 명백히 '둘'로 나뉘어 있다고 믿게 만듦으로써 우리로 하여금 끊임없이 그 허구의 믿음에 끄달려 다니게 하니 말이다.

이 뱀이 어떻게 그렇게 감쪽같이 우리를 속이는지를 한번 보자. 뱀은 우선 하와에게 다가가 "하나님이 참으로 너희에게 동산 모든 나무의 열매를 먹지 말라 하시더냐."는 말을 슬쩍 던진다. 그러자 하와는 "동산 나무의 열매를 우리가 먹을 수 있으나 동산 중앙에 있는 나무의 열매는 하나님의 말씀에 너희는 먹지도 말고 만지지도 말라. 너희가 죽을까 하노라 하셨느니라."고 대답한다. 그런데 하나님은 분명히 창세기 2장에서 이 선악과에 대해 이렇게 말씀하셨다. "동산 각종 나무의 열매는 네가 임의로 먹되 선악을 알게 하는 나무의 열매는 먹지 말라. 네가 먹는 날에는 정녕 죽으리라."(창세기 2:16~17)고. 가만히 보면, 하나님이 하와에게 명하신 말씀과 하와가 뱀에게 한 대답 사이에는 약간의 차

이가 있음을 발견할 수 있다. "정녕 죽으리라."는 하나님의 말씀이 하와에게서는 어느새 "죽을까 하노라."로 바뀌어 있는 것이다. 참 작고도 미묘한 차이지만, 그 작은 틈을 놓치지 않고 뱀은 단호하고도 분명하게 하와를 유혹해 들어간다. "너희가 결코 죽지 아니하리라. 너희가 그것을 먹는 날에는 너희 눈이 밝아져 하나님과 같이 되어 선악을 알 줄을 하나님이 아심이니라."(창세기 3:4~5)고. 그렇듯 우리 '내면의 뱀' 곧 우리의 생각과 마음(분별심)은 조금의 빈틈도 없이 너무나 분명하고도 단호하게, 그리고 너무나 그럴듯한 모양으로 우리를 집어삼켜 버리는 것이다. 그러니, 그런 유혹에 넘어가지 않을 사람이 없는 것이다.

그 너무도 확신에 찬 뱀의 말을 듣고 하와가 문득 선악과를 보니, 선악과는 "먹음직도 하고 보암직도 하고 지혜롭게도 할 만큼 탐스러운 나무"로 하와의 눈에 들어온다. 정말이지 그것을 먹는 날에는 뱀의 말대로 자신의 눈이 밝아지고 하나님처럼 되어 지금보다는 훨씬 더 나은 존재가 될 것 같이만 보였던 것이다. 그래서 하와는 망설임 없이, 어쩌면 커다란 기대와 설렘마저 갖고서 선악과를 따먹는다. 그리곤 곧 "자기와 함께 있는 남편에게도 주매 그도 먹은지라……."(창세기 3:6)

그런데 (나)를 버리고 (가)로 가려고 하는 '지금'의 우리 눈에도 (가)는 얼마나 "먹음직도 하고 보암직도 하고 지혜롭게도 할 만큼 탐스러워" 보이는가. 정말이지 (가)에 이르러 (가)의 사람이 되는 날에는 모든 것이 자유롭고 충만한 사람이 되어 지금보다는 훨씬 더 나은 존재가 될 것 같이만 여겨지지 않는가. 그래서 우리는 얼마나 망설임 없이 (나)를 떠나는가. 얼마나 큰 기대와 설렘마저 갖고서 (가)로 가고 있는가. 태초의 이 하와의 모습은 얼마나 '지금'의 우리 모습과 닮아 있는가.

그런데 정말 뱀의 말대로 되었던가? 아담과 하와가 선악과를 따먹고 난 뒤에 정말로 눈이 밝아져 하나님과 같은 존재가 되었던가? 아니다! 그렇기는커녕 오히려 자신들이 기대하고 바랐던 것과는 정반대의 삶이 갑자기 그들 앞에 펼쳐져 버렸다. 선악과를 따먹고 난 뒤에 아담과 하와가 맨 처음 보인 반응은 자신들이 벗었음을 알고 부끄러워하며 무화과나무 잎을 엮어 가리고, 두려워 떨며 하나님의 낯을 피하여 동산 나무 사이에 숨는다. 오, 이런! 갑자기 그들은 당당해지기는커녕 선악과를 따먹기 이전보다 훨씬 더 초라하고 궁색한 존재가 되어 버렸다! 이는 뱀의 유혹을 받기 전의 모습인 "아담과 그의 아내 두 사람이 벌거벗었으나 부끄러워하지 아니하니라."(창세기 2:25)고 하던 것과는 너무나 대조적인 모습이 아닌가!

그런데 가만히 보면, 이 또한 (나)를 버리고 (가)로 가려고 하는 '지금'의 우리 모습과 너무나 닮아 있지 않은가. "너희가 그것을 먹는 날에는 너희 눈이 밝아져 하나님과 같이 되리라."는 뱀의 말에 하와가 단박에 마음을 빼앗겼듯이, 우리도 (가)에 이르러 (가)의 사람이 되는 날에는 지금보다 모든 면에서 더 낫고 완전한 존재가 될 것 같이만 여겨져서 얼른 (가)로 가고 싶어 애를 쓰지만, 그러나 아직도 (나)의 존재를 벗어나지 못하고 (나)에 머물러 있는 자신을 목격할 때마다 얼마나 스스로를 부끄러워하고 한심스러워하면서, 온갖 그럴싸한 것들로 자신을 덮고, 가리고, 숨기고, 또 그런 초라한 자신을 남들에게 들킬까 봐 얼마나 두려워하는가.

무엇보다도, 하나님이 먹지 말라 한 선악과를 "먹음직도 하고 보암직도 하고 지혜롭게도 할 만큼 탐스럽기도 한 나무"로 보이게 한 하와의 눈이 하와를 바르게 인도했던가? 아니다. 마찬가지로 (나)를 떠나 (가)로 가면 지금보다 더 나은 존재가 될 것 같이만 여겨지게 하는 우리의 생각(분별심)이 정녕 우리를 '그 자리'로 인도해 줄까? 아니다. 하와가 뱀에게 속았듯이 우리도 지금 이 순간 우리 '내면의 뱀'에게 감쪽같이 속고 있는 것이다. "너희가 어찌하여 양식이 아닌 것을 위하여 은을 달아 주며 배부르게 하지 못할 것을 위하여 수고하느냐."(이사야 55:2)는 말씀처럼, (나)를 떠나 (가)로 가기 위해 우리가 기울이는 모든 노력과 수고는 결코 우리의 영혼을 배부르게 할 수 없으며 우리의 마음을 쉬게 할 수도 없다. 그 속에는 단 한 톨의 자유도 없다. 아, 우리는 우리의 '내면의 뱀'에게 감쪽같이 속고 있는 것이다!

우리가 (가)에 도달함으로써 얻고 싶어 하는 모든 것은, 믿어

지지 않겠지만, 우리가 그토록 버리고 싶어 하는 (나) 속에 온
전히 들어 있다. "여호와께서 과연 여기 계시거늘 내가 알지 못
하였도다."(창세기 28:16)라는 야곱의 고백처럼, 우리가 추구하
는 영혼의 자유와 참된 마음의 평화는 지금 여기 있는 그대로의
(나) 안에 올올이 들어 있다는 것을 우리가 깨닫지 못하고 있는
것이다. 그러나 하나님은 과연 여기에 계신다. 진리는 바로 지금
여기, 있는 그대로의 우리 자신 안에 있다.

그런데도 우리의 눈에는 (나)에는 없고 오직 (가)에만 있을 것
처럼 여겨지지 않는가? '지금' 속에는 없고 우리의 쉼 없는 노력과
수고를 통하여 도달하게 될 언젠가의 '미래' 속에만 있을 것 같이
생각되지 않는가? 또한 정녕 이것만이 참일 것 같지 않은가? 우
리 '내면의 뱀'은 그토록 정교하게 우리를 속이고 있는 것이다.

그래서 예수도 일찍이 이런 우리의 착각을 경계하면서 이런
말씀을 하셨다. "좁은 문으로 들어가라. 멸망으로 인도하는 문은
크고 그 길이 넓어 그리로 들어가는 자가 많고, 생명으로 인도
하는 문은 좁고 길이 협착하여 찾는 이가 적음이니라."(마태복음
7:13~14)고. 우리가 보기에 (가)는 정말이지 '생명으로 인도하는
문'으로 보이지 않는가. (가)로 들어가기만 하면 지금까지의 모든
고통과 괴로움과 수치가 끝이 나고 진정 자유롭고 행복할 것 같
이만 여겨지지 않는가. 그래서 얼마나 많은 사람들이 커다란 열
망을 가지고 그리로 들어가고자 하는가. 반면에 (나)는 어떤가.

우리의 눈에 (나)는 생명의 문으로 보이기는커녕 그것이야말로 좁고 길이 협착한 '멸망으로 인도하는 문'으로 보이지 않는가. 그곳에 잠시라도 머물러 있다가는 영원히 헤어 나올 수 없을 것 같은 죽음의 문으로 여겨지지 않는가. 그래서 얼마나 많은 사람들이 (나)를 외면하고 (나)를 떠나고자 하는가. 그러나 예수는 분명히 말씀하셨다. "좁은 문으로 들어가라."고. 좁고 길이 협착하여 찾는 이가 적은 그 문이 바로 우리를 영원한 진리와 자유로 인도해 줄 생명의 문이라고.*

그런데 이 '선악과 이야기'가 놀라운 것은, 성경이 참으로 놀라운 지혜로 가득한 것은, 우리의 마음이 고통과 괴로움에 빠지게 된 그 궁극적인 원인이 바로 이 '내면의 뱀'에게 있다는 것을 창세기 3장 9절부터 이어지는 하나님과 아담의 대화를 통하여 너무나 정확하고 분명하게 드러내어 보여 주고 있다는 것이다.

창세기 3장 9절은 이렇게 말한다. "여호와 하나님이 아담을 부르시며 그에게 이르시되, 네가 어디 있느냐." 이에 하나님의 낯을 피하여 동산 나무 사이에 숨어 있던 아담은 이렇게 대답한다.

---

* 『논어(論語)』에도 다음과 같은 구절이 있다.

天理人欲之間每相反
"하늘의 이치와 사람이 하고자 하는 바 사이는 매번 서로 반대된다."
노자도 『도덕경(道德經)』 78장에서 이렇게 말하고 있다.

正言若反
"참말은 마치 반대되는 것 같다."

"내가 동산에서 하나님의 소리를 듣고 내가 벗었으므로 두려워하여 숨었나이다."(창세기 3:10)라고. 그런데 이 말을 듣고 다시 물으시는 하나님의 말씀이 너무나 기가 막히다. "누가 너의 벗었음을 네게 알렸느냐?"(창세기 3:11)고 하신 것이다. 상식적으로 보면 "네가 벗은 줄을 어떻게 알았느냐?"고 해야 할 텐데, 성경에는 이상하게도 '누가'라는 말이 먼저 나온다. "누가 너의 벗었음을 네게 알렸느냐……"

그런데 이 '누가'가 누구인가? 성경은 바로 그 다음에 이어지는 문답을 통하여 이 '누가'가 누구인가를 놀랍도록 정확하게 찾아간다. 우선 아담은 "누가 너의 벗었음을 네게 알렸느냐. 내가 네게 먹지 말라 명한 그 나무 열매를 네가 먹었느냐."(창세기 3:11)라는 하나님의 말씀에 이렇게 대답한다.

"하나님이 주셔서 나와 함께 있게 하신 여자 그가 그 나무 열매를 내게 주므로 내가 먹었나이다."

그러자 하나님이 이번에는 하와에게 묻는다.

"네가 어찌하여 이렇게 하였느냐."

하와는 두려움에 떨며 간신히 대답한다.

"뱀이 나를 꾀므로 내가 먹었나이다."

아, 뱀이 나를 꾀므로……뱀이 나를 꾀므로……

그렇다, 바로 이 뱀! 곧 우리 '내면의 뱀'이 우리에게 우리의 '벗었음'을 일러준 것이다!

그런데 창세기 2장 마지막 절에 "아담과 그의 아내 두 사람이 벌거벗었으나 부끄러워하지 아니하니라."고 했듯이, 아담과 하와는 선악과를 따먹기 전에도 벌거벗고 있었고 따먹은 후에도 벌거벗고 있었다. 그들은 이미 '처음부터' 벌거벗고 있었던 것이다. 그와 같이 '벌거벗었다'는 사실에는 아무런 차이가 없었는데도 뱀이 불어넣은 한 생각(분별심)이 들어오니, 조금 전까지 편안하고 자유롭던 그들의 '벌거벗었음'이 대번에 부끄럽고 두려우며 숨기고픈 무엇이 되어 버렸다. 그렇다면 '벌거벗었음'이 잘못되었는가, 아니면 그것을 부끄럽고 두려운 무엇으로 보이게끔 만든 그 '생각(분별심)'이 잘못되었는가? 만약 '벌거벗었다'는 사실 자체가 잘못된 것이라면, 그들은 이미 처음부터 부끄러워하고 두려워해야 했을 것이다. 그렇지 않은가?

이때 '벌거벗었다'는 것은 영적으로 말하면 어떠한 가식이나 거짓, 꾸밈도 없는 '있는 그대로의 우리 자신' 곧 (나)를 가리킨다. 그렇다면, 매 순간 있는 그대로의 우리 자신은 아무런 잘못이 없는데, 오직 뱀이 불어넣은 한 생각(분별심)으로 인해 우리는 우리 자신을 스스로 부끄러워하며 두려워하게 된 것이 아닌가. 또한 그럼으로써 '벌거벗은' 자신을 끊임없이 덮고 가리고 숨기게끔 하지 않았는가. 따라서 우리에게 잘못된 것은 오직 하나, 바로 그 '생각(분별심)'이건만 우리는 오히려 그 생각(분별심)이 가리키는 대로 끊임없이 (나)를 부끄러워하고 두려워하면서 (나)를 버리고 (가)로 가려고만 하니, 이 얼마나 안타까운 일인가. 오직 그 한 생각(분별심)만 내려지면 우리는 지금 이대로, '벌거벗은' 이대로 이미 완전하며, (나)인 이대로 이미 자유인 것을! 지금, 여기가 바로 진리의 자리인 것을!

그래서 하나님은 바로 이 뱀에게, 여호와 하나님이 지으신 들 짐승 중에 가장 간교한 이 뱀에게 저주를 내리시는 것이다. "여호와 하나님이 뱀에게 이르시되, 네가 이렇게 하였으니 네가 모든 가축과 들의 모든 짐승보다 더욱 저주를 받아 배로 다니고 종신토록 흙을 먹을지니라."(창세기 3:14)고. 더욱이 "네가 이렇게 하였으니……"라고 말씀하심으로써 정녕 저주를 받아야 하는 것은 바로 이 뱀 곧 우리 '내면의 뱀'임을 분명하게 드러내시면서 말이다.

물론 뱀의 유혹을 받아 하나님이 먹지 말라 명한 선악과를 따먹은 아담과 하와도 하나님으로부터 벌을 받아 에덴동산에서 쫓겨난다. 이때 '아담과 하와가 선악과를 따먹고 에덴동산에서 쫓겨난다'는 것은 정말로 하나님이 따로 계셔서 하나님의 명을 어긴 인간에게 징벌을 내리시고 그들을 쫓아냈다는 뜻이 아니다. 에덴동산이란 '낙원'을 상징하는 말이지만, 공간적인 개념이 아니라 바로 지금 이 순간의 우리 '마음'을 가리키는 것이기에, 거기에서 쫓겨났다는 것은 곧 지금 이 순간의 삶 속에서 매일 매 순간 새롭게 창조되고 있는, 하나님이 보시기에 심히 좋은 것들밖에 없는 우리 '내면의 천지'를 우리 스스로가 좋은 것(선)과 나쁜 것(악)으로 나누어 놓고는, 그 가운데 하나는 버리고 다른 하나는 취하려고 헛되이 노력하고 수고함으로써 우리가 본래 가지고 있던 마음의 참된 평화와 자유를 잃어버리게 되었다는 뜻이다. 버려지지 않는 (나)를 버리려고 몸부림치고, 얻을 수 없는 (가)를 얻으려고 애를 쓰니, 아직 얻지 못한 그 목마름이 얼마일 것이며 아직 버리지 못한 그 괴로움이 얼마나 크겠는가. 그 속에는 오직 타들어가는 듯한 영혼의 메마름과 고통밖에 없으니, 그게 바로 낙원에서 쫓겨난 것이 아니고 무엇이겠는가. 나도 그렇게 34년 동안이나 실낙원(失樂園) 했었다.

"여호와 하나님이 에덴동산에서 그 사람을 내어 보내어 그의 근본된 땅을 갈게 하시니라. 이같이 하나님이 그 사람을 쫓아내시고……"(창세기 3:23~24)라는 말씀으로써 선악과 이야기는 끝을 맺고 있다. 우리는 그렇게 우리 '내면의 뱀'에게 속아 우리 안을 스스로 둘로 나눔으로 말미암아 지금 이 순간의 삶 속에서 끊임없이 목마르고 괴로울 수밖에 없는 실낙원한 삶을 살게 된 것이다.

그러나 성경은 또한 너무나 따뜻하고도 자상하게 우리가 잃어버린 그 모든 것을 되찾을 수 있는 '길'도 보여 준다. 그 길은 바로 창세기 6장에 나오는 '노아의 방주' 속에 있다. "땅 위에 사람 지으셨음을 한탄하사 마음에 근심하시고"(창세기 6:6) 생명 가진 모든 것들을 하나님이 물로 심판하여 다 쓸어버리되 오직 '노아의 방주' 안에 들어간 사람과 생명들만 살려 주신, 다시 말해 사느냐 죽느냐의 갈림길에 서게 되는 그 절체절명의 이야기를 통하여 성경은 분명하게 그 '길'을 우리 앞에 보여 주고 있는 것이다.*

---

* 창세기 4장에 보면, 아담과 하와가 에덴동산에서 쫓겨난 뒤의 이야기가 나온다. 아담과 하와는 동침하여 두 아들을 낳았는데, 맏아들의 이름은 가인이요 둘째 아들의 이름은 아벨이다. 그들은 장성하여 가인은 농사짓는 사람이 되었고 아벨은 양 치는 목자가 되었는데, 어느 날 그들이 각자가 지은 양식으로써 여호와께 예물을 드렸을 때 하나님은 아벨과 그 제물(祭物)은 기쁘게 받으셨지만 가인과 그 제물은 받지 않으셨다. 이에 심히 분하여 안색이 변한 가인은 들에 있을 때에 동생 아벨을 때려죽이는데, 이 일로 인하여 가인은 하나님으로부터 저주를 받아 "땅에서 피하며 유리(遊離)하는 자"(창세기 4:12)가 된다. 에덴동산에서 쫓겨나자마자 벌어진 끔찍한 살인 사건인 것이다.

그런데 이 이야기를 우리 '내면의 이야기'로 돌려 읽으면, 가인은 (가)의 존재가 되고 싶은 우리의 마음(분별심)을 가리키고, 아벨은 지금 여기 있는 그대로의 우리 자신 곧 (나)를 가리킨다. 하나님이 아벨과 그 제물을 기쁘게 받으셨듯이 진리는 바로 지금 이 순간 있는 그대로의 우리 자신에게 있건만, 우리는 오히려 얼른 (가)가 되고 싶은 마음에 얼마나 잔인하게 우리 안에서 올라오는 (나)를 때려죽이고 있는가. 성경은 얼마나 분명하게 모든 이야기들 속에서 '지금' 우리의 모습을 비추어 주고 있는가? 그런데 이 이야기가 아담과 하와가 에덴동산에서 쫓겨난 바로 다음 장인 창세기 4장에 기록되어 있다는 사실에 나는 또 한 번 놀라고 전율한다. 왜냐하면 에덴동산에서 쫓겨난 우리가 '내면의 삶' 속에서 늘 하는 일이 바로 이런 일이기 때문이다. 그렇지 않은가?

3
노아의 방주

하나님이 하시는 일은 우리 눈에 보기에는
전혀 이해가 되지 않을 뿐만 아니라 기이하게까지 보이는
경우가 많다. 방주를 해변이나 강가가 아니라
산꼭대기에 만들게 하신 것이다. 누가 그것을 이해하겠는가?
누가 그것을 '사는 길'로 보겠는가?

이들은 땅에서 쓸어버림을 당하였으되 오직 노아와 그와 함께 방주에 있던 자들만 남았더라.

_창세기 7:23

여기, 사느냐 죽느냐의 갈림길이 지금 당신 앞에 놓여 있다면 당신은 어느 길을 선택하겠는가? 그야 당연히 '사는 길'로 가겠다고 누구나 힘주어 말할 것이다. 그런데 만약 그렇게 자신 있게 선택한 길이 우리를 살리기는커녕 도리어 '멸망으로 인도하는 문'이라면? 반면에 우리가 한사코 외면하며 가지 않으려고 한 그 길이 오히려 우리를 진정으로 살릴 수 있는 '생명의 문'이라면? 무엇보다도, 우리가 아직 그 사실을 조금도 깨닫지 못한 채 그저 길을 걸어가고 있다면?

여기, 당신을 진정으로 살릴 수 있는 문이 하나 있다. 그것은 바로 '노아의 방주'이다. 방주 안에 들어간 사람은 모두가 살았지만, 방주 밖에 있던 사람들은 하나님이 내린 홍수로 인해 모두가 죽었기 때문이다. 그렇다면 당신은 방주 안으로 들어갈 것인가?
방주 안으로 들어가 자신의 생명을 온전히 보전할 것인가? 당신
은 과연 그렇게 할 것인가?

그러나 방주 안으로 들어간 사람은 단 몇 명뿐이었다. 노아와
세 아들과 며느리들뿐이었다. 당시의 수많은 사람들 가운데 어
느 누구도 그의 '방주'를 거들떠보지 않았던 것이다. 노아가 어느
날 하나님의 진노와 계획을 알게 된 후 두려운 마음으로 하나님
의 말씀을 좇아 방주를 만들게 되었지만, 그곳은 해변이나 강가
가 아니라 산꼭대기였다. 그것도 길이가 134m, 너비가 23m, 높
이가 14m가 넘는 거대한 배를 말이다. 어느 누가 그가 하는 일
에 관심을 보였겠으며, 어느 누가 그가 하는 말에 귀를 기울였겠
는가. 그렇기는커녕 모두가 비웃으며 다만 그를 손가락질하지
않았겠는가. 그들 앞에도 분명히 '사는 길'이 주어졌지만, 그들은
오히려 그것을 웃음거리로밖에 여기지 않았던 것이다.* 그런데
안타깝게도 이런 일은 '지금' 우리의 삶 속에서도 그대로 되풀이
되고 있다.

여기, 우리를 참된 평화와 자유로 인도하는 마음의 '길'이 있

---

* 노자도 도덕경에서 이런 말을 하고 있다.

上士聞道 勤而行之 中士聞道 若存若亡 下士聞道 大笑之 不笑 不足以爲道.

"상근기의 사람이 도를 들으면 부지런히 행하고, 중간 근기의 사람이 도를 들으
면 긴가민가하며, 하근기의 사람이 도를 들으면 크게 비웃는다. 그런데 그들의
웃음거리가 되지 않는다면 족히 도라고 할 만하지 못하다."

다. "너희 모든 목마른 자들아, 물로 나아오라. 돈 없는 자도 오라. 너희는 와서 사 먹되 돈 없이, 값 없이 와서 포도주와 젖을 사라."(이사야 55:1)는 말씀처럼, 그 '길'은 아무런 조건 없이 지금 이 순간 우리 모두 앞에 주어져 있다. 그 길을 가기 위해 아무것도 준비할 것이 없으며, 무언가 수고를 하거나 애를 쓸 필요는 더더욱 없다. 그저 그 길로 들어서기만 하면 된다. 그러면 우리가 찾고 구하던 마음의 평화와 자유는 선물처럼 저절로 우리에게 주어질 것이다. 진리의 길은 원래 그렇게 쉬운 것이다.

지금 당신 앞에 그 '길'이 주어져 있다. 당신은 그 길로 들어설 것인가? 산꼭대기에 지어진 방주에 탈 것인가?

여호와께서 사람의 죄악이 세상에 관영함과 그의 마음으로 생각하는 모든 계획이 항상 악할 뿐임을 보시고 땅 위에 사람 지으셨음을 한탄하사 마음에 근심하시고 이르시되, 내가 창조한 사람을 내가 지면에서 쓸어버리되 사람으로부터 가축과 기는 것과 공중의 새까지 그리하리니, 이는 내가 그것들을 지었음을 한탄함이니라 하시니라.

그러나 노아는 여호와께 은혜를 입었더라. 노아의 사적*은 이

---

* 사적(事蹟) 일이나 사건의 자취.

러하니라. 노아는 의인이요 당대에 완전한 자라. 그가 하나님과 동행하였으며, 그가 세 아들을 낳았으니 셈과 함과 야벳이라.

그 때에 온 땅이 하나님 앞에 패괴*하여 강포가 땅에 충만한지라. 하나님이 보신즉 땅이 패괴하였으니, 이는 땅에서 모든 혈육 있는 자의 행위가 패괴함이었더라. 하나님이 노아에게 이르시되, 모든 혈육 있는 자의 강포가 땅에 충만하므로 그 끝날이 내 앞에 이르렀으니 내가 그들을 땅과 함께 멸하리라. 너는 잣나무로 너를 위하여 방주를 만들되 그 안에 칸들을 막고 역청으로 그 안팎에 칠하라. 네가 만들 방주는 이러하니 그 길이는 삼백 규빗**, 너비는 오십 규빗, 높이는 삼십 규빗이라. 거기에 창을 내되 위에서부터 한 규빗에 내고 그 문은 옆으로 내고 상 중 하 삼층으로 할지니라.

내가 홍수를 땅에 일으켜 무릇 생명의 기운이 있는 모든 육체를 천하에서 멸절하리니 땅에 있는 것들이 다 죽으리라. 그러나 너와는 내가 내 언약을 세우리니, 너는 네 아들들과 네 아내와 네 며느리들과 함께 그 방주로 들어가고, 혈육 있는 모든 생물을 너는 각기 암수 한 쌍씩 방주로 이끌어 들여 너와 함께 생명을 보존하게 하되 새가 그 종류대로, 가축이 그 종류대로, 땅에 기

---

* 패괴(悖壞) 부서지고 무너짐.
** 치수의 단위로, 일반적으로 가운데 손가락 끝에서 팔꿈치까지의 길이를 의미한다. 약 45㎝이다.

는 모든 것이 그 종류대로 각기 둘씩 네게로 나아오리니 그 생명을 보존하게 하라. 너는 먹을 모든 양식을 네게로 가져다가 저축하라. 이것이 너와 그들의 먹을 것이 되리라. 노아가 그와 같이 하여 하나님이 자기에게 명하신 대로 다 준행하였더라.

여호와께서 노아에게 이르시되, 너와 네 온 집은 방주로 들어가라. 네가 이 세대에 내 앞에 의로움을 내가 보았음이니라. 너는 모든 정결한 짐승은 암수 일곱씩, 부정한 것은 암수 둘씩을 네게로 데려오며, 공중의 새도 암수 일곱씩을 데려와 그 씨를 온 지면에 유전하게 하라. 지금부터 칠 일이면 내가 사십 주야(晝夜)를 땅에 비를 내려 내가 지은 모든 생물을 지면에서 쓸어버리리라. 노아가 여호와께서 자기에게 명하신 대로 다 준행하였더라.

홍수가 땅에 있을 때에 노아가 육백 세라. 노아는 아들들과 아내와 며느리들과 함께 홍수를 피하여 방주에 들어갔고, 정결한 짐승과 부정한 짐승과 새와 땅에 기는 모든 것은 하나님이 노아에게 명하신 대로 암수 둘씩 노아에게 나아와 방주로 들어갔으며, 칠 일 후에 홍수가 땅에 덮이니 노아가 육백 세 되던 해 둘째 달 곧 그 달 십칠 일이라. 그날에 큰 깊음의 샘들이 터지며 하늘의 창들이 열려 사십 주야를 비가 땅에 쏟아졌더라. 곧 그날에 노아와 그의 아들 셈, 함, 야벳과 노아의 아내와 세 며느리가 다 방주로 들어갔고, 그들과 모든 들짐승이 그 종류대로, 모든 가축이 그 종류대로, 땅에 기는 모든 것이 그 종류대로, 모든 새가 그 종류대로 무릇 생명의 기운이 있는 육체가 둘씩 노아에게 나아와 방주로 들어갔으니, 들어간 것들은 모든 것의 암수라. 하나님이 그에게 명하신 대로 들어가매 여호와께서 그를 들여보내고 문을 닫으시니라.

홍수가 땅에 사십 일 동안 계속된지라. 물이 많아져 방주가 땅에서 떠올랐고, 물이 더 많아져 땅에 넘치매 방주가 물 위에 떠다녔으며, 물이 땅에 더욱 넘치매 천하의 높은 산이 다 잠겼더니, 물이 불어서 십오 규빗이나 오르니 산들이 잠긴지라. 땅 위에 움직이는 생물이 다 죽었으니 곧 새와 가축과 들짐승과 땅에 기는 모든 것과 모든 사람이라. 육지에 있어 그 코에 생명의 기운의 숨이 있는 것은 다 죽었더라. 지면의 모든 생물을 쓸어버리시니 곧 사람과 가축과 기는 것과 공중의 새까지라. 이들은 땅에서 쓸어버림을 당하였으되 오직 노아와 그와 함께 방주에 있던 자들만 남았더라. 물이 백오십 일을 땅에 넘쳤더라.(창세기 6:5~7:24)

하나님이 창조한 사람들이 저지른 죄악으로 인해 사람뿐만 아니라 땅 위에서 호흡하는 모든 생물들까지 남김없이 죽임을 당하는 이 이야기는 창세기 6장에 나온다. 그런데 가만히 보면, 하나님은 천지와 만물과 사람을 창조하신 창세기 1장에서만 "하나님이 보시기에 좋았더라."고 말하며 잠시 기뻐하셨을 뿐, 이후부터는 매 장마다 사람에 대하여 자주 진노하시고, 저주와 징벌을 내리시며, 가차없이 심판하심을 볼 수 있다.

창세기 3장에서는 먹지 말라 명한 선악과를 따먹은 아담과 하와에게 벌을 주시고 낙원인 에덴동산에서 쫓아냈으며, 4장에서는 동생인 아벨을 죽인 가인에게 저주를 내려 땅에서 피하며 유리하는 자가 되게 했고, 6장에서는 "사람의 죄악이 세상에 관영함과 그 마음으로 생각하는 모든 계획이 항상 악할 뿐임을 보시고 땅 위에 사람 지으셨음을 한탄하사" 온 세상을 홍수로 심판하여 방주 밖에 있는 모든 사람과 모든 생명들을 예외 없이 다 죽여 버리신다. 이 가혹한 방주 사건 이후에도 하나님은 사람들이 바벨탑을 쌓았다는 이유로 크게 진노하며 그들의 언어를 혼잡케 하심으로써 온 지면에 흩어지게 했고(창세기 11:1~9), 모세를 통하여 이스라엘 백성들을 애굽(이집트)에서 이끌어 내어 "젖과 꿀이 흐르는 땅"(출애굽기 3:8)으로 갈 때에는 때마다 저주와 징벌을 내리셨으며, 시내 산 꼭대기에 내려오셔서 모세에게 십계명을 말씀하실 때에는 스스로를 "질투하는 하나님"(출애굽기 20:5)이라고까지 했다. 이런 많은 이유들로 인해 사람들은 곧잘 '하나님'이라고 하면 대뜸 진노하시는 하나님, 징벌의 하나님, 저주와 심판의 하나님을 떠올리며, "그게 무슨 하나님이야!"라며 원망 섞인 투로 말하곤 한다.

왜 그랬을까? 하나님은 왜 그렇게 진노를 잘 하시고, 자그마한 불의에도 참지를 못하시며, 사람들의 눈길이 조금이라도 자신에게서 멀어질라치면 대번에 "나를 미워하는 자의 죄를 갚되 아버지로부터 아들에게로 삼사 대까지 이르게 하거니와, 나를 사랑하고 내 계명을 지키는 자에게는 천 대까지 은혜를 베푸느니라."(출애굽기 20:5)며 질투의 쌍심지를 켜시고, 저주와 심판 내리기를 조금도 주저하지 않으시는 것일까? 왜 그러실까?

그 이유를 한마디로 말하면, 하나님은 사랑이시기 때문이다. "배에서 남으로부터 내게 안겼고 태에서 남으로부터 내게 업힌 너희여, 너희가 노년에 이르기까지 내가 그리하겠고 백발이 되기까지 내가 너희를 품을 것이라. 내가 지었은즉 안을 것이요 품을 것이요 구하여 내리라."(이사야 46:3~4)고 하신 말씀처럼, 하나님은 우리가 어머니의 배에서 잉태되면서부터 우리를 사랑하셨고, 삶의 모든 순간들 속에서도 사랑으로 함께 하셨으며, 백발이 되어 우리가 고요히 삶을 마감할 때까지 한결같은 사랑으로 우리를 품으시기 때문이다.

그 한량없는 사랑으로 인해 하나님 자신도 어찌할 수 없는 소망 하나를 갖게 되었는데, 그것은 바로 당신 자신을, 당신의 전부를 우리에게 주고 싶어 하신다는 것이다. 인간이 진정으로 자유롭고 행복하며 지금 이 순간의 삶 속에서 영원한 진리와 평화를 맛볼 수 있는 유일한 길은 오직 하나님을 갖는 길밖에 없음을, 예수가 제자들에게 떡과 포도주를 주며 "이것은 나의 몸과 피니 먹고 마시라."(마태복음 14:22~24)고 한 것과 같이, 우리가 하나님을 먹고 마시며 하나님과 '하나'가 되는 길 외에는 다른 길이 없음을 하나님은 너무나 잘 알고 계시기 때문이다.

그래서 "내가 종일 손을 펴서 자기 생각*을 따라 옳지 않은 길을 걸어가는 패역한 백성들을 불렀나니"(이사야 65:2)라는 말씀과도 같이, 어떻게든 당신의 전부를 우리에게 주고 싶어서 안달하시는데도, 우리는 우리의 작은 지혜로 인해 지금 여기에 계신 하나님은 보지 못하고 깨닫지 못한 채 우리의 생각(분별심)을 따라 자꾸만 '여기'가 아닌 '저기'로, '지금'이 아닌 '미래'로 달려가려고만 하니, 사랑이신 하나님은 그런 우리가 너무나 안타까우신 것이다. 그래서 때로 진노하시고 질투하시며 징벌과 심판을 내리면서까지 우리를 돌이키게 하시려고, 우리가 찾고 구하는 하나님은 바로 지금 여기 있는 그대로의 우리 자신 안에 있음을 우리로 하여금 깨닫게 해주시려고, 그리하여 지금 이 순간 즉시 하나님의 모든 권능, 곧 진리와 자유와 사랑과 영원한 평화를 우리에게 주고 싶어서 그렇게 여러 모양으로 쉬지를 않으시는 것이다. 아, 이보다 더 큰 사랑이 어디 있으랴. 이보다 한결같은 사랑이 또 어디 있으랴. 성경은 이런 하나님의 마음을 선지자 이사야의

---

* 이는 곧 분별심(分別心)을 가리킨다.

입을 통해 여러 번 거듭 말하고 있다.

"보옵소서, 내게 큰 고통을 더하신 것은 내게 평안을 주려 하심이라. 주께서 내 영혼을 사랑하사 멸망의 구덩이에서 건지셨고, 나의 모든 죄는 주의 등 뒤에 던지셨나이다."(이사야 38:17)

"나는 네게 유익하도록 가르치고 너를 마땅히 행할 길로 인도하는 네 하나님 여호와라."(이사야 48:17)

"여인이 어찌 그 젖 먹는 자식을 잊겠으며, 자기 태에서 난 아들을 긍휼히 여기지 않겠느냐. 그들은 혹시 잊을지라도 나는 너를 잊지 아니할 것이라."(이사야 49:15)

"내가 잠시 너를 버렸으나 큰 긍휼로 너를 모을 것이요, 내가 넘치는 진노로 내 얼굴을 네게서 잠시 가렸으나 영원한 자비로 너를 긍휼히 여기리라. 네 구속자(救贖者) 여호와의 말이니라."(이사야 54:7~8)

"내가 영원히는 다투지 아니하며 내가 끊임없이 노하지는 아니할 것은 내가 지은 그 영과 혼이 내 앞에서 피곤할까 함이니라. 그의 탐심(貪心)의 죄악으로 말미암아 내가 노하여 그를 쳤으며 또 내 얼굴을 가리고 노하였으나, 그가 아직도 패역하여 자기 마음의 길*로 걸어가도다. 내가 그 길을 보았은즉 그를 고쳐 줄 것이라. 그를 인도하며 그와 그의 슬퍼하는 자에게 위로를 다시 얻게 하리라."(이사야 57:16~18)

아멘!

그런데 이렇게만 말하면 마치 하나님이 우리 '밖'에 따로 계셔서 때마다 우리를 감찰하시는 가운데 징벌과 긍휼을 베푸시는 것 같이 들리지만, 사실은 그렇지 않다. 하나님은 따로 계시지 않는다. 하나님은 언제나 우리와 동행하신다. 하나님은 지금 이 순간의 우리 자신과 분리되어 있지 않다. 하나님의 다른 이름은 '진리'이기 때문이다.

이제, 하나님의 그 크신 사랑이 또 다른 모양으로 나타난 '노아의 방주' 안으로 들어가 보자. 그 이야기는 이렇게 시작된다.

여호와께서 사람의 죄악이 세상에 관영함과 그 마음으로 생각하는 모든 계획이 항상 악할 뿐임을 보시고 땅 위에 사람 지으셨음을 한탄하사 마음에 근심하시고 이르시되, 내가 창조한 사람을 내가 지면에서 쓸어버리되 사람으로부터 가축과 기는 것과 공중의 새까지 그리하리니, 이는 내가 그것을 지었음을 한탄함이니라 하시니라.(창세기 6:5~7)

관영(貫盈)이란 '가득 차서 미치지 않는 곳이 없음'을 뜻한다. 그런데 다른 무엇도 아닌 사람의 죄악이 세상에 가득 차서 미치

---

* 이 또한 이원(二元)의 분별심을 가리킨다.

지 않는 곳이 없었다고 성경은 기록하고 있다. 그래서 하나님이 홍수를 일으켜 사람뿐만 아니라 가축과 기는 것과 공중의 새까지를 모두 쓸어버리셨다는 것이다. 정녕 세상의 그 수많은 사람들 중에 단 한 명의 선한 사람도, 단 한 톨의 선(善)도 없었던 것일까? 뿐만 아니라 사람이 마음으로 생각하는 모든 계획이 항상 악할 뿐이라니! 어떻게 그럴 수가 있다는 말인가? 우리가 마음으로 생각하는 모든 계획이 '항상 악하다'는 것이 과연 가능한 일일까?

그러나 이러한 의문들은 성경을 '밖'으로 읽었기 때문에 생기는 것이다. 성경은 언제나 '안', 곧 지금 이 순간 우리 자신의 '내면의 이야기'로 돌이켜 읽어야 한다. 밖으로 읽으면 '행위'와 '사건'에 주목하게 되지만, 안으로 읽으면 우리 자신의 '마음'에 주목하게 될 것이기 때문이다. 성경은 지금 이 순간의 우리 '마음'의 실상(實相)을 밝히는 진리의 등불이다.

그렇다면, 세상에 가득 찼다고 하는 그 죄란 무엇일까? 하나님은 무엇을 두고 '죄'라고 하시는 것일까? 그리고 하나님이 말씀하시는 '악'이란 또 무엇일까?

'죄'란 지금 이 순간의 삶 속에서 우리가 우리 자신을 믿지 못하는 것이다. 우리가 우리 자신을 있는 그대로 사랑하지 않는 것이다. '나'의 전부를 매 순간 있는 그대로 받아들이는 것이 아니라, 부분적으로만 받아들이고 부분적으로만 사랑하는 것이 바로

'죄'인 것이다. 다시 말하면, 하나님이 보시기에 좋은 것들밖에 없는 우리 '내면의 천지'를 우리 스스로가 좋은 것과 나쁜 것으로 나누어 놓고는 그 가운데 좋은 것만 자신의 마음에 담으려고 하고 나쁜 것은 남김없이 없애 버리려고 헛되이 수고하고 애씀으로써 지금 여기 있는 그대로의 자신을 스스로 억압하고 부정하는 것이 '죄'이며, 바로 그런 모양으로 지금 이 순간에도 하나님이 먹지 말라 명한 선악과를 따먹고 있는 것이 '죄'인 것이다. "여호와의 손이 짧아 구원하지 못하심도 아니요 귀가 둔하여 듣지 못하심도 아니라. 오직 너희 죄악이 너희와 너희 하나님 사이를 갈라놓았고, 너희 죄가 그의 얼굴을 가려서 너희에게서 듣지 않으시게 함이니라."(이사야 59:1~2)는 말씀과도 같이, 우리 마음 안에 관영한 이 '죄'로 인하여 아담과 하와가 낙원인 에덴동산에서 쫓겨났듯이, 우리도 지금 이 순간의 삶 속에서 진리와 상관없는 존재가 되어 마음의 참된 평화와 자유를 잃어버리고 있는 것이다.

그리고 '악'이란 지금 여기 있는 그대로의 자기 자신이 아닌 남이 되려고 하는 것이다. '지금'인 (나)를 버리고 언젠가의 미래에나 닿을 수 있는 (가)로 감으로써 영혼의 자유를 얻으려고 하는 것이 하나님이 보시기에는 '악'인 것이다. 왜냐하면 하나님은 언제나 지금, 여기에 계시기 때문이다. 하나님이 계신 '지금'을 떠나 자신의 노력과 수고를 통하여 미래의 어느 순간 속에서 따로 진리를 찾고 자유를 구하니, 그렇게 우상을 섬기고 있으니, 그게 하나님이 보시기에 악한 것이 아니고 무엇이겠는가. 다시 말하면, 창세기 2장 25절에서 "아담과 그의 아내 두 사람이 벌거벗었으나 부끄러워하지 아니하니라."고 했던 것처럼, 지금 여기 있는 그대로의 우리 자신 곧 (나)는 잘못된 것도 아니요 부끄러운 것도 아니며 수치스러운 것은 더더욱 아니건만, 그냥 단지 있는 그대로일 뿐이건만, 우리는 '내면의 뱀'에게 속아 그렇게 '벌거벗은' 자신을 스스로 부끄러워하고 숨기고 가리는 가운데, 가인이 아벨을 때려죽였듯이 우리도 얼른 (가)의 존재가 되고 싶은 마음에 언제나 (나)를 무시하고 멸시하며 때려죽이고 있으니, 그것이 바로 '악'이라는 것이다. 그런데 안타깝게도 우리가 지금 그렇게 살고 있지 않은가? 할 수만 있다면 당장이라도 (나)의 초라함과 보잘것없음을 벗어나서 얼른 (가)의 충만함에 도달하고 싶은 열망에 가득 차 있지 않은가?

자신의 전부를 내줌으로써 우리로 하여금 진정으로 자유롭고 행복한 존재가 되게 해주고 싶은, 그래서 지금 이 순간 하나님의 아들로서의 모든 권능을 회복하고 영원히 당신의 아들로서 살아가게 해주고 싶은 하나님의 마음으로 그런 우리를 보면 "땅 위에 사람 지으셨음을 한탄하사 마음에 근심하시고"라고 했듯이, '죄'와 '악'에 물들어 마음의 평화와 자유를 잃어버린 채 스스로 괴로워하며 살아가고 있는 그 모습이 얼마나 마음 아프시겠는가. 자신의 생각(분별심)이라는 얕은 지혜를 따라 스스로 '멸망으로 인도하는 문'으로 걸어 들어가고 있는 우리가 얼마나 안타까우시겠는가. 그래서 사랑이신 하나님은, 우리 안에 깊이 계시면서 이런저런 모양으로 우리를 진리와 자유로 인도하시는 하나님은 가만히 계시지를 못하는 것이다. 마침내 노아로 하여금 '방주'를 만들게 하신다. 언제나 '지금'을 떠남으로써 매 순간 하나님을 거역하고 외면하고 있는 우리를 위하여 하나님은 또다시 '사는 길'을 마련하시는 것이다.

그런데 "여호와의 말씀에, 내 생각은 너희 생각과 다르며 내 길은 너희 길과 달라서 하늘이 땅보다 높음 같이 내 길은 너희 길보다 높으며 내 생각은 너희 생각보다 높으니라."(이사야 55:8~9)고 말씀하고 있듯이, 하나님이 하시는 일은 우리 눈에 보기에는 전혀 이해가 되지 않을 뿐만 아니라 기이하게까지 보이는 경우가 많다. 방주를 해변이나 강가가 아니라 산꼭대기에 만들게 하신 것이다. 누가 그것을 이해하겠는가? 누가 그것을 '사는 길'로 보겠는가? 마찬가지로, 우리 눈에는 아무리 봐도 우리가 원하는 모든 것은 우리의 노력과 수고를 통하여 도달하게 되는 (가)에 있다고 여겨지건만 하나님은 오히려 (나) 곧 '지금' '여기'에 계신다고 하니, 누가 그 말에 귀를 기울이며 누가 그 말을 믿겠는가. 누가 (가)로 가려는 마음을 내려놓고 (나) 곧 '지금'에 존재하겠는가. 당신은 그 '방주'에 탈 것인가?

그 때에 온 땅이 하나님 앞에 패괴하여 강포가 땅에 충만한지라. 하나님이 보신즉 땅이 패괴하였으니, 이는 땅에서 모든 혈육 있는 자의 행위가 패괴함이었더라. 하나님이 노아에게 이르시되, 모든 혈육 있는 자의 강포가 땅에 충만하므로 그 끝날이 내 앞에 이르렀으니 내가 그들을 땅과 함께 멸하리라. …… 내가 홍수를 땅에 일으켜 무릇 생명의 기운이 있는 육체를 천하에서 멸절하리니 땅에 있는 것들이 다 죽으리라. (창세기 6:11~17)

이제 우리의 '죄'와 '악'으로 인한 하나님의 진노가 시작된다. 동시에 우리가 진정으로 '사는 길'인 방주가 우리 앞에 뚜렷이 나타나게 되는 것이다. 무엇보다도, 이 모든 이야기는 우리 마음 안에서 일어나는 이야기로 읽어야 함을 잊어서는 안 된다. 다시 말해, '땅'이란 바로 지금 이 순간의 우리 '마음'을 가리키는 말이라는 것이다.

패괴(悖壞)란 '부서지고 무너짐'을 뜻하고, 강포(强暴)란 '우악스럽고 포악함'을 가리킨다. '온 땅이 하나님 앞에 패괴하여 강포가 충만했다'는 것은 곧 우리의 마음이 '지금'을 떠나고 진리를 떠남으로 말미암아 부서지고 무너져 참된 평화와 행복을 잃어버렸기에, 그 메마름을 견딜 수가 없어 우리 스스로의 노력과 수고를 통하여 잃어버린 마음의 평화와 자유를 다시 얻기 위해 애를 쓰지만, 그 방법이 다름 아닌 있는 그대로의 〈나〉를 억압하고 부정함으로써 (가)로 가려고 하는 것이니, 바로 그런 우악스러움과 포악함이 우리 마음 안에 가득하다는 뜻이다.

그러니 "하나님이 보신즉 땅이 패괴하였으니 이는 땅에서 모든 혈육 있는 자의 행위가 패괴함이었더라."고 할 수밖에. 그리하여 하나님은 "내가 그들을 땅과 함께 멸하리라. …… 내가 홍수를 땅에 일으켜 무릇 생명의 기운이 있는 육체를 천하에서 멸절하리니 땅에 있는 자가 다 죽으리라."며 진노와 징벌의 칼을 들고는 무려 40일 동안이나 밤낮없이 비를 내림으로써 땅 위에 있는 모든 생명들을 다 죽여 버리신다. 이는 곧 우리가 수고하고 애를 써서 가고자 하는 그 길은 결코 우리의 영혼을 진리와 자유로 인도해 줄 수 없다는 것을 분명하게 보여 주는 사건이요 상징인 것이다.

땅 위에 움직이는 생물이 다 죽었으니 곧 새와 가축과 들짐승과 땅에 기는 모든 것과 모든 사람이라. 육지에 있어 그 코에 생명의 기운의 숨이 있는 것은 다 죽었더라.(창세기 7:21~22)

이때 땅은 우리의 '마음'을 가리키기에 '땅 위에 움직이는 생물' 이란 곧 우리 마음 안에서 일어나는 모든 생각, 감정, 느낌들을 가리킨다. 우리가 살아 있기에 우리 마음 안의 그 모든 감정, 느낌, 생각들도 하나하나가 살아 있는 소중한 '생명'들인 것이다. "만물이 그로 말미암아 지은 바 되었으니 지은 것이 하나도 그가 없이는 된 것이 없느니라."(요한복음 1:3)고 말씀하고 있듯이, 우리 안의 그 모든 '생명'들도 하나님 곧 진리로부터 말미암지 않은 것은 하나도 없다. 그런데 우리 몸을 이루는 세포 하나하나가 건강하게 살아 있어야 우리 몸이 건강할 수 있듯이, 우리 안에 있는 그 모든 감정, 느낌, 생각들도 건강하게 살아 있는 가운데 그 하나하나가 있는 그대로 인정받고 존중받고 사랑받아야 우리 영혼이 진실로 평화롭고 자유로울 수 있는 것이다.

그런데도 우리는 우리 안의 그 모든 소중한 '생명'들을 있는 그대로 받아들이고 믿어 주고 존중해 주기는커녕 오직 (가)만을 긍정하고 인정하는 가운데 (나)를 부끄러워하고 수치스러워하면서 끊임없이 억압하고 부정하고 있으니, (나) 쪽에 있는 '생명'들이 얼마나 주눅 들고 눈치 보며 두려워 떨겠는가. 우리가 아무리 (가)에 닿고 싶어 애를 쓰며 피나는 노력을 기울인다고 하더라도 우리 안에 있는 그 많은 '생명'들을 그렇게 주눅 들게 하고 억압하며 숨 못 쉬게 하고서야 어떻게 우리가 바라는 참된 자유와 평화와 영혼의 안식이 우리 안에 성큼 들어와 주겠는가. 우리 몸의 아주 작은 세포 하나라도 몸 전체의 건강과 필연적으로 연결되어 있듯이, 우리 내면에서 매 순간 올라오고 있는 작고 보잘것없는 '생명들' 하나하나도 우리 영혼의 참된 자유와 필연적으로 연결되어 있기 때문이다.

그렇기에 "땅 위에 움직이는 생물이 다 죽었다."는 것은 곧 우리가 (나)를 버리고 (가)로 가려고 몸부림치는 동안에 우리 안의 그 수많은 '생명들'이 차갑게 거부당하고 외면당하고 억압당하고 부정됨으로 말미암은 우리 '영혼의 죽음'을 가리킨다. 그렇게 우리는 지금 이 순간에도 애쓰고 수고하면서까지 스스로 '멸망으로 인도하는 문'으로 걸어 들어가고 있는 것이다.

그러나 여기 '생명으로 인도하는 문'이 있다. 그것은 바로 '방주'이다. 방주 안에 들어간 사람들은 모두가 살았듯이, 우리가 방주 안으로 들어가기만 하면 우리의 영혼은 진정으로 자유롭고 평화로우며 영원히 행복할 수 있기 때문이다.

> 그러나 너와는 내가 내 언약을 세우리니, 너는 네 아들들과 네 아내와 네 며느리들과 함께 그 방주로 들어가고, 혈육 있는 모든 생물을 너는 각기 암수 한 쌍씩 방주로 이끌어 들여 너와 함께 생명을 보존케 하되 새가 그 종류대로, 가축이 그 종류대로, 땅에 기는 모든 것이 그 종류대로 각기 둘씩 네게로 나아오리니 그 생명을 보존케 하라. …… 노아가 아들들과 아내와 며느리들과 함께 홍수를 피하여 방주에 들어갔고, 정결한 짐승과 부정한 짐승과 새와 땅에 기는 모든 것이 하나님이 노아에게 명하신 대로 암수 둘씩 노아에게 나아와 방주로 들어갔더니 …… 무릇 생명의 기운이 있는 육체가 둘씩 노아에게 나아와 방주로 들어갔으니, 들어간 것들은 모든 것의 암수라. (창세기 6:18~7:16)

'방주'란 아주 오래 전에 만들어진 어떤 특정한 형태의 배를 가리키는 것이 아니라, 바로 지금 이 순간의 우리 '마음'을 가리킨다. 이렇게 곧장 가리키지 않고, 만약 이 방주 이야기를 '밖'으로 읽는다면 전혀 무익하고 무의미한 수많은 논란에 휩쓸리게 될 뿐이다. 성경은 그렇게 읽어서는 안 된다. 왜냐하면 성경이 말하고자 하는 시점은 언제나 '현재'이며, 성경이 증거하고자 하고 보여 주고자 하는 것은 바로 지금 여기 있는 그대로의 우리 자신과 우리의 '마음'이기 때문이다. 성경은 바로 이 '방주' 이야기를 통하여 우리가 지금 이 순간 속에서 영원한 자유와 마음의 참된 평화를 얻을 수 있는 '길'을 분명하게 가리켜 보여 주고 있다.

방주 안으로 들어감으로써 살아남을 수 있었던 존재들을 주의 깊게 살펴보면, '노아와 그 가족들'과 '혈육 있는 모든 생물들의 암수 한 쌍씩', 그리고 '정결한 짐승과 부정한 짐승'들이다. 그들은 방주 안으로 들어감으로써 자신들의 생명을 온전히 보존할 수 있었던 것이다. 이 가운데 나는 우선 '혈육 있는 모든 생물들의 암컷과 수컷 한 쌍씩'이라는 말씀과 '정결한 짐승과 부정한 짐승'이라는 말씀에 주목하고 싶다. 이를 우리 '안'으로 읽으면 다음과 같은 뜻이 된다.

'암컷'이란 우리 마음 안에 있는 '여성성'을 가리킨다. 즉 약하고 정(靜)적이고 감성적이고 직관적이고 섬세하고 여리고 수동적이고 수용적이고 소극적이고 순종적이고 의존적이고 드러나지 않고 부드러운 마음의 속성들을 가리키는 말인 것이다. 반면에 '수컷'이란 우리 마음의 '남성성'을 의미하는 말로서, 강하고 동(動)적이고 이성적이고 굳세고 거칠고 능동적이고 개혁적이고 독립적이고 적극적이고 씩씩하고 힘찬 마음의 속성들을 가리킨다. 또 '정결한 짐승'을 영적으로 말하면, 우리 마음의 정직하고 반듯하고 성실하고 진실하고 깨끗하고 거룩하고 이타적이고 성스러운 면들을 가리키는 반면에, '부정한 짐승'은 비열하고 야비하고 교활하고 이기적이고 옹졸하고 가식적이고 위선적인 면들을 가리킨다.

하나님이 노아로 하여금 방주를 만들게 한 다음 혈육 있는 모든 생물들의 암수 한 쌍씩과 정결한 짐승과 부정한 짐승을 방주 안으로 들어가게 함으로써 그들이 생명을 보존할 수 있는 '길'을 열어 주셨듯이, 우리 '마음'이라는 방주 안에도 여성성과 남성성, 그리고 정결한 면들과 부정한 면들이 모두 함께 들어와 있어야 지금 이 순간의 삶 속에서 영원을 맛보며 우리의 영혼이 진정으로 자유할 수 있는 '길'이 열린다. '노아의 방주'는 바로 이런 진실과 진리를 우리에게 말해 주고 싶은 것이다.

그런데 가만히 보면, 지금 이 순간 우리의 마음 안에는 이미 그 모든 것들이 다 들어와 있지 않은가. 사람의 마음이란 본래 그런 것이다. 즉, 낮과 밤이 함께 있음으로써 '하루'가 되듯이, 그리고 더위와 추위가 함께 있고, 얻음과 잃음이 함께 있으며, 삶과 죽음이 함께 있고, 오르막과 내리막이 언제나 함께 있듯이,

지금 이 순간 우리의 마음 안에도 여성성과 남성성이 함께 있으며, 정결한 면과 부정한 면들이 다 함께 있는 것이다. 그렇지 않은가? 그것이 바로 '마음'이라는 것이며, 그 두 가지 면들이 함께 있을 때 '마음'은 비로소 온전해져서 평화와 자유가 그 안에서 쉼 없이 흐를 수 있는 것이다. 왜냐하면 그 둘은 사실은 둘이 아니라 하나이기 때문이다. 하나가 단지 둘의 모양을 하고 있을 뿐이기 때문이다.

그렇다면, 우리는 이미 '방주' 안에 들어와 있는 것이 아닌가! 그렇다. 우리는 이미 방주 안에 들어와 있다! (가)와 (나)를 함께 가진 이 모습 이대로 우리는 이미 방주 안에 들어와 있는 것이다. "이같이 한즉 하늘에 계신 너희 아버지의 아들이 되리니, 이는 하나님이 그 해를 악인과 선인에게 비춰게 하시며 비를 의로운 자와 불의한 자에게 내리우심이니라. …… 그러므로 하늘에 계신 너희 아버지의 온전하심과 같이 너희도 온전하라."(마태복음 5:45~48)는 예수의 말씀과도 같이, 우리 마음 안에 정결한 면과 부정한 면이 함께 들어 있고, 여성성과 남성성을 함께 가지고 있으며, (가)와 (나)를 동시에 갖고 있는 우리는 지금 이대로 '하나님의 아들'로서 온전하며 완전하며 영원한 존재인 것이다. 이것이 바로 존재의 진실한 모습 즉 실상(實相)이다.

아, 우리는 이미 방주 안에 들어와 있다! 그렇기에 우리 스스로가 방주 밖으로 나가지만 않으면 우리는 지금 이대로 완전한 자유와 영원한 행복을 맛볼 수 있다. 그런데 참 안타깝게도 우리는 스스로 방주 밖으로 나간다. 그것도 아주 많은 노력과 수고를 하면서까지 말이다. 바로 우리 안에 있는 많은 여성성은 빼 버리고 남성성만 남겨 놓으려고 애를 쓰면서, 부정한 면은 미워하고 정결한 면만 사랑하려고 하면서, (나)를 버리고 (가)로 가려고 수고하면서 우리 스스로가 방주 밖으로 나가고 있는 것이다. 이 얼마나 아이러니한 일인가! 스스로 '사는 길'을 버리고 떠나면서도 '사는 길'로 나아가고 있다고 믿고 있으니! 스스로 '멸망으로 인도하는 문'으로 들어가고 있으면서도 그 길은 틀림없는 '생명의 문'이라고 여기고 있으니! 이는 곧 진리를 버리고 진리를 찾는 격이며, 자유를 떠나 자유를 찾고, 하나님 나라 안에 있으면서 하나님 나라를 구하는 것과 같은 것이다. 성경은 애틋하게 우리에게 말한다. "혈육 있는 모든 생물을 너는 각기 암수 한 쌍씩 방주로 이끌어 들여 너와 함께 생명을 보존케 하되 새가 그 종류대로, 가축이 그 종류대로, 땅에 기는 모든 것이 그 종류대로 각기 둘씩 네게로 나아오리니, 그 생명을 보존케 하라."(창세기 6:19~20)고.

노아는 바로 이런 진실을 깨닫고 있었기에 방주 안에서 생명을 보존하며 온전히 살 수 있었던 것이다. 성경은 노아에 대해서 이렇게 기록하고 있다.

그러나 노아는 여호와께 은혜를 입었더라. 노아의 사적은 이러하니라. 노아는 의인이요 당대에 완전한 자라. 그가 하나님과 동행하였으며, 그가 세 아들을 낳았으니 셈과 함과 야벳이라.(창세기 6:8~10)

성경은 어떤 사람을 '의인'이라 하며, 어떤 모습을 가리켜 '완전하다'고 하는 것일까? '완전'이란 어떠한 부족도 결핍도 허물도 흠도 없는 모습을 가리키는 것일까? 노아는 과연 그런 사람이었기에 여호와께 은혜를 입었던 것일까? 그런데 방주 사건이 끝나고 난 뒤의 노아의 모습을 보면 결코 그렇지 않음을 알 수 있다.

방주 밖으로 나온 노아는 농업을 시작하여 포도나무를 심었는데, 어느 날 포도주를 너무 많이 마신 나머지 크게 취하여 그만 벌거벗은 채로 방 안에서 잠들어 버린다. 그때 마침 밖에서 돌아온 둘째 아들 함이 아버지의 벗은 하체를 보고는 밖에 나가 다른 형제들에게 흉을 보는데, 이윽고 술이 깬 노아는 자기를 흉봤다는 이유로 아들인 함에게 심한 저주를 퍼붓는다. "가나안*은 저주를 받아 그의 형제의 종들의 종이 되기를 원하노라."(창세기 9:25)고.

노아의 이런 모습을 어찌 '완전하다'고 할 수 있으며, 술에 취해 벌거벗은 채 잠들어 있는 자신의 허물을 조금 흉봤다고 해서

---

* 함의 아들의 이름이다.

자기 아들에게 그토록 심한 저주를 퍼붓는 사람을 어떻게 '의인'이라고 말할 수 있겠는가? 그런데도 그는 여호와께 은혜를 입고 "네가 이 세대에 내 앞에서 의로움을 내가 보았음이니라."(창세기 7:1)는 말씀을 듣는다. 그렇다면 하나님이 보시기에 '완전'은 무엇이며 '의로움'은 또 무엇일까?

'완전'이란 조금의 부족도 결핍도 허물도 흠도 없는 것을 가리키는 말이 아니다. 우리는 바로 그런 것을 '완전하다'고 하며 본받으려 하고 추구하지만, 그런 '완전'이란 우리의 관념 속에만 있는 허구일 뿐 실재하지 않는다. 있지도 않은 허구를 '있다'고 착각하며 추구하고 있기에 우리의 삶은 그토록 힘들고 괴로운 것이다. 하나님이 말씀하시는 '완전'이란 결코 '부족'의 상대적인 개념이 아니다.

'완전'이란 말의 참된 의미는 '그 어떤 것도 누락되어 있지 않은 것'을 가리킨다. 그 어떤 것도 누락되어 있지 않기에 '완전하다'고 할 수 있는 것이다. 그렇다면 지금 이 순간 있는 그대로의 우리 자신의 마음이 바로 '완전한' 것이 아닌가. (가)와 (나)가 함께 있고, 여성성과 남성성이 함께 있으며, 정결한 면과 부정한 면이 함께 있어 그 어떤 것도 누락되어 있지 않은, 있는 그대로의 우리 마음이 이미 '완전한' 것이 아닌가. 노아도 바로 그런 완전함에 서 있었기에 하나님과 동행할 수 있었고, 방주 안에 들어갈 수 있었으며, 여호와께 은혜를 입어 '의롭다' 하심을 듣게 되었던 것이다.

그런데 우리는 그렇게 생각하지도 않고 그렇게 살지도 않는다. 그 어떤 것도 누락되어 있지 않아 이미 '완전한' 지금 이대로의 우리 자신의 모습이 우리의 눈에는 아무리 봐도 불완전하고 부족하게만 보이는 것이다. 그래서 서둘러 '지금'을 떠나고, 있는 그대로의 자기 자신을 버린다. 그리곤 이런저런 애틋한 노력과 수고들을 통하여 '미래'의 어느 순간 속에서 '완전'을 이루려고 노력하는 것이다. 마치 아담과 하와가 "하나님과 같이 되리라."(창세기 3:5)는 뱀의 말에 속아 선뜻 선악과를 따먹었듯이 말이다. 그러나 그렇게 '지금'과 '미래'를 나누고, '완전'과 '부족'을 나누어 그 둘 중 하나만 택하고 다른 하나는 버리려고 하는 이원(二元)의 분별과 노력 속에는 우리가 원하는 '완전'도 없고 '자유'도 없고 아무것도 없다. 그 속에는 오직 채워지지 않는 목마름과 메마름과 그로 인한 고통만이 있을 뿐이다.

"들어간 것은 모든 것의 암수라."(창세기 7:16)고 하지 않았는가. 그렇기에 우리는 이미 '방주' 안에 들어와 있으며, 마음의 참된 자유 안에, 평화 안에, 영원한 행복 안에 들어와 있다. 우리는 지금 이대로 완전하다. 이미 '하나님의 아들'로서 살고 있는 것이다. 그러니 무엇이 더 필요한가? 무엇이 부족한가? 다만 매 순간 있는 그대로 존재하면 될 뿐!

이 '노아의 방주' 이야기는 온 세상이 물로 뒤덮인 지 백오십

일 후에 물이 걷히고 땅이 말라 방주 안에 있던 모든 사람과 생명들이 밖으로 나오면서 끝이 난다. 그리곤 그 맨 마지막에 이런 말씀을 아름답게 덧붙이고 있다.

땅이 있을 동안에는 심음과 거둠과 추위와 더위와 여름과 겨울과 낮과 밤이 쉬지 아니하리라. (창세기 8:22)

아멘!

4
바벨탑 사건

그랬기에, 나의 방법과 수고와 노력을 통하여
"벽돌로 돌을 대신하며 역청으로 진흙을 대신하여" 하늘에
닿으려고 했던 일체의 몸짓은 이미 처음부터
불가능을 전제로 한 것이었으며, 그것은 마치 방주 안에 있으면서
방주 안으로 들어가려고 애를 쓰는 것과 같은 것이었다.

이에 벽돌로 돌을 대신하며 역청으로 진흙을 대신하고 또 말하되 자, 성(城)과 탑을 쌓아 탑 꼭대기를 하늘에 닿게 하여

_창세기 11:3-4

방주 밖으로 나온 노아와 그의 세 아들 셈, 함, 야벳은 "하나님
이 노아와 그 아들들에게 복을 주시며 그들에게 이르시되 생육
하고 번성하여 땅에 충만하라."(창세기 9:1)고 하신 말씀처럼, 많
은 자식들을 낳고 또 그 자식들이 다시 후손에 후손을 낳아 오랜
세월이 흐르면서 마침내 큰 민족을 이루게 된다. 그들은 보다 넓
은 땅을 찾아 동쪽으로 이동하다가 광활하게 펼쳐진 비옥한 평
야 지대에 정착하게 되는데, 거기서 그들은 자신들의 힘을 너
무 과신한 나머지 이구동성으로 "성(城)과 탑을 쌓아 탑 꼭대기
를 하늘에 닿게 하여 우리 이름을 내고 온 지면에 흩어짐을 면하
자."(창세기 11:4)고 말하면서 큰 성읍을 건축함과 동시에 하늘에
닿을 만큼의 높은 탑을 쌓아 나간다.

이에 하나님은 또다시 진노하시며 "이 무리가 한 족속이요 언어도 하나이므로 이같이 시작하였으니 이후로는 그 하고자 하는 일을 막을 수 없으리로다."(창세기 11:6)라고 말씀하시면서, 하늘에 닿을 높은 탑을 쌓는 일에 여념이 없는 온 무리에게 내려오셔서 그들의 언어를 혼잡케 하여 서로 알아듣지 못하게 함으로써 그들을 온 지면으로 흩어 버리시고 허망한 탑 쌓는 일을 그치게 하신다.

이것이 이른바 '노아의 방주' 이야기에 이어서 창세기 11장에 짤막하게 기록되어 있는 '바벨탑' 사건이다. 성경은 이 짧은 이야기를 통하여 우리에게 어떤 진실을 말해 주고 싶은 것이며, 어떤 '길'을 보여 주고자 하는 것일까?

온 땅의 언어가 하나요 말이 하나였더라. 이에 그들이 동방으로 옮기다가 시날 평지*를 만나 거기 거하며 서로 말하되 자, 벽돌을 만들어 견고히 굽자 하고 이에 벽돌로 돌을 대신하며 역청으로 진흙을 대신하고 또 말하되 자, 성(城)과 탑을 쌓아 탑 꼭대기를 하늘에 닿게 하여 우리 이름을 내고 온 지면에 흩어짐을 면하자 하였더니, 여호와께서 사람들이 쌓는 성과 탑을 보려고 내

---

* 고대 바벨론으로 알려진 티그리스 강과 유프라테스 강 사이의 평야에 대한 구약 명칭.

려오셨더라.

여호와께서 이르시되, 이 무리가 한 족속이요 언어도 하나이
므로 이같이 시작하였으니 이후로는 그 하고자 하는 일을 막을
수 없으리로다. 자, 우리가 내려가서 거기서 그들의 언어를 혼
잡케 하여 그들이 서로 알아듣지 못하게 하자 하시고, 여호와께
서 거기서 그들을 온 지면에 흩으셨으므로 그들이 성 쌓기를 그
쳤더라.

그러므로 그 이름을 바벨이라 하니, 이는 여호와께서 거기서
온 땅의 언어를 혼잡케 하셨음이라. 여호와께서 거기서 그들을
온 지면에 흩으셨더라. (창세기 11:1~9)

이 이야기를 '밖'으로 읽으면 우리는 또다시 다음과 같은 논란
에 휩싸여 버리고 만다. 첫째, 이 이야기는 과연 역사적 사실일
까, 아니면 허구일까? 둘째, 만약 사실이라면 이 어마어마한 탑
을 누가 왜 만들었을까? 셋째, 이 세상의 수많은 종족과 언어가
단 한 장소에서 한 날 한 시에 생겨났다고 하는 것이 과연 가능
한 일일까? 등등.

그리고 '바벨탑'을 전적으로 사실이라고 믿는 사람들은 이 이
야기를 인간의 교만의 궁극을 보여 주는 사건이라고 강조하면
서, 하나님께 순종하지 아니하고 자신의 힘과 지혜와 능력만을

믿는 인간의 교만에 대해 반드시 심판하시는 하나님의 역사(役事)를 사건으로 제시한 것이라고 말한다. 그러면서 "사람의 마음의 교만은 멸망의 선봉이요 겸손은 존귀의 앞잡이니라."(잠언 18:12)는 교훈을 찾아내기도 한다.

그러나 단지 이렇게만 읽으면 이 '바벨탑' 사건은 지금 이 순간의 '나'와는 아무런 상관이 없는 글이 되어 버리고 말거나, 단지 교훈의 영역으로 받아들이게 함으로써 삶의 진정한 변화의 '길'을 오히려 가로막아 버리는 어리석음을 범하게 된다. 성경은 그런 책이 아니다. 단지 역사적 사실들을 기록하고 있거나, 삶의 교훈 따위를 가르치고 일깨우는 책이 아니다. 성경은 우리에게 진리를 증거함으로써 우리로 하여금 지금 이 순간의 삶 속에서 영원한 자유와 행복을 맛보게 하고 누리게 해주는 참된 빛이요 등불이다. 그러므로 이제 이 이야기를 '밖'이 아니라 '안' 곧 우리 '내면'으로 돌이켜 읽어 보자. 그랬을 때, 이 '바벨탑'은 우리에게 무엇일까?

이 짧은 이야기 속에서 특히 주목해 보고 싶은 구절이 하나 있다. 그것은 바로 "서로 말하되 자, 벽돌을 만들어 견고히 굽자 하고 이에 벽돌로 돌을 대신하며 역청으로 진흙을 대신하고……."(창세기 11:3)라는 말씀이다. 이는 온 무리가 한 마음으로 하늘에 닿기 위한 탑을 쌓기 시작하면서 한 말과 행동들이다. 성경은 이 말씀 속에 어떤 메시지를 담아 두고 있는 것일까?

벽돌은 진흙에 모래나 석회 따위를 넣고 이겨 틀에 박아서 높은 온도에서 구워 낸 네모진 건축 재료이다. 즉, 벽돌은 '인공적이고 인위적인 것'을 상징한다. 반면에 돌은 조금의 인공이나 인위가 가미되지 않은, 있는 그대로의 '자연적인 것'을 가리킨다. 또 역청은 나무 수지 또는 자연 아스팔트를 가공하여 취한 탄화수소 화합물로서, 이 또한 '인공적이고 인위적인 방법'을 상징하는 반면에, 진흙은 어떤 인위도 가미되기 이전의 '있는 그대로의 것'을 가리킨다. 견고하게 구운 벽돌과 인공의 접착제인 역청을 사용하여 하나씩 하나씩 정교하게 쌓아 올라가면 아주 높은 데에까지 이를 수 있지만, 돌과 진흙으로는 결코 높이 쌓을 수가 없다.

사람들이 "벽돌로 돌을 대신하며 역청으로 진흙을 대신해서 하늘에 닿을 높은 탑을 쌓았다."는 것을 영적으로 말해 보면, 우리는 언제나 매 순간 있는 그대로의 우리 자신의 '자연스러운' 마음을 버리고 '인위적인' 방법과 노력과 수고를 통하여 하나하나 견고하게 다지고 쌓아 나감으로써 하늘 곧 영원한 진리와 자유와 깨달음에 도달하려고 한다는 것이다. 그런데 "하나님이 내려오셔서 그들의 언어를 혼잡케 하심으로써 그들을 흩어 버리시고 탑 쌓기를 그치게 했다."는 것은, 진리에 이르는 '길'은 결코 그러한 인위적인 방법과 노력과 수고를 통하여 닿을 수 있는 자리가 아니라는 것이다.

누구나 한 번쯤은 자기 자신과 삶에 대하여 깊게 고민하는 시기가 있게 마련이지만, 나는 스무 살을 갓 넘기면서부터 거의 15년 동안이나 왜 사는지, 어떻게 사는 것이 진정 가치 있고 의미 있게 사는 것인지, 나는 누구인지 등등의 의문들을 붙들고 괴로워하며 그 완전한 해답을 찾기 위해 몸부림쳤다. 그러면서 밖으로는 많은 책을 읽으며 성현들의 삶을 살폈고, 안으로는 늘 자신을 살피며 하늘을 우러러 한 점 부끄러움이 없는 사람이 되기 위해 노력했다.

내 안에 있는 모든 거짓과 위선을 몰아내어 겉과 속이 같은 진실한 사람이 되고 싶었고, 삶의 모든 영역에서 게으르지 않고 언제나 최선을 다하는 성실한 사람이 되고 싶었으며, 이기심을 극복하여 "네 이웃을 네 몸과 같이 사랑하라."(마태복음 22:39)는 예수의 말씀을 늘 실천하며 사는 사랑의 사람이 되고 싶었다. 교만하지 않고 겸손한 사람이 되고 싶었고, 칭찬과 비난에 흔들리지 않는 사람이 되고 싶었으며, 가을날 내면의 충일 때문에 스스로의 가슴을 쪼개고야 마는 석류처럼 영혼이 충만한 사람이 되고 싶었다.

'자기완성'이라는 그 아름다운 꿈을 이루기 위해 나는 끊임없이 스스로를 절제하며 채찍질하며 타는 목마름으로 거기에 매달렸고, 그렇게 한 걸음 한 걸음 걸어가다 보면 언젠가는 그 모든 것을 온전히 이루어 낸 대자유인이 될 것이라고 생각하며 스스

94

로 가슴 벅차 하기도 했다.

그러나 때로 나의 그런 다짐과 결심이 약해지고, 변명과 합리화가 늘어나면서 어느새 타성에 젖어 무기력해지고 무감각해져 가는 나를 목격할 때면 나는 또다시 미친 듯이 스스로를 다그치며, 인간이라는 이름에 값 닿는 존재가 되기 위해 어디론가 떠나곤 했었다. 그 '떠남'은 나를 때로는 공사판의 막노동꾼으로, 때로는 대관령 목장의 목부(牧夫)로, 때로는 고등학교 윤리 교사로, 때로는 지리산 토굴의 수행자로, 때로는 수도원의 수사(修士)로, 또 때로는 빵공장 직공으로, 연근해를 오가는 선원생활의 갑판원으로, 신문사 교정부 계약사원으로 마구 몰고 가더니, 급기야는 깊은 산 속 자그마한 암자에서 목숨을 내건 50일 단식까지 하게 했다.

그렇게 나는 끝없이 끊임없이 내 '마음'이라는 벽돌을 견고히 구워 결심하고 다짐하고 실천하고 인내하고 수고하고 노력하고 확인함을 통하여 하나씩 하나씩 빈틈없이 쌓아 나감으로써 하늘 곧 영원한 자유와 진리와 '완전'에 도달하려고 애를 썼다. 그러면서 "우리 이름을 내고 온 지면에 흩어짐을 면하자."(창세기 11:4)라고 한 그들의 말처럼, 마침내 내 안의 모든 부족과 결핍과 초라함을 완전히 극복해 낸 대자유인이 되어 보란 듯이 사람들 앞에 나타나서는 그들의 한량없는 인정과 칭찬과 부러움을 받고 싶었고, 그들에게 자비를 베풀어 주는 사람이 되고 싶었으며, 힘들고 보잘것없었던 나의 지난 삶들도 남김없이 보상받고 싶었다. 또 그런 존재가 됨으로써 언제나 흐트러지고 지리멸렬하기만 했던 삶에서 벗어나 매 순간 힘 있고 당당하게 흔들리지 않는 삶을 살고 싶었던 것이다.

그러나 그 모든 몸부림에도 불구하고 "여호와께서 거기서 그들을 온 지면에 흩으셨으므로 그들이 성 쌓기를 그쳤더라."(창세기 11:8)는 말씀과도 같이, '하늘'은 언제나 내게 닿을 듯 닿을 듯 하기만 할 뿐 아무리 해도 온전히 닿지가 않았고, 나는 여전히 구하는 자의 목마름으로 남아 있을 뿐이었다. 그 끝없는 좌절감은 50일 단식을 하면서 절정에 달해 마침내 스스로에 대해 절망하기에 이른다.

'아, 나는 안 되는구나……. 15년이 넘도록 내 마음은 오직 한 길만을 달려왔고, 내가 할 수 있는 모든 노력을 다 기울였건만, 나는 아직 여기에 있다……. 결국 나는…… 안 될 인간인가……?'

그러나 바로 그 순간, 나는 다시는 옛사람으로 돌아갈 수 없는 일생일대의 '비약'을 맞이하게 된다. 전혀 뜻밖에도 '하늘'에 닿으려고 애를 쓰던 바로 그 마음이 사라지면서 나는 이미 처음부터 완전하게 도달해 있는 나 자신을 갑자기 보게 된 것이다. 그렇다! 나는 이미 처음부터 '하늘'에 도달해 있었다! 내가 그토록 찾고 구하던 진리와 자유는 저기, "벽돌을 견고히 구워 높이 쌓아서 도달할 수 있는" 먼 미래의 어느 순간에 있는 것이 아니라 바로 여기, 언제나 떠나고 버리려고만 했던 있는 그대로의 나, 곧 "돌과 진흙" 안에 온전히 들어 있었다. 나는 이미 처음부터 '방주' 안에 있었고, 에덴동산에서 단 한 순간도 쫓겨난 적이 없었으며, 매일 매 순간 끊임없는 창조가 일어나는 나의 '내면의 천지'에는 하나님이 보시기에 심히 좋은 것들밖에 없었다. 아, 이 얼마나 놀랍고도 기가 막힌 일인가!

그랬기에, 나의 방법과 수고와 노력을 통하여 "벽돌로 돌을 대신하며 역청으로 진흙을 대신하여" 하늘에 닿으려고 했던 일체의 몸짓은 이미 처음부터 불가능을 전제로 한 것이었으며, 그것은 마치 방주 안에 있으면서 방주 안으로 들어가려고 애를 쓰는 것과 같은 것이었다. 그러니 "여호와께서 거기서 그들을 온 지면에 흩으셨으므로 그들이 성 쌓기를 그쳤더라."는 말씀이 내게는 얼마나 가슴 저미게 다가오는지!* 그 너무도 분명하고 정확한 메

---

* 예수도 산상수훈(山上垂訓)을 통하여 '하늘'은 결코 무언가 수고하고 쌓아서 갈 수 있는 곳이 아님을 다음과 같은 비유로써 우리에게 말해 주고 있다. "공중의 새를 보라. 심지도 않고 거두지도 않고 창고에 모아 들이지도 아니하되 너희 하늘 아버지께서 기르시나니, 너희는 이것들보다 귀하지 아니하냐. 너희 중에 누가 염려함으로 그 키를 한 자라도 더할 수 있느냐. …… 들의 백합화가 어떻게 자라는가 생각하여 보라. 수고도 아니하고 길쌈도 아니하느니라. 그러나 내가 너희에게 말하노니, 솔로몬의 모든 영광으로도 입은 것이 이 꽃 하나만 같지 못하였느니라. 오늘 있다가 내일 아궁이에 던져지는 들풀도 하나님이 이렇게 입히시거든 하물며 너희일까 보냐. 믿음이 적은 자들아." (마태복음 6:26~30)

시지에 얼마나 전율하게 되는지! 온갖 다양한 이야기 속에서도 결국에는 우리의 영혼이 진실로 자유할 수 있는 '길'을 한결같이 보여 주고 말해 주고자 하는 성경의 그 섬세함과 따뜻함이 얼마나 큰 감동으로 다가오는지!

이 '바벨탑' 사건 이후부터 『창세기』가 끝날 때까지는 "아브라함과 다윗의 자손 예수 그리스도의 세계(世系)라."(마태복음 1:1)는 기록에서 보듯, 예수의 족보의 맨 처음에 등장하는 아브라함에 관한 이야기로부터 시작하여 그의 아들 이삭과, 이삭의 아들 야곱과, 야곱의 아들 요셉을 중심으로 한 온갖 이야기와 다양한 사건들이 흥미진진하게 펼쳐진다. 그러나 이에 관해서는 나중에 따로 '예수의 족보'를 통하여 보다 자세하게 이야기하면서 그 영적 의미를 밝혀 보기로 하겠다.

이제, 성경 전체를 통틀어 가장 많이 오해되고 있는 '십계명'에 대하여 이야기를 해보고 싶다. 특히 그 첫 번째 계명인 "나 외에 다른 신들을 네게 두지 말라."는 말씀의 참된 뜻과 의미를 나는 '종교 밖'에서 찾아보고 싶다.

5
십계명

그런데 이때 '하나님'은 특정 종교만의 하나님이 아니다.
"천지와 만물을 창조하신 하나님"(창세기 2:1)은
그 창조하신 만물 가운데 하나인 인간이 만든
종교 안에만 계신 분이 아니며, 더구나 그 가운데
어느 한 종교에만 속한 분은 더더욱 아니다.

너는 나 외에는 다른 신들을 네게 두지 말라.

_출애굽기 20:3

하나님은 어떤 분일까?

앞서의 여러 사건들 속에서 하나님은 만물을 창조하신 하나님이면서도 동시에 진노의 하나님, 질투의 하나님, 징벌의 하나님, 심판의 하나님, 사랑의 하나님 등으로 묘사되고 표현되었지만, 그리고 그런 묘사와 표현들로 인해 우리는 마치 하나님이 따로 계시고 또 때마다 감찰하시는 가운데 심판과 징벌로써 혹은 사랑으로 우리를 이끄시는 인격적인 존재라는 생각과 믿음들을 갖게 되었지만, 그러나 그것은 모두가 우리 마음의 투영일 뿐 하나님은 결코 따로 계시지도 않고 더욱이 인격적이지도 않다. 하나님의 다른 이름은 '진리'이기 때문이다.

뿐만 아니라 "하나님의 나라는 볼 수 있게 임하는 것이 아니요……"(누가복음 17:20)라는 예수의 말씀처럼, 하나님은 결코 볼 수도 없고 그 음성을 들을 수도 없으며 대면하여 만날 수도 없어서, 찾을 수도 없고 구할 수도 없고 얻을 수도 없다. 왜냐하면 하나님은 '대상'이 아니기 때문이다.

그러나 그럼에도 불구하고 "그는 우리 각 사람에게서 멀리 떠나 계시지 아니하도다. 우리가 그를 힘입어 살며 기동하며 존재하느니라."(사도행전 17:27~28)는 말씀처럼, 하나님은 또한 웃고 울고, 밥 먹고 자고 생각하고, 걷고 앉고 서고, 기뻐하고 슬퍼하고, 즐거워하고 우울하고, 편안하고 불안하고, 강해지고 약해지고, 얻고 잃는 우리의 삶의 모든 순간 속에서 분명하게 볼 수도 있고 들을 수도 있으며 대면하여 만날 수도 있다. 어떻게 그럴 수 있느냐 하면, "지금이 곧 여호와를 찾을 때니"(호세아 10:12)라고 말씀하고 있듯이, 하나님은 언제나 매 순간의 '지금' 속에 현존(現存)해 있기 때문이다.

그런데 그렇게 매 순간의 '지금' 속에 항상 현존해 있는 하나님을 우리가 만나게 되는 순간, 우리는 우리 자신이 누구인가를 분명히 알게 됨과 동시에 마음의 모든 고통과 괴로움이 영원히 끝나고, 참된 평화와 자유와 행복을 온전히 누릴 수 있게 된다.

그렇다면 하나님은 정녕 무엇이며, 어디에 있을까?

"또 여기 있다 저기 있다고도 못하리니 하나님의 나라는 너희 안에 있느니라."(누가복음 17:21)고 예수가 말씀하셨듯이, 하나님은 지금 이 순간 '나' 안에 있다. 그렇기에 하나님은 삶의 모든 순간 속에서 항상 '나'와 동행하고 있으며, 단 한 순간도 '나'를 떠난 적이 없고, '나'와 분리된 적도 없다. "내가 아버지 안에 있고 아버지께서 내 안에 계심을 믿으라."(요한복음 14:11)고 하신 예수의 말씀처럼, '나'는 하나님 안에 있고 하나님은 '나' 안에 있어서 하나님과 '나'는 하나이다.

이것이 바로 존재의 진실한 모습 곧 실상(實相)이다. 그렇기에 우리는 지금 이 순간 이대로 완전하며, 자유롭고, 행복하며, 평화롭고, 영원하다. 우리 한 사람 한 사람은 이토록 아름답고 눈부신 존재들인 것이다.

그런데 우리는 이 진실을 알지도 못하고 깨닫지도 못하며, 이런 실상에 대하여 귀를 기울여 들으려고도 하지 않고 믿으려고도 하지 않는다. 그렇기는커녕 오히려 "기록한 바 의인은 없나니 하나도 없으며 깨닫는 자도 없고 하나님을 찾는 자도 없고 다 치우쳐 한 가지로 무익하게 되고⋯⋯"(로마서 3:10~11)라는 말씀처럼, 지금 여기 있는 그대로의 우리 자신은 하나님 곧 진리와 분리되어 있다고 생각하고는, 이 '분리'가 바로 실재라고 굳게 믿고 있다. 그리곤 스스로 하나님 없는 자가 되어 괴로워하고 목말라하면서 따로 진리를 찾고 자유를 구하며, 자신의 노력과 수고를 통하여 마음의 평화를 얻으려고 애를 쓴다.

그러나 우리가 실재라고 믿고 있는 '분리'는 우리 마음이 만들어 낸 허구요, 우리의 뿌리 깊은 착각에 지나지 않는다. "나와 아버지는 하나이니라."(요한복음 10:30)는 말씀으로써 예수가 우리에게 증거해 주고 있듯이, 우리는 지금 이대로 하나님과 온전한 하나이다.

하나님과 하나인 이 실상과 진리를 깨달은 사람은 하나님의 모든 권능으로써 매 순간의 '지금'을 살아간다. "진리가 너희를 자유케 하리라."(요한복음 8:32)는 말씀처럼, 그는 진정 자유롭고 행복하며 마음의 모든 의문과 갈증이 끝이 났기에 더없이 평화롭고 고요하다. 삶을 더 이상 '소유'의 개념으로 이해하지 않게 되어, 다만 매 순간을 있는 그대로 존재함으로 말미암아 참된 충만과 풍요가 무엇인지를 분명하게 알고 누리며 살아간다. 아무것도 소유하려 하지 않기에 진정 모든 것을 누릴 줄 아는 아름다운 존재가 된 것이다. 뿐만 아니라 "하나님은 사랑이시라."(요한1서 4:16)는 말씀처럼, 그는 진정한 사랑의 존재가 되어 자신의 가슴속에 있는 모든 아름다운 것들을 아낌없이 사람들과 나눈다. 등불이 켜지면 빛이 사방으로 퍼져 나가지만 등불은 그 빛을 자신의 것으로 여기지 않듯이, 그리고 "너희가 거저 받았으니 거저 주어라."(마태복음 10:8)는 말씀처럼, 하나님을 만남과 동시에 자신의 가슴속에 본래 있던 참된 사랑의 등불이 켜진 그는 비로소 값 없이 조건 없이 모든 존재와 사랑을 나누며 살아간다. 아, 그렇게 그는 하나님과 분리되어 있지 않은 자신의 실상을 깨달음으로써 매 순간의 '지금' 속에서 '영원'을 살게 된 것이다.

그러나 많은 사람들은 자신 안에 이미 완전하게 이루어져 있는 이 하나님의 나라를 알지 못한다. '분리'라는 착각과 허구 속에서 하나님의 나라는 지금이 아니라 미래에 이루어진다고 생각하고는 '바벨탑'을 쌓았던 노아의 후손들처럼 견고하게 구운 벽돌로 돌을 대신하며 역청으로 진흙을 대신하여 하늘에 닿을 탑을 쌓고 있는 것이다. 자신 안에 하나님의 나라를 이루어야 하는 수고를, 자신의 삶 속에 진리와 평화와 행복을 가져오게 하는 책임을 온전히 자신의 몫으로 돌리고는 그 무거운 짐을 진 채 '지금'을 메마르게 살아가고 있는 것이다.

하나님의 나라는 결코 우리의 노력과 수고를 통하여 열 수 있는 문이 아니다. 그 문은 "거룩하고 진실하사 다윗의 열쇠를 가지신 이, 곧 열면 닫을 사람이 없고 닫으면 열 사람이 없는 그가 이르시되, 볼지어다 내가 네 앞에 열린 문을 두었으되 능히 닫을 사람이 없으리라."(요한계시록 3:7~8)는 말씀처럼, 이미 우리 앞에 열려 있다. 그렇기에 우리는 다만 그 '열린 문' 안으로 들어가기만 하면 된다.

여기, 그 '열린 문' 안으로 편안히 들어갈 수 있도록 우리를 인도해 주는 자세한 안내도가 하나 있다. 바로 '십계명'이다. 성경은 바로 이 '십계명'을 통하여 우리 안에 본래 이루어져 있는 하나님의 나라와 진리의 세계를 지금 이 순간의 삶 속에서 분명하게 보고 온전히 누릴 수 있는 '길'을 가리켜 보여 주고 있다.

❧

하나님이 이 모든 말씀으로 말씀하여 이르시되, 나는 너를 애굽 땅, 종 되었던 집에서 인도하여 낸 너의 하나님 여호와니라.

1. 너는 나 외에는 다른 신들을 네게 두지 말라.

2. 너를 위하여 새긴 우상을 만들지 말고 또 위로 하늘에 있는 것이나 아래로 땅에 있는 것이나 땅 아래 물 속에 있는 것의 어떤 형상도 만들지 말며, 그것들에게 절하지 말며, 그것들을 섬기지 말라. 나 여호와 너의 하나님은 질투하는 하나님인즉 나를 미워하는 자의 죄를 갚되 아버지로부터 아들에게로 삼사 대까지 이르게 하거니와, 나를 사랑하고 내 계명을 지키는 자에게는 천 대까지 은혜를 베푸느니라.

3. 너는 네 하나님 여호와의 이름을 망령되게 부르지 말라. 여호와는 그의 이름을 망령되게 부르는 자를 죄 없다 하지 아니하리라.

4. 안식일을 기억하여 거룩하게 지키라. 엿새 동안은 힘써 네 모든 일을 행할 것이나 일곱째 날은 네 하나님 여호와의 안식일인즉 너나 네 아들이나 네 딸이나 네 남종이나 네 여종이나 네 가축이나 네 문 안에 머무는 객이라도 아무 일도 하지 말라. 이는 엿새 동안에 나 여호와가 하늘과 땅과 바다와 그 가운데 모든

것을 만들고 일곱째 날에 쉬었음이라. 그러므로 나 여호와가 안식일을 복되게 하여 그날을 거룩하게 하였느니라.

5. 네 부모를 공경하라. 그리하면 네 하나님 여호와가 네게 준 땅에서 네 생명이 길리라.

6. 살인하지 말라.

7. 간음하지 말라.

8. 도둑질하지 말라.

9. 네 이웃에 대하여 거짓 증거하지 말라.

10. 네 이웃의 집을 탐내지 말라. 네 이웃의 아내나 그의 남종이나 그의 여종이나 그의 소나 그의 나귀나 무릇 네 이웃의 소유를 탐내지 말라.(출애굽기 20:1~17)*

'애굽 땅, 종 되었던 집'이란 야곱과 그의 혈통에서 난 70명의 가족들이(출애굽기 1:5) 심한 기근을 피하여 애굽 땅으로 가서 정착한 이후 430년이 흐르는 동안(출애굽기 12:40) 애굽 사람들의 종이 되어 자유를 잃어버린 채 고된 노역과 괴로움에 시달리며 살았음을 뜻하는 말이지만, 이를 우리 '안' 곧 우리 '내면의 이야기'로 돌이켜 말해 보면, 아담과 하와가 뱀의 유혹을 받아 '선악

---

* 각 계명 앞에 붙인 1~10까지의 숫자는 '십계명'을 한눈에 볼 수 있도록 필자가 임의로 붙인 것임을 밝혀 둔다.

을 알게 하는 나무의 열매'를 따먹고 낙원인 에덴동산에서 쫓겨 난 이래로, 우리는 우리 마음의 이원성(二元性)의 종이 되어 자유 를 잃어버린 채 지금 이 순간에도 그 이원의 분별이 가리키는 대 로 우리 마음 안의 좋은 것(선)은 택하고 나쁜 것(악)은 버리려고 애를 쓰면서 스스로 고통과 괴로움에 시달리며 살아가는 것을 뜻한다.

그런데 하나님이 이스라엘 백성들을 그 종 되었던 집에서 이 끌어 내어 "젖과 꿀이 흐르는 땅"(출애굽기 3:8)으로 인도하셨듯 이, 지금 이 순간 우리 안에 있는 하나님이 이 '십계명'을 통하여 이원성의 종이 되어 있는 우리를 이끌어 내어 완전한 자유와 평 화와 지복(至福)의 실상의 세계로 인도해 갈 것이다. 그러므로 이 제 '십계명'이라는 안내도를 펼쳐 들고 그 하나하나를 자세하게 읽어 나가면서, 우리 안에 있는 그 '열린 문' 안으로 성큼성큼 들 어가 보자.

1. 너는 나 외에는 다른 신들을 네게 두지 말라.

이는 하나님이 시내 산에 내려오셔서 모세와 온 이스라엘 백 성들에게 말씀하신 '십계명'의 첫 번째 계명이다. "하나님이 이 모든 말씀으로 말씀하여 이르시되……"라는 구절로 시작되는 이 '십계명'은 또한 지금 이 순간 우리 안에서 울려 나와 우리를 영원한 자유로 인도해 주는 진리의 소리이기도 하다. 그러므로 이제 이 진리의 말씀에 조용히 귀를 기울여 보자.

그런데 이때 '하나님'은 특정 종교만의 하나님이 아니다. "천지와 만물을 창조하신 하나님"(창세기 2:1)은 그 창조하신 만물 가운데 하나인 인간이 만든 종교 안에만 계신 분이 아니며, 더구나 그 가운데 어느 한 종교에만 속한 분은 더더욱 아니다. 그런 믿음은 전적으로 그렇게 믿는 사람들의 몫일 뿐 '하나님'과는 거리가 멀다. "우주와 그 가운데 있는 만물을 지으신 하나님께서는 천지의 주재(主宰)시니, 손으로 지은 전(殿)에 계시지 아니하시고 또 무엇이 부족한 것처럼 사람의 손으로 섬김을 받으시는 것이 아니니, 이는 만민(萬民)에게 생명과 호흡과 만물을 친히 주시는 자이심이라."(사도행전 17:24~25)고 하지 않았는가.

그러므로 "너는 나 외에는 다른 신들을 네게 두지 말라."는 이 말씀은 결코 여호와 이외의 다른 신들, 곧 불교나 이슬람이나 힌두교나 그 밖에 다른 종교에서 믿는 신들을 섬기지 말라는 말이 아니다. "만민에게 생명과 호흡과 만물을 친히 주시는 하나님"이 어찌 종교를 나누었겠으며, 종교 안에 갇혔겠으며, 여기에는 있고 저기에는 없다 하셨겠는가. 그것은 전적으로 그렇게 나누고 구분 짓는 사람들의 마음의 산물일 뿐이다. 하나님은 결코 그렇게 작고 편벽된 분이 아니다. 일찍이 선지자 이사야의 입을 통해서도 하나님은 "내 생각은 너희 생각과 다르며 내 길은 너희 길과 달라서 하늘이 땅보다 높음 같이 내 길은 너희 길보다 높으며 내 생각은 너희 생각보다 높으니라."(이사야 55:8~9)고 말씀하시지 않았는가.

하나님은 종교 안에도 있고 종교 밖에도 있으며, 내 마음 안에도 있고 밖에도 있다. 여기에도 있고 저기에도 있으며, 지금 이 순간 모든 곳에 동시에 있다. 하나님은 있지 않은 곳이 없는 '전체'요 '하나'이다.

그렇기에 하나님은 지금 이 순간 우리 안에서 경험하는 이런 저런 감정, 느낌, 생각들 속에도 있다. 기쁨 속에도 있고 슬픔 속에도 있으며, 즐거움 속에도 있고 우울 속에도 있다. 편안할 때에도 거기에 함께 있고 불안할 때에도 그 불안 속에 하나님이 있으며, 얻음 속에도 있고 잃음 속에도 있다. 사랑 안에도 하나님이 있고 미움 속에도 있으며, 따뜻함 속에도 있고 차가움 안에도 있고, 한없는 만족과 감사와 행복 속에도 있고 더할 나위 없는 결핍과 초라함과 나약함과 무너짐 속에도 있다. 앞에도 있고 뒤에도 있으며, 위에도 있고 아래에도 있고, "주에게는 어둠과 빛이 같음이니이다."(시편 139:12)라고 말씀하고 있듯이 하나님은 밝은 곳에도 있고 어두움 속에도 있다. 웃고 울고 밥 먹고 자고 생각하고 걷고 앉고 서는 모든 순간 속에 하나님이 있고, 생로병사(生老病死)의 모든 일들 속에 하나님이 있다. 그렇듯 매 순간의 '지금'이 바로 하나님이 계신 곳이며, '여기'가 곧 하나님의 나라이다.

그렇다면 "너는 나 외에는 다른 신들을 네게 두지 말라."는 이 말씀은 정녕 무슨 뜻일까? 한마디로 말하면, "매 순간 있는 그대로 존재하라."는 말씀이다. 매 순간의 '지금'이 바로 하나님이 계신 곳이니, '지금'을 있는 그대로 받아들이고 '지금' 속에 존재하며 '지금'을 살라는 말이다. 그리하여 지금 이 순간 내 안에서 일어나는 '이것' 이외에 다른 어떤 것도 내게 두지 말라는 말이다. 오직 이 길만이 영원한 하나님을 만나는 길이요, 진실로 자유할 수 있는 길이며, '열린 문'안으로 들어갈 수 있는 길이라는 것이다.

이를테면, 우리 안에서 어느 순간 문득 불안이 올라오면, '지금' 내 안에서 현존하는 그 불안 이외에 다른 어떤 것도 내게 두지 말고, 그 불안을 피하거나 달아나거나 벗어나려는 일체의 몸짓도 정지하고, 단 한 순간만이라도 그것을 있는 그대로 받아들여 보라는 말이다. 그렇게 불안에 대한 모든 저항을 그치고 온전히 그것과 '하나'가 되어 다만 그 순간에 존재할 때, 뜻밖에도 우리는 영원히 불안하지 않은 자신을 만날 수 있게 될 것이다. 정녕 "나 외에는 다른 신들을 네게 두지 말라."는 말씀 그대로 '지금' 내 안에서 올라오는 이 불안 이외에 다른 어떤 것도 내게 두지 않을 때, 우리는 마침내 이원성의 종으로부터 놓여나서 영원히 자유하게 될 것이라는 것이다.

삶의 어느 길모퉁이에서 한없이 초라해지고 무너진 자신을 문득 목격하게 될 때, 그 초라함과 무너짐을 거부하거나 저항하지 말고 있는 그대로 껴안아 보라. 진실로 그것 이외의 다른 것을 찾거나 구하는 마음을 내려놓고, 온전히 그것과 '하나'가 되어 보라. 그러면 그 순간, 그 초라함과 무너짐에 조금도 물들지 않는 깊은 평안을 자신 안에서 발견하게 될 것이다.

이 세상에 오직 홀로 남겨진 것만 같은 외로움과 슬픔이 밀려오거든 그 외로움과 슬픔에 자신을 온전히 내맡겨 보라. 그것을 달래거나 극복해 보려는 어떤 몸짓도 노력도 정지하고, 그것이 내 안을 마음껏 흘러 다니도록 온전히 허용해 보라. 지금 이 순간 나를 찾아온 그것을 있는 그대로 받아들이고, 그 외의 다른 어떤 것도 내게 두지 않을 때, 문득 내 안에서는 이미 모든 슬픔과 외로움이 완전히 끝나 있다는 것을 깨닫게 될 것이다.

남모르는 강박과 대인공포로 인해 삶의 모든 순간이 힘들고 지칠 때, 단 한 순간만이라도 그런 자신을 있는 그대로 받아들이고 사랑해 보라. 더 이상 그런 자신을 스스로 수치스러워하며 내치거나 거부하지 말고, 아무런 조건이나 이유를 붙이지 말고 단 한 번만이라도 따뜻이 품어 보라. 정녕 그럴 수 있다면, 지금 있는 그대로의 자신이 아닌 다른 사람이 되려는 그 마음을 진실로 내려놓아 볼 수 있다면, 자신을 힘들게 했던 그 모든 문제들로부터 어느새 넉넉히 놓여나 있는 자신을 발견하고는 스스로 놀라며 비로소 안도의 한숨을 내쉬게 될 것이다.

도저히 사랑할 수 없는 자신을 껴안을 때 우리는 뜻밖에도 그 속에서 진정한 사랑을 만날 수 있으며, 견딜 수 없는 구속을 받아들일 때 놀랍게도 조금도 구속되지 않는 평화를 깊이 맛보게 될 것이다. 부족과 하나가 될 때 바로 그 순간 진정한 충만이 무엇인지를 깨닫게 되며, 흔들리는 자신을 온전히 받아들일 때 결코 흔들릴 수 없는 자신을 분명하게 보게 될 것이다.

모든 진실하고 영원한 것은 바로 '지금' 이 순간 속에 있다. 우리가 찾는 모든 완전한 것들은 바로 '여기'에 있다. 하나님은 언제나 지금, 여기에 계신다. 우리는 이미 하나님의 나라 안에 있으며, 바로 그렇기 때문에 '열린 문'인 것이다. 오직 이 진리에 눈 뜨게 하여 우리로 하여금 지금 이 순간 속에서 영원한 자유를 누릴 수 있는 '길'을 가르쳐 주기 위해 하나님은 분명하고도 단호하게 이렇게 말하고 있는 것이다. "너는 나 외에는 다른 신들을 네게 두지 말라."고.

예수도 이와 똑같은 말을 했다. 즉, "내가 곧 길이요 진리요 생명이니 나로 말미암지 않고는 아버지께로 올 자가 없느니라."(요한복음 14:6)는 말씀으로써 이 '길'에 대해 분명하게 우리에게 증거해 주고 있는 것이다. 이때 예수가 말한 '나'는 비단 2,000년 전에 이 땅에 오셔서 33년의 짧은 생을 살다 가신 '그 분'만을 가리키는 말이 아니다. 예수의 참모습은 그런 유한성을 지닌 육체에 있지 않다. 예수의 실상은 곧 '영원한 진리'이다. 그런데 영원한 진리는 언제나 지금 이 순간 속에 있으니, "내가 곧 길이요 진리요 생명이니 나로 말미암지 않고는……"이라는 말씀 속에서의 '나'는 곧 '지금'을 가리키며, 또한 지금 이 순간 우리 안에서 현존하는 '이것'을 가리킨다.

그리하여 '지금' 이 순간 우리 안에서 올라오는 '이것'—불안이든 우울이든 초라함이든 무너짐이든 외로움이든 슬픔이든 구속이든 부족이든 흔들림이든—이 바로 길이요 진리요 생명이니, '지금' '이것'을 통하지 않고서는 아버지께로 올 자, 곧 모든 고통과 괴로움과 의문과 갈증이 끝나고 참된 자유와 평안이 가득한 진리의 세계로 올 자가 없다는 것이다. 왜냐하면 모든 완전하고 영원한 것들은 오직 '지금' 이 순간 속에서만 만날 수 있기 때문이다.

"수고하고 무거운 짐 진 자들아, 다 내게로 오라. 내가 너희를 쉬게 하리라."(마태복음 11:28)는 예수의 말씀도 마찬가지다. 이 말씀의 참뜻을 달리 표현해 보면, "수고하고 무거운 짐 진 자들아, 다 '지금'으로 돌아오라. 오직 매 순간의 '지금' 속에 존재할 때에만 너희의 영혼은 비로소 안식하게 될 것이다."라는 말씀이다. 이때 '수고하고 무거운 짐 진 자들'이란 우리 마음의 이원성 안에 갇힌 채 버릴 수 없는 것들을 버리려 애쓰고 얻을 수 없는 것들을 얻으려 헛되이 노력하고 수고하는 가운데 '지금'이 아니라 '미래' 속에서 영혼의 안식을 찾고 구하는 사람들을 가리킨다.

아, 그 짐이 얼마나 무겁고 또 아득한지! 그러나 "그 짠 것으로는 옷을 이룰 수 없을 것이요, 그 행위로는 자기를 가릴 수 없을 것이며"(이사야 59:6)라는 말씀처럼, 우리의 노력과 수고로는 결코 진리를 얻을 수 없고 영혼의 진정한 안식을 가져올 수도 없다. 왜냐하면 우리의 노력과 수고는 언제나 그 목표를 '미래'에 두고 있지만, 진리는 언제나 '지금' 속에 있기 때문이다. 그렇기에 예수는 간곡하게 "내게로 오라." 곧 "'지금'으로 돌아오라."고 말씀하고 계신 것이다.*

"영접하는 자 곧 그 이름을 믿는 자들에게는 하나님의 자녀가 되는 권세를 주셨으니……"(요한복음 1:12)라는 말씀을 통해서도 성경은 우리에게 진리에 이르는 분명한 '길'을 가리켜 보여 주고 있다. 이때 '영접하는 자, 곧 그 이름을 믿는 자들'이란 매 순간의 '지금'을 있는 그대로 영접하며 매 순간의 '지금' 속에 존재하는 사람들을 가리킨다. 그때 그들은 '하나님의 자녀가 되는 권세'를 얻게 되는데, 그것은 곧 마음의 이원성으로부터 벗어나게 됨으

---

* 성경은 또한 "회개하라, 천국이 가까이 왔느니라."(마태복음 3:2)는 말씀을 통해서도 똑같은 말을 하고 있다. 회개란 이전의 잘못을 뉘우치고 고치는 것을 뜻하지만, 그 진정한 의미는 "가던 길을 돌이키는 것"이다. 즉, 우리는 언제나 '지금'을 떠나 '미래' 속에서 모든 참되고 완전한 것들을 얻으려고 노력하지만, 그것은 우리 마음의 이원성이 만들어 낸 허구요 착각에 기인한 몸짓들일 뿐이기에, 그 마음길을 돌이켜 '지금'으로 돌아올 때 바로 '여기'가 천국이라는 진리를 우리에게 말씀해 주고 있는 것이다.

로 말미암아 실상과 진리를 깨닫게 되어 영원히 자유한 존재가 된다는 것이다. 그들의 영혼에는 다시 목마르거나 메마르지 않는 "영생하도록 솟아나는 샘물"(요한복음 4:14)이 흐르고, 그 가슴 속에는 "은혜와 진리가 충만하며"(요한복음 1:14), 그 마음 안에는 진정한 자유와 사랑이 가득해진다. 매 순간의 '지금'을 있는 그대로 영접함으로 말미암아 영원하고 참된 것들을 누릴 수 있는 권세를 얻게 되는 것이다.

그러니 진리를 얻기란 얼마나 쉬운가? 매 순간의 '지금' 그리고 '여기'에 항상 현존해 있어서, 그것을 얻기 위하여 아무런 수고도 노력도 할 필요도 없으니! 오히려 무언가를 함으로써 지금이 아닌 미래 속에서 진리를 얻으려고 하는 그 허망한 마음을 내려놓기만 하면 되니 말이다. 또 하나님의 자녀가 되는 권세를 얻기란 얼마나 쉬운가? "나의 멍에를 메고 내게 배우라. 그리하면 너희 마음이 쉼을 얻으리니, 이는 내 멍에는 쉽고 내 짐은 가벼움이라."(마태복음 11:29~30)고 예수가 말씀하셨듯이, 다만 '지금'이라는 멍에를 메고 매 순간 있는 그대로 존재하기만 하면 되니 말이다.

그렇기에 하나님은 이 '십계명'을 통하여 우리에게 간곡히 말씀하고 계신 것이다. "너는 나 외에는 다른 신들을 네게 두지 말라."고.

2. 너를 위하여 새긴 우상을 만들지 말고 또 위로 하늘에 있는 것이나 아래로 땅에 있는 것이나 땅 아래 물 속에 있는 것의 어떤 형상도 만들지 말며, 그것들에게 절하지 말며, 그것들을 섬기지 말라.* 나 여호와 너의 하나님은 질투하는 하나님인즉 나를 미워하는 자의 죄를 갚되 아버지로부터 아들에게로 삼사 대까지 이르게 하거니와, 나를 사랑하고 내 계명을 지키는 자에게는 천 대까지 은혜를 베푸느니라.

'진정한 만족'이란 무엇일까? 그것은 어떻게 우리의 마음에 찾아오게 되는 것일까? 지금 나에게 있어 나를 힘들게 하고 지치게 하는 모든 부족과 결핍이 사라지고, 내가 원하는 모든 것들로 그 자리가 가득히 채워질 때 우리는 진정으로 만족하게 되는 것일까? 만약 그렇다면 우리는 그것을 얻기 위하여 얼마만큼 노력하고 수고해야 하며, 또 얼마나 많은 시간들이 흘러가야 하는 것일까? 우리는 언제나 그렇게 우리 앞에 '진정한 만족'이라는 형상(모양)을 만들어 놓고 거기에 도달하려고 오랜 시간 애를 쓰지만, 과연 우리의 그런 애틋한 노력과 수고와 시간들이 우리를 '그

---

* 이 말씀은 금강경에 나오는 다음의 말씀과 정확히 일치한다.

凡所有相 皆是虛妄 若見諸相非相 卽見如來

"무릇 있는 바의 모든 모양(형상)은 전부가 다 허망한 것이다. 만약 모든 모양이 모양이 아님을 본다면 곧 여래(如來, 진리, 깨달음, 실상)를 보리라."

곳'으로 인도해 줄까?

정말 그럴 수 있을 것 같이만 여겨지고 또 아무리 생각해 보아도 오직 그 길밖에 없는 것 같지만, 그것은 우리의 깊고도 오랜 착각에 지나지 않는다. 오히려 뜻밖에도 '진정한 만족'이란 바로 지금, 여기에 있다. 즉, '진정한 만족'을 구하는 바로 그 마음이 우리 안에서 사라져 버릴 때, 우리는 지금 이 순간 즉시 영원하고도 완전한 만족을 얻게 되는 것이다.

'자유'란 또 무엇일까? 그것은 어떻게 우리의 영혼에 찾아와 영원히 우리를 떠나지 않게 되는 것일까? 우리를 힘들게 하는 마음의 모든 구속과 억압과 괴로움들이 남김없이 사라질 때 그것은 비로소 나타나는 것일까? 자유란 언제나 그렇게 구속과 대립되는 것일까?

그러나 그것은 우리가 '자유'를 상상할 때 머릿속에 그려지는 형상(모양)에 지나지 않을 뿐 '자유'의 실상과는 거리가 멀다. 그런데 아이러니하게도 우리 스스로가 만들어 놓은 바로 그런 형상(모양)을 추구하느라 '지금' '여기' 우리의 삶 속에서 매 순간 넘실대며 흐르고 있는 진정한 자유를 잃어버리고 있는 것이다. '자유'란 어떤 수고나 노력을 통하여 얻거나 잃을 수 있는 무엇이 아니라, 다만 매 순간 있는 그대로 존재함으로 말미암아 누리게 되는 것이기 때문이다.

'진리'란 무엇일까? 무엇을 가리켜 '진리'라고 하는 것일까? 그것은 정녕 따로 있는 것일까? 그리하여 우리가 그것을 얻기 위해서는 무한에 가까운 온갖 노력들을 오랜 시간에 걸쳐 기울여야 하는 것일까? 진리는 그렇게 특별한 무엇일까? 무엇보다도, 그것은 과연 우리의 노력과 수고를 통하여 얻을 수 있는 것일까? 아니, 우리는 정녕 지금 이 순간 진리를 잃어버리고 있는 것일까? 하나님은 지금, 여기에 계시지 않는 것일까? 그러나 그 모든 생각들은 전적으로 우리 마음의 이원성이 만들어 내는 허구적인 형상(모양) 때문이 아닐까? 진리는 오히려 바로 그런 형상(모양)이 우리의 눈앞에서 사라질 때 온전히 드러나는 무엇이 아닐까?

'행복'이란 무엇일까? 그것은 어떤 조건에 따라 좌우되는 것일까? 그래서 어느 때에는 있다가 또 어느 때에는 없다가 하는 무엇일까? 만약 '행복'이 그런 것이라면 우리는 이 삶을 통하여 진정으로 행복할 수 있을까? 진정으로 누릴 수 없는 것이라면 과연 추구할 만한 가치가 있을까?

'사랑'이란 무엇일까? 그것 또한 '미움'과 대립되는 무엇일까?

'믿음'이란 반드시 어떤 대상을 필요로 하는 것일까?

우리를 '열린 문' 안으로 인도하기 위하여 '십계명'이라는 자세한 안내도를 주신 하나님은 이렇게 우리에게 말씀하신다. "너를 위하여 새긴 우상을 만들지 말고 또 위로 하늘에 있는 것이나 아래로 땅에 있는 것이나 땅 아래 물 속에 있는 것의 어떤 형상도 만들지 말며, 그것들에게 절하지 말며, 그것들을 섬기지 말라."고.

우리가 그렇게 우리를 위하여 이런저런 형상(모양)들을 만들어 놓고 그것에 절하며 그것들을 섬기며 추구하게 되는 것은 오직 지금 이 순간에 존재하지 못하기 때문이다. 만약 우리가 매 순간의 '지금'을 있는 그대로 받아들이며 매 순간의 '지금' 속에 존재하게 된다면, 즉 지금 여기에 계신 하나님을 만나게 된다면, 빛이 어둠에 비치면 어둠이 저절로 사라지듯이 우리 마음이 만들어 놓은 그 모든 허구적인 형상(모양)들은 저절로 사라지게 된다. 왜냐하면 하나님 안에서는, 매 순간의 '지금' 속에서는 그 어떤 형상(모양)도 만들어질 수가 없기 때문이다. 그리하여 그 모든 형상(모양)들이 우리 마음 안에서 사라지게 될 때, 거기에는 오직 참된 평화가, 사랑이, 자유가, 진리가 영원히 넘실거리며 흐르게 되는 것이다.

그 참되고 영원한 것들을 우리에게 주고 싶어서 하나님은 또 이렇게 말씀하신다. "나 여호와 너의 하나님은 질투하는 하나님인즉 나를 미워하는 자의 죄를 갚되 아버지로부터 아들에게로 삼사 대까지 이르게 하거니와, 나를 사랑하고 내 계명을 지키는 자에게는 천 대까지 은혜를 베푸느니라."고.

'나를 미워하는 자'란 곧 '지금'을 미워하고 싫어하여 '지금'을 외면하고 떠나는 자를 가리킨다. 지금 내 안에서 올라오는 불안,

120

우울, 초라함, 무너짐, 외로움, 슬픔, 구속, 부족, 흔들림 등을 있는 그대로 받아들여 그 순간에 존재하기보다는, 그것을 거부하고 저항하는 가운데 그것 이외에 다른 것을 자신의 마음 안에 두고 싶어 하는 자를 가리킨다. 그리하여 '지금'을 떠나 자신의 결심과 다짐과 노력과 수고를 통하여 미래의 어느 순간 속에서 자신이 원하는 평안을 찾고 안식을 구하는 자를 가리킨다. 그런데 그것이 바로 하나님이 보시기에는 '죄'라는 것이며, "그 죄를 갚되 아버지로부터 아들에게로 삼사 대까지 이르게 한다."는 것은 곧 그 길은 '멸망으로 인도하는 문'이라는 것이다. 자유는 '여기'에 있는데 '저기'에서 구하며, 진리는 '지금' 이것인데 '미래'에서 찾으니, 그것이 바로 '멸망으로 인도하는 문'이 아니고 무엇이겠는가.

반면에 '나를 사랑하고 내 계명을 지키는 자'란 곧 매 순간의 '지금'을 받아들이며 '지금' 속에 존재하는 자를 가리킨다. 지금 내 안에서 나를 찾아온 '이것'을 있는 그대로 받아들이며 다만 그 순간에 존재할 뿐 그것 이외에 다른 것을 자신의 마음에 두려고 하지 않는 자를 가리킨다. 그런데 그렇게 '지금' '이것'을 있는 그대로 받아들이며 그 순간에 존재해 보면, 뜻밖에도 내가 그토록 미워하고 싫어하며 버리려고 했던 그 모든 것들이 사실은 내가 그토록 목말라하며 찾고자 하고 구하고자 했던 바로 '그것'임을 깨닫게 되어, 마침내 생의 모든 방황과 목마름에 종지부를 찍고 영원한 안식과 평안을 얻게 된다. "하나님께서 세상의 미련한 것들을 택하사 지혜 있는 자들을 부끄럽게 하려 하시고, 세상의 약한 것들을 택하사 강한 것들을 부끄럽게 하려 하시며, 하나님께서 세상의 천한 것들과 멸시받는 것들과 없는 것들을 택하사 있는 것들을 폐하려 하시나니"(고린도전서 1:27~28)라는 말씀과도 같이, 지금 내 안에 있는 이 초라하고 보잘것없고 천하고 멸시받는 것들을 한 순간 온전히 받아들임으로 말미암아 영원하고도 완전한 삶을 만나게 되니, 이 얼마나 놀라운 삶의 '비약'인가! 그렇듯 지금 이 순간이 바로 영원으로 가는 길이니, 얼마나 기막힌가! 더욱이 그렇게 한 번 찾아온 존재의 '비약'은 영원히 나를 떠나지 않으니, 이 얼마나 안심인가! 바로 그렇기 때문에 하나님은 "천 대까지 은혜를 베푸느니라."고 말씀하고 있는 것이다.

"진실로 너희에게 이르노니, 천지가 없어지기 전에는 율법의 일 점 일획이라도 반드시 없어지지 아니하고 다 이루리라."(마태복음 5:18)는 예수의 말씀처럼, 이 '십계명'은 그 한 말씀 한 말씀이 진실로 우리의 영혼을 자유케 해주는 진리의 '길'인 것이다.

3. 너는 네 하나님 여호와의 이름을 망령되게 부르지 말라. 여호와는 그의 이름을 망령되게 부르는 자를 죄 없다 하지 아니하리라.

'하나님의 이름을 망령되게 부르는 자'란 어떤 사람을 두고 하는 말씀일까? 그것은 곧 마음의 이원성이 가리키는 대로 '여기'와 '저기'를 구분하고 '지금'과 '미래'를 나누어 놓고는 여기에는 없고 저기에는 있다 하거나, 지금이 아니라 미래 속에서 모든 참되고 완전한 것들을 얻으려고 하는 사람들을 가리킨다. 또한 하나님은 분명히 "너를 위하여 새긴 우상을 만들지 말고 또 위로 하늘에 있는 것이나 아래로 땅에 있는 것이나 땅 아래 물 속에 있는 것의 어떤 형상도 만들지 말며, 그것들에게 절하지 말며, 그것들을 섬기지 말라."고 하셨건만, 자신들의 생각과 믿음을 토대로 그럴듯하게 보이는 형상(모양)들을 만들어 놓고는 이것이 바로 진리의 길이다, 이것만이 참(眞)이다, 이 문을 통하지 않고서는 참된 영혼의 자유를 얻을 수 없다, 하나님은 오직 이곳에만 있고 다른 곳에는 없다, 하는 사람들을 가리킨다. 하나님은 언제나 지금 이 순간 속에 현존해 계시고 또 어디에든 있지 않은 곳이 없건만, '여기'와 '저기'를 구분하고 '있다'와 '없다'를 나누어 놓은 그 분별 속에서 하나님의 이름을 부르는 그 부르짖음이 어찌 망령된 것이 아니겠는가.

일찍이 2,000년 전에도 예수가 진리를 증거하기 위하여 이 땅에 오셨을 때, 당시 하나님과 율법을 누구보다도 진지하게 믿고 받아들인다고 자부하던 바리새인들과, 최고 권위의 종교 지도자인 제사장 직분의 사두개인들이 진리로 오신 예수를 십자가에 못 박아 죽이는 일에 가장 먼저 앞장서지 않았는가. 스스로 하나님과 가장 가까이 있다고 믿었던 사람들이 사실은 '하나님의 이름을 망령되게 부르는 자들'이었던 것이다. 그런데 오늘날에도 이와 같은 일이 똑같이 되풀이되고 있으니, 이 얼마나 아이러니한 일인가.

"그 때에 이리가 어린 양과 함께 살며, 표범이 어린 염소와 함께 누우며, 송아지와 어린 사자와 살진 짐승이 함께 있어 어린아이에게 끌리며, 암소와 곰이 함께 먹으며, 그것들의 새끼가 함께 엎드리며, 사자가 소처럼 풀을 먹을 것이며, 젖 먹는 아이가 독사의 구멍에서 장난하며, 젖 뗀 어린아이가 독사의 굴에 손을 넣을 것이라. 내 거룩한 산 모든 곳에서 해됨도 없고 상함도 없을 것이니, 이는 물이 바다를 덮음 같이 여호와를 아는 지식이 세상에 충만할 것임이니라."(이사야 11:6~9)고 선지자 이사야가 말씀하고 있듯이, 진실로 하나님을 알게 되면 마음의 이원성이 영원히 사라짐과 동시에 내 안에서의 모든 갈증과 분열과 싸움이 끝이 나서 참된 평화와 안식이 가득해진다. 그 참된 평화와 안식은 바깥으로도 퍼져 나가 '나'와 '너'를 나누고 '이다'와 '아니다'를 차별하는 가운데 나는 옳고 너는 틀렸다 하며 서로 상처 주고 해하던 모든 몸짓들을 멈추게 될 뿐만 아니라 "내 아버지 집에 거할 곳이 많도다."(요한복음 14:2)라는 말씀처럼, 모든 사람과 모든 종교가 있는 그대로 인정받고 존중받는 가운데 각자가 사랑으로 쓰임 받는 아름다운 세상이 된다. 그렇듯 하나님을 진실로 알게 되면 내 마음에 참되고 영원한 평화가 임하듯이 세상에도 참 평화가 가득하게 되는 것이다.

그러므로 "누구든지 하나님을 사랑하노라 하고 그 형제를 미워하면 이는 거짓말 하는 자니, 보는 바 그 형제를 사랑하지 아니하는 자가 보지 못하는 바 하나님을 사랑할 수가 없느니라." (요한1서 4:20)는 말씀처럼, 하나님을 믿는다고 하면서 '나'와 '너'를 나누고, 내 종교는 옳고 너의 종교는 틀렸다고 하며, 사랑보다는 소유에 더 많은 관심을 가지는 자는 모두가 하나님의 이름을 망령되게 부르는 자들인 것이다.

4. 안식일을 기억하여 거룩하게 지키라. 엿새 동안은 힘써 네 모든 일을 행할 것이나 일곱째 날은 네 하나님 여호와의 안식일인즉 너나 네 아들이나 네 딸이나 네 남종이나 네 여종이나 네 가축이나 네 문 안에 머무는 객이라도 아무 일도 하지 말라. 이는 엿새 동안에 나 여호와가 하늘과 땅과 바다와 그 가운데 모든 것을 만들고 일곱째 날에 쉬었음이라. 그러므로 나 여호와가 안식일을 복되게 하여 그날을 거룩하게 하였느니라.

'안식'이란 무엇일까?

"하느님, 당신은 우리들을 당신을 향하게끔 창조하셨습니다.

그러므로 우리들의 영혼은 당신 가운데서 안식하기까지는 그 불안함을 벗을 길이 없습니다."라고 아우구스티누스(Augustinus, Aurelius, 354~430)가 『고백록』에서 말하고 있듯이, 인간은 오직 하나님을 만날 때에만 진정으로 안식할 수 있다. '진리'를 만날 때에만 인간의 영혼은 비로소 자유롭고 행복하며 영원히 평화로울 수 있기 때문이다. 만약 우리가 지금 여기에 계신 하나님을 만나게 된다면, 그리하여 '지금' 내 안에서 현존하는 '이것'을 있는 그대로 받아들이며 매 순간의 '지금' 속에 존재함으로 말미암아 우리의 영혼이 비로소 안식하게 된다면, 그것은 우리에게 영원한 것이 된다. 우리가 하나님 곧 진리를 만나게 되면서 우리 안에서 어떤 근본적이고도 질적인 변화가 일어나, 마음의 모든 불안과 고통과 괴로움이 영원히 사라지고 강 같은 평화가 가득히 흐르게 되기 때문이다. 말하자면, "내가 네게 거듭나야 하겠다 하는 말을 기이히 여기지 말라."(요한복음 3:7)는 예수의 말씀처럼, 기이하고도 놀라운 삶의 '비약'이 우리에게 찾아오는 것이다.

그 '비약'이 있게 되면서부터 우리에게는 매일 매일이 행복한 '안식일'이 된다. "보라, 내가 새 하늘과 새 땅을 창조하나니 이전 것은 기억되거나 마음에 생각나지 아니할 것이라. 너희는 내가 창조하는 것으로 말미암아 영원히 기뻐하며 즐거워할지니라."(이사야 65:17~18)는 말씀처럼, 하루 하루가 새 하늘과 새 땅인 듯 완전히 새롭게 다가오는 매일의 시간들 속에서 진정으로 기뻐하며 즐거워하게 될 뿐만 아니라, 모든 의문과 방황과 목마름이 끝난 데에서 비롯되는 지극한 평화와 안식 속에서 비로소 삶의 모든 것에 감사하게 되며, 아무것도 가지고 있지 않으나 '소유'하려고 하지 않기에 조금도 부족한 것이 없는 진정한 풍요 속에서 자신과 사람들을 진실로 사랑하며 나누며 살아가게 된다. 그러니 그에게는 따로 지켜야 할 안식일이 없고, 따로 구분해야 할 '그날'이 없는 것이다. 삶의 모든 날들이 곧 '안식일'이기 때문이다.

5. 네 부모를 공경하라. 그리하면 네 하나님 여호와가 네게 준 땅에서 네 생명이 길리라.

6. 살인하지 말라.

7. 간음하지 말라.

8. 도둑질하지 말라.

9. 네 이웃에 대하여 거짓 증거하지 말라.

10. 네 이웃의 집을 탐내지 말라. 네 이웃의 아내나 그의 남종이나 그의 여종이나 그의 소나 그의 나귀나 무릇 네 이웃의 소유를 탐내지 말라.

이 여섯 개의 계명은 앞의 네 계명을 행하게 되면—그러나 사실은 '하나'이다. 첫 번째 계명의 참뜻을 진실로 깨달아 행하게 되면 나머지 모든 계명은 호흡처럼 저절로 이루어진다—물이 아래로 흐르듯이 저절로 삶 속에서 행하게 된다. "그는 시냇가에 심은 나무가 철을 따라 열매를 맺으며 그 잎사귀가 마르지 아니함 같으니, 그가 하는 모든 일이 다 형통하리로다."(시편 1:3)는 말씀처럼, 애써 수고하지 않고 노력하지 않고도 삶의 모든 아름답고 가치 있는 열매들을 저절로 맺게 되는 것이다. 이 얼마나 감사한 일인가!

6
나아만 장군

지금 있는 그대로의 자신을 받아들이고,
매 순간 있는 그대로의 자신으로 존재하며,
언제나 새롭게 다가오는 '지금'을 살 때, 마침내
우리 안에 본래 있던 '구원의 길'이
우리 앞에 활짝 열려 영원히 닫히지 않게 될 것이다.

나아만이 노하여 물러가며 이르되, 내 생각에는 그가 내게로 나아와 서서 그의
하나님 여호와의 이름을 부르고 그의 손을 그 부위 위에 흔들어 문둥병을 고칠까
하였도다.

_열왕기하 5:11

성경은 참 아름답고 신비로운 책이다. 『창세기』로부터 『요한계시록』에 이르기까지 참으로 방대한 분량 속에 온갖 다양한 이야기와 역사적 사건들과 비유들을 펼쳐 보이고 있지만, 그러나 그 모든 것들을 통하여 성경이 우리에게 들려주고자 하는 말씀은 오직 하나다. 그것은 바로 '인간의 구원'이다. 어떻게 하면 사람들이 있는 그대로의 실상을 보고 진리를 깨달아 참된 영혼의 자유를 누리게 할 수 있을까, 어떤 '길'을 통하여 모든 사람들이 자신의 본질인 사랑에 눈뜨게 할 수 있을까, 그리하여 하나님의 아들로서의 본래 모습을 되찾아 영원히 행복하게 사랑하며 살아가게 할 수 있을까 하는 것에 성경은 모든 초점을 맞추고 있는 것이다. 오직 그 하나를 위하여 성경의 모든 이야기들이 씌어졌다고 해도 과언이 아니다.

여기, 『열왕기하』 5장에 나오는 '나아만 장군' 이야기도 우리에게 그 '구원의 길'이 어디에 있는가를 보여 주는 아름다운 이야기 중의 하나이다. 나아만 장군은 당시에 많은 전쟁을 치르면서 큰 위기에 빠진 나라를 구하기도 한 훌륭한 장수였지만, 안타깝게도 그는 살이 썩어 들어가는 병을 가진 문둥병자였다. 모든 것을 다 가진 장군이었지만 한 순간 그 모든 것을 잃어버릴 수밖에 없는 그 병으로 인해 남모르는 괴로움과 고뇌가 몹시도 깊었던 그가 어느 날 선지자 엘리사를 만나 병이 완전하게 낫게 되었다는 이야기가 1~14절에 기록되어 있는데, 성경은 어떻게 이 짧은 이야기 속에, 당시의 수없이 많은 크고 작은 역사적 사건들 속에서 그저 슬쩍 끼워진 듯한 이 이야기 속에 어쩌면 그렇게도 절묘하게 '진리에 이르는 길'을 담아 두고 있는지, 생각할수록 놀랍고 신비롭기만 하다.

죽을 수밖에 없었던 나아만 장군의 문둥병이 깨끗하게 나아 완전히 새로운 삶을 살게 되는 이 이야기를 통하여 지금 이 순간 우리 자신 안에도 있는 그 완전한 치유의 길 곧 진리의 길로 들어가 보자.

아람 왕의 군대 장관 나아만은 그의 주인 앞에서 크고 존귀한 자니, 이는 여호와께서 전에 그에게 아람을 구원하게 하셨음이라. 그는 큰 용사이나 문둥병자더라. 전에 아람 사람이 떼를 지어 나가서 이스라엘 땅에서 어린 소녀 하나를 사로잡으매 그가 나아만의 아내에게 수종들더니, 그의 여주인에게 이르되, 우리 주인이 사마리아에 계신 선지자 앞에 계셨으면 좋겠나이다 그가 그 문둥병을 고치리이다 하는지라. 나아만이 들어가서 그의 주인께 아뢰어 이르되, 이스라엘 땅에서 온 소녀의 말이 이러이러하더이다 하니, 아람 왕이 이르되, 갈지어다 이제 내가 이스라엘 왕에게 글을 보내리라 하더라.

나아만이 곧 떠날새 은 십 달란트와 금 육천 개와 의복 열 벌을 가지고 가서 이스라엘 왕에게 그 글을 전하니, 일렀으되 내가 내 신하 나아만을 당신에게 보내오니 이 글이 당신에게 이르거든 당신은 그의 문둥병을 고쳐 주소서 하였더라. 이스라엘 왕이 그 글을 읽고 자기 옷을 찢으며* 이르되, 내가 사람을 죽이고 살리는 하나님이냐. 그가 어찌하여 사람을 내게로 보내 그의 문둥병을 고치라 하느냐. 너희는 깊이 생각하고 저 왕이 틈을 타서 나와 더불어 시비하려 함인 줄 알라 하니라.

하나님의 사람 엘리사가 이스라엘 왕이 자기의 옷을 찢었다 함을 듣고 왕에게 보내 이르되, 왕이 어찌하여 옷을 찢었나이

---

* 옷을 찢으며 이는 지극한 슬픔이나 분노를 표현한다. 이스라엘 왕이 아람 왕에 대하여 매우 격분하고 있는 모습을 묘사한 것이다.

까. 그 사람을 내게로 오게 하소서. 그가 이스라엘 중에 선지자가 있는 줄을 알리이다 하니라.

나아만이 이에 말들과 병거들을 거느리고 이르러 엘리사의 집 문에 서니, 엘리사가 사자를 그에게 보내 이르되, 너는 가서 요단 강에 몸을 일곱 번 씻으라. 네 살이 회복되어 깨끗하리라 하는지라. 나아만이 노하여 물러가며 이르되, 내 생각에는 그가 내게로 나아와 서서 그의 하나님 여호와의 이름을 부르고 그의 손을 그 부위 위에 흔들어 문둥병을 고칠까 하였도다. 다메섹 강 아바나와 바르발은 이스라엘 모든 강물보다 낫지 아니하냐. 내가 거기서 몸을 씻으면 깨끗하게 되지 아니하랴 하고 몸을 돌려 분노하여 떠나니, 그의 종들이 나아와서 말하여 이르되, 내 아버지여 선지자가 당신에게 큰일을 행하라 말하였다면 행하지 아니하였으리이까. 하물며 당신에게 이르기를 씻어 깨끗하게 하라 함이리이까 하니, 나아만이 이에 내려가서 하나님의 사람의 말씀대로 요단 강에 일곱 번 몸을 잠그니, 그의 살이 어린아이의 살 같이 회복되어 깨끗하게 되었더라. (열왕기하 5:1~14)

성경이 한결같이 말하고 있는 '구원의 길'은 어디에 있을까? 그것은 바깥 어딘가에 혹은 미래의 어느 순간에 있을까? 아니면, 다른 무엇의 손에 혹은 누군가의 자비에 달려 있을까? 그러나 그 '길'은 분명히 지금 이 순간 우리 자신 안에 있다. 그렇기에 다만 우리 자신 안에서 매일 매 순간 열리고 있는 그 '길'로 성큼 들어서기만 하면 될 뿐 따로 어떤 방법을 찾거나 누군가의 도움을 구할 필요가 조금도 없다. 이 나아만 장군 이야기는 그 '길'이 우리 자신 안의 어디에 어떤 모습으로 있는지를 놀랍도록 정확하게 가리켜 보여 주고 있다.

상·하 두 권으로 되어 있는 『열왕기(列王記)』는 말 그대로 왕들에 대한 기록이다. 기원전 970년 솔로몬이 부왕인 다윗의 뒤를 이어 이스라엘의 왕위를 계승한 이야기로부터 시작하여 그가 죽고 난 뒤 얼마 지나지 않아 나라가 남과 북으로 분열된 일, 그리고 두 왕국이 서로 대립과 갈등을 거듭하다가 열아홉 명의 왕들이 명멸하며 다스리던 북쪽 이스라엘 왕국이 기원전 722년 앗수르에 의해 멸망하고, 스무 명의 왕들이 통치하던 남쪽 유다 왕국이 기원전 586년 바벨론의 느부갓네살 왕의 발아래에 짓밟히기까지 각 왕국을 다스리던 왕들의 치적과 역사를 기록하고 있다.

이 '나아만 장군' 이야기는 그 가운데 하권 제5장에 나오는데, 예수가 『누가복음』에서 "또 선지자 엘리사 때에 이스라엘에 많은 문둥이가 있었으되 그 중에 한 사람도 깨끗함을 얻지 못하고 오직 수리아 사람 나아만뿐이니라."(누가복음 4:27)고 언급했듯이, 당시에 선지자 엘리야의 뒤를 이은 엘리사가 많은 이적과 기사(奇事)를 행하며 하나님의 일을 증거하던 중에 문둥병자 나아만을 만나 그를 깨끗하게 치유한 이야기다.

아람(시리아) 왕의 군대 장관인 나아만은 왕의 신임을 크게 받는 훌륭한 장군이었다. 전쟁에 나갈 때마다 혁혁한 공을 세웠고, 한때 큰 위기에 빠진 나라를 놀라운 지략과 용맹으로써 구해 내기도 했다. 나라의 온 백성들도 그를 영웅으로 추앙하며 받들었는데, 그가 번쩍이는 갑옷을 입고 개선장군이 되어 돌아올 때에는 모든 사람들이 그를 보기 위해 길거리로 쏟아져 나왔다. 그가 만면에 미소를 지으며 군중을 향해 손을 흔들 때마다 사람들은 감격한 목소리로 목이 터져라 "나아만 장군, 만세! 나아만 장군, 만세!"를 연발했으며, 사람들이 모여 있는 곳에서는 언제나 그에 대한 칭송과 부러움의 말들이 끊이지 않았다. 그는 그렇게 모든 것을 다 가졌고 모든 것을 다 이룬 것 같았지만, 그는 문둥병자였다. 하루하루 썩어 들어가는 몸을 번쩍이는 갑옷 아래로 감추고 있었고, 떨쳐 버릴 수 없는 두려움을 그 미소 뒤로 깊이 숨기고 있었던 것이다.

그런데 나아만이 자신이 문둥병자라는 사실보다도, 머지않아 손가락이 떨어져 나가고 얼굴이 함몰된 흉측한 모습으로 죽게 된다는 사실보다도 더욱 크게 두려워했던 것은 바로 자신이 문둥병자라는 사실이 사람들에게 알려지는 것이었다.

"나아만은 문둥병자다!"

이 한마디만 사람들 속으로 퍼져 나가는 날에는 그가 가진 모든 것이 한 순간 남김없이 무너지고 끝장이 날 것이기 때문이다. 어느 누가 그를 보기 위해 달려 나와 줄 것이며, 어느 누가 그의 이름인들 기억하고 싶어 하겠는가. 그렇기에 그는 얼마나 두려운 마음으로 매일 매일을 가슴 졸이며, 자신의 문둥병을 번쩍이는 갑옷 아래로 깊이 숨기고 빛나는 훈장으로 덮어 가리기 위해 애를 썼겠으며, 머리카락 한 올만큼이라도 그 사실이 새어 나가는 것을 막기 위해 얼마나 매 순간을 살피며 조바심을 내었겠는가. 사람들 앞에서는 훌륭하고 멋진 장군으로서 만면에 미소를 지으며 손을 흔들었겠지만, 바로 그 순간에도 그의 속마음은 썩어 들어가는 살만큼이나 새까맣게 타들어 가지 않았겠는가. 또 집에 들어와서 두꺼운 갑옷을 벗는 그 순간부터 자신의 눈에 또렷이 들어오는 그 문둥병으로 인해 아무도 없는 골방에 들어가 얼마나 괴로워하며 고통의 밤들을 보냈겠는가.

내 마음 안에도 나아만의 문둥병과 같이 어느 누구에게도 들키고 싶지 않아 꼭꼭 숨기고만 싶었던 못나고 부끄러운 것들이 참 많았다. 혹여라도 사람들이 나의 그런 못난 모습들을 눈치 챌까 봐, 겉으로는 언제나 잘난 체 했지만 사실은 내가 얼마나 초라한 내면을 가진 볼품없는 존재인가를 사람들이 알까 봐, 그리하여 마침내 그들이 껍데기뿐인 나의 휑한 몰골을 보고는 모두가 실망하고 비난하고 손가락질하며 나를 떠날까 봐, 그렇게 무참히 사람들로부터 버림을 받을까 봐 나는 얼마나 매 순간을 두려워하며 조바심을 내며 내 안의 못난 나를 덮고 가리고 숨겼는지! "오직 너희 말은 옳다 옳다, 아니라 아니라 하라. 이에서 지나는 것은 악으로부터 나느니라."(마태복음 5:37)고 예수가 말씀하셨건만, 나는 얼마나 '예' 할 것을 '아니요' 하고, '아니요' 할 것을 '예'라고 했으며, 있는 것도 없다 하고 없는 것도 있다 하며, 아는 것도 모른다 하고 모르는 것도 안다고 했는지!

남들 앞에서 언제나 잘나고 대단한 사람으로 인정받고 칭찬받고 싶어서 끊임없이 그들을 의식하며, 그저 멋있게 보이려는 말과 행동들만 빈틈없이 하려고 하면서 오직 거기에만 온 신경을 쓰다 보니, 정작 홀로 있게 되는 때에는 스스로를 돌볼 에너지가 조금도 남아 있지 않아 더할 나위 없이 게으르고 무기력하고 무책임했으며, 입으로는 인생의 온갖 의미와 가치와 이타(利他)를 말하고 또 인간으로서의 마땅한 도리를 주장했지만, 그 모든 것 또한 스스로는 전혀 그렇게 살지 못하면서 단지 자신이 얼마나 대단하고 훌륭한 사람인가를 보이고자 하는 공허하고 허허로운 몸짓들에 지나지 않았다. 또 진리와 수행을 운운하면서 마치 자신은 세상 누구보다도 진지하고 진실하며 겸손한 척 했지만, 사실은 바로 그런 것들로써 스스로를 가장 높고 특별한 곳에 올려다 놓고는 사람들을 보이지 않게 무시하고 멸시하며 한없이 오만하기만 했었다.

"화 있을진저, 외식(外飾)하는 서기관들과 바리새인들이여. 잔과 대접의 겉은 깨끗이 하되 그 안에는 탐욕과 방탕으로 가득하게 하는도다. …… 회칠한 무덤 같으니 겉으로는 아름답게 보이나 그 안에는 죽은 사람의 뼈와 모든 더러운 것이 가득하도다. …… 겉으로는 사람에게 옳게 보이되 안으로는 외식과 불법이 가득하도다."(마태복음 23:25~28)라고 하신 예수의 거듭된 말씀처럼, 나는 그렇게 하루하루 썩어 들어가는 내 영혼은 돌아보지 않은 채 그저 겉을 아름답게 꾸미는 데에만 대부분의 시간들을 허비하고 있었던 것이다. 그러면서도 참된 것이라고는 아무것도 없는 내 안의 그 텅 빈 실상이 조금이라도 들킬까 봐 얼마나 타들어 가는 듯한 마음으로 매 순간을 가슴 졸이며 살피며 살았는지! 문둥병자 나아만은 바로 나 자신이었다.

그런데 그런 나아만에게 문둥병이 깨끗하게 나을 수 있는 뜻밖의 '길'이 열린다. 이스라엘과의 전쟁에서 사로잡아 온 어린 소녀 하나를 나아만이 자신의 아내에게 시중들게 했는데, 그 아이가 어느 날 여주인에게 조심스럽게 나아와서 이렇게 말하는 것이다.

"외람된 말씀이오나, 장군님의 깊은 고통과 고뇌를 가까이에서 보게 되었습니다. 보잘것없는 이 소녀의 말을 물리치지 말아 주시옵소서. 장군님께서 저희 나라 이스라엘의 수도인 사마리아에 계신 선지자 엘리사에게 가시면 장군님의 병이 나을 수 있사옵니다."

나이 어린 몸종이 감히 하는 말을 내치지 않고 가만히 새겨들은 나아만 장군의 아내는 곧바로 남편에게 달려가 자초지종을 얘기했고, 나아만은 다시 왕에게 나아가 아내의 어린 몸종에게서 들은 말을 아뢰며, 자신을 사마리아로 보내 줄 것을 간청한다. 이에 왕도 크게 기뻐하며 흔쾌히 말한다.

"갈지어다. 이제 내가 이스라엘 왕에게 글을 보내리라."

그리곤 이스라엘 왕에게 이런 편지를 써서 나아만의 손에 건넨다.

"내가 내 신하 나아만을 당신에게 보내오니, 이 글이 당신에게 이르거든 당신은 그의 문둥병을 고쳐 주소서."

그러나 이 편지를 받아든 이스라엘 왕은 크게 격분하며 말한다.

"내가 사람을 죽이고 살리는 하나님이냐. 그가 어찌하여 사람을 내게로 보내 그의 문둥병을 고치라 하느냐……."

성경은 참으로 놀랍게도 어떤 이야기와 비유와 역사적 사건들을 기록하고 있든 그 안에는 언제나 지금 이 순간의 우리의 영혼이 진정으로 자유할 수 있는 '구원의 길'을 섬세하고도 정성스럽게 담아 두고 있다. 성경은 분명 다른 경전들과 마찬가지로 가장 완전한 '지혜의 책'임에는 두말할 나위가 없다.

이제, 나아만 장군이 아내의 어린 몸종이 감히 한 말을 전해들은 때로부터 자신의 문둥병을 고치기 위해 이스라엘 왕을 찾아가기까지의 이 이야기를 우리 '안' 곧 우리 '내면의 이야기'로 돌려 읽어 보자. 성경은 분명 이를 통하여 우리에게 들려주고 싶은 어떤 메시지가 있는 것이다.

언제나 죽음과 상실의 두려움에 무겁게 짓눌려 있던 나아만에게 '생명으로 인도하는 문'이 열리기 시작한 것은 다름 아닌 종으로 사로잡혀 와 자신의 아내에게 시중들던 나이 어린 소녀로부터이다. 이때 이 '어린 몸종'은 하찮은 것, 초라한 것, 보잘것없고 볼품없는 것, 언제나 가까이에 있는 것 등의 상징적 의미를 담고 있다. 그런데 언제나 가까이에서 시중들던 바로 그 하찮고 보잘것없고 볼품없는 어린 몸종으로부터 나아만의 문둥병이 나을 수 있는 '길'이 열리기 시작하는 것이다.

이는 곧 우리 영혼의 '구원의 길'은 언제나 가까이에 있음을 가리킨다. 더욱이 '어린 몸종'이라는 상징을 통하여 성경은 그 '길'이 우리가 매일 매 순간의 일상 속에서 늘 경험하고 있는 사소하고 소소하며 하찮고 보잘것없는 온갖 감정과 느낌과 생각들 속에서 열린다는 진리를 말해 주고 있는 것이다. 다시 말하면, 진리는 바로 '지금' 그리고 '여기'에 있다는 것이다.

그런데 전혀 엉뚱하고도 의아하기까지 한 한 가지 일을 통하여 성경은 또 하나의 진실을 우리에게 말해 주고 있다. 즉, 어린 몸종은 자신의 여주인에게 나아가서 나아만 장군의 병이 나을 수 있는 '길'을 얘기하며 분명히 사마리아에 있는 선지자 엘리사에게 가라고 말했건만, 아람 왕은 엉뚱하게도 그를 이스라엘 왕에게 보내는 것이다. 모든 것을 다 가진 왕에게 가면 문둥병을 고칠 수 있을 것이라고 생각했던 것이리라. 그런데 나아만 자신도 진실로 그렇게 믿고 싶었기에 두말 않고 이스라엘 왕을 향하여 길을 떠났던 것이다. 그런데 정작 이스라엘 왕은 그 편지를 보자마자 "내가 사람을 죽이고 살리는 하나님이냐. 그가 어찌하여 사람을 내게로 보내 그의 문둥병을 고치라 하느냐." 하고 격분할 뿐 결코 문둥병을 고치지 못했다.

이때 '왕'은 힘과 권력과 능력과 당당함과 자유와 충만함과 완전 등을 상징하는 존재이다. 이를 우리 '안'으로 돌려 말해 보면, '왕'은 우리가 되고 싶고 이루고 싶어 하는 완전한 자아상, 도달하고 싶어 하는 영적 목표, 자신을 힘들게 하던 내면의 모든 초라함과 부족과 결핍이 완전히 극복된 상태, 영혼의 자유, 깨달음 등을 상징한다.

나아만 장군이 '왕'에게 가면 자신의 문둥병이 나을 수 있으리라고 생각했던 것처럼, 지금 이 순간 우리도 바로 그런 곳에서 '구원의 길'을 찾고 있지 않은가. 자신을 힘들게 하던 내면의 모든 부족과 초라함이 완전히 극복되어 자신이 진실로 바라고 원하던 그런 존재가 되면, 자신이 꿈꾸던 어떤 목표에 도달하게 되면, '깨달음'을 얻게 되면 마침내 진정한 영혼의 자유와 해방을 맞게 될 것이라고 생각하고는 오직 '그 자리'에 도달하기 위해 지금 이 순간에도 애를 쓰고 있지 않은가. 마치 아담과 하와가 "하나님과 같이 되리라."(창세기 3:5)는 뱀의 유혹에 선뜻 손을 내밀어 선악과를 따먹었듯이, 노아의 후손들이 "우리 이름을 내고 온 지면에 흩어짐을 면하자."(창세기 11:4)고 말하며 벽돌로 돌을 대신하고 역청으로 진흙을 대신하며 '하늘'에 닿으려고 애를 썼던 것처럼 말이다.

그러나 이스라엘 왕은 결코 문둥병을 고칠 수가 없었다. '왕'에게는 '구원의 길'이 없다! 이것이 바로 성경이 우리에게 말해 주고자 하는 또 하나의 진실이다. 우리가 그토록 애를 쓰며 바라고 원하고 도달하려고 하는 '그 자리'에는 결코 우리의 영혼을 진정으로 자유케 해 줄 수 있는 '구원의 길'이 없다!

그렇다면 그 '길'은 어디에 있을까? 그것은 전혀 뜻밖에도 너무나 가까이에 있어서 우리가 '구원의 길'이라고는 조금도 생각하지 못했던 곳, 그곳에 '생명으로 인도하는 문'이 있으리라고는 상상조차 하지 못했던 자리에 있다. 바로 지금, 여기! 우리가 단한 순간도 떠난 적이 없고, 언제나 발을 딛고서 매 순간 호흡하고 있는 이 자리! 그렇기에 따로 얻을 것도 없고 수고할 것도 없는, 있는 그대로의 이것!

언제나 우리 가까이에 있고 조금도 숨겨져 있지 않으며 드러나 있지 않은 것이 없는, 그러나 사람들이 잘 알지 못하는 그 '길'을 선지자 엘리사는 알고 있었다. 그랬기에 먼 길을 돌아 찾아온 나아만에게 곧바로 가리켜 줄 수 있었던 것이다.*

이스라엘 왕이 자기 옷을 찢었다는 말을 들은 엘리사는 왕에게 기별하여 나아만을 자신에게로 오게 한다. 그리하여 마침내 나아만은 자신의 문둥병이 나을 수 있는 '길'로 돌이키게 된다. 그러나 "말들과 병거들을 거느리고" 엘리사에게 가는 그 모습을 보면 그는 아직 '문둥병자'로 가는 것이 아니라 '장군'으로 가고 있음을 본다. "너는 목이 곧은 백성이니라."(신명기 9:6)고 말씀하고 있듯이, 그는 몸은 돌이켰지만 마음은 여전히 높기만 했던 것이다.

나아만은 말을 타고 가면서 생각한다.

'이 위대하신 장군님이 보잘것없고 초라하기 그지없는 초막 같은 곳에 살고 있는 선지자에게 가면 그는 분명히 맨발로 뛰쳐나와 황송하게 나를 맞으며 큰절을 한 다음, 송구스런 마음으로 내 문둥병 위에 자기 손을 얹고는 하나님의 가장 크신 자비로써 이 병을 낫게 해 달라고 간곡하게 기도하겠지……'

---

* 그렇듯 선지자는 '하나님의 대변인'으로서, 진실과 진리의 길을 가리켜 주는 '이정표' 역할을 한다.

그러나 엘리사는 문 밖으로 나와 보지도 않고 자신의 사환을 대신 보내며 "너는 가서 요단강에 몸을 일곱 번 씻으라. 네 살이 회복되어 깨끗하리라."고 말한다. 아니, 이럴 수가! 이 위대하신 장군님의 왕림을 몰라보고 예를 표하기는커녕 종을 대신 보내어 나를 이렇게나 홀대하다니! 나아만은 격분하여 엘리사의 집 앞에서 몸을 돌이켜 분한 모양으로 떠난다. 그러면서 이렇게 말한다.

"내 생각에는 그가 내게로 나아와 서서 그의 하나님 여호와의 이름을 부르고 그의 손을 그 부위 위에 흔들어 문둥병을 고칠까 하였도다. 다메섹(다마스쿠스) 강 아바나와 바르발은 이스라엘 모든 강물보다 낫지 아니하냐. 내가 거기서 몸을 씻으면 깨끗하게 되지 아니하랴."

아, 내 생각에는…….

그런데 바로 이 '생각'이 언제나 우리 앞에서 참된 구원의 길, 진리의 길을 가로막아 버린다! 엘리사는 그 '길'을 분명하고도 정확하게 가리켜 주었건만, 나아만의 '생각'에는 그것이 도무지 '길'로 보이지가 않았던 것이다. 더욱이 자신의 '생각'으로는 "이스라엘의 모든 강물보다 더 나은" 다메섹 강의 크고 맑고 깨끗한 물에 들어가면 장군이라는 자신의 격에도 어울리고 문둥병도 단박에 나을 것 같이만 여겨졌던 반면에, 엘리사가 가리키는 대로 탁하고 작고 보잘것없는 요단강 물에 일곱 번씩이나 들어갔다가는 사람들로부터 더할 나위 없는 웃음거리만 될 뿐 결코 문둥병이 나을 것 같지는 않아 보였던 것이다. 그래서 자신의 '생각'을 따라 분노하며 엘리사에게서 돌아섰던 것이다.

그런데 지금 이 순간의 우리도 우리의 '생각'을 따라 참된 구원의 길, 진리의 길을 버리고 엉뚱한 곳으로 가고 있지는 않은가. 그 '길'은 언제나 자신 안에 있는데도 바깥 어딘가에서 찾으며, 여기에 있는데도 저기로 가고 있지는 않은가. 매 순간의 현재에 있는데도 미래 속에서 찾으며, 있는 그대로의 이것인데도 도달해야만 하는 목표 속에서 찾고 있지는 않은가. 우리의 '생각'에는 지금, 여기에 있는 이 참된 구원의 길이 도무지 '길'로 보이지가 않는 것이다.

나아만이 가리킨 "이스라엘의 모든 강물보다 더 나은 다메섹의 강"을 우리 '내면'으로 돌이켜 말해 보면, 그것은 곧 우리 안의 더 낫고 더 깨끗하고 더 힘 있고 더 당당하고 더 가득 차고 더 완전하고 더 훌륭한 마음을 가리킨다. 우리는 언제나 그런 곳에서 참된 평화와 자유, 진정한 자기완성의 길을 찾고 있지 않은가. 다메섹의 깨끗한 강물에 들어가면 자신의 문둥병이 나으리라고 '생각'했던 나아만처럼 말이다. 또 '왕'을 찾아갔던 나아만이 이번에는 '다메섹 강'을 찾듯이 우리도 언제나 더 낫고 더 완전한 것 속에서 구원의 길을 찾고 있지 않은가.

반면에 엘리사가 가리킨 '요단강'은 이스라엘에서는 가장 큰 강이지만 세계적인 기준으로 보면 작고 탁하고 보잘것없는 강이다. 그것은 곧 우리 '안'의 작고 보잘것없는, 지금 이 순간 있는 그대로의 마음을 가리킨다. 우리는 언제나 지금 이대로 가만히 있어서는 안 될 것 같고, 뭔가로 더 채워야만 할 것 같고, 무언가를 해야만 할 것 같고, 어딘가로 달려가야만 할 것 같은, 다시 말해 지금 있는 그대로의 자신 안에는 도무지 '길'이 없을 것 같이만 생각되지 않는가. 그래서 그 '생각'을 따라 있는 그대로의 자신을 부정하고 외면하고 등 돌리면서 자신이 아닌 남이 되려고 하지 않는가. 그런 노력과 몸부림의 끝에서 '구원'을 찾고 있지 않은가.

그러나 엘리사는 말한다.

"너는 가서 요단강에 몸을 일곱 번 씻으라. 네 살이 회복되어 깨끗하리라."

즉, 매 순간 있는 그대로의 너 자신으로 존재하라, 너 자신을 받아들여라, 지금 있는 그대로의 너 자신이 바로 길이요 진리요 생명이니 너 자신으로 말미암지 않고는 결코 하나님 나라에 갈 수 없느니라, 네가 진실로 원하는 영혼의 자유와 해방은 오직 '지금' 속에서만 얻을 수 있기에 '지금' 속에 온전히 몸을 잠그라, 네가 외면하며 버리고 떠나려고 하는 그 상처와 결핍과 초라함과 보잘것없음 속으로 들어가 일곱 번 몸을 잠그라, 그리하면 너를 힘들게 했던 그 모든 것들이 완전히 치유되어 네 영혼은 어린아이의 살 같이 회복되어 깨끗하리라, 그리고 바로 그 순간 너는 이미 처음부터 완전한 존재였다는 진리를 비로소 깨닫게 되리라……는 말이다.

그러나 나아만은 엘리사의 그런 말에 오히려 분노하며 돌아선다. 바로 그때 나아만의 가까이에 있던 '종'들이 나아와서 간곡하게 나아만에게 말한다.

"장군님이시여, 선지자가 당신에게 큰일을 행하라 말하였다면 행하지 아니하였으리이까. 하물며 당신에게 이르기를 씻어 깨끗하게 하라 함이리이까."

사실 나아만에게 엘리사가 문둥병이 낫기 위해서는 이러저러한 큰일을 해야 한다고 말했다면 그는 무엇이든 서슴없이 행했을 것이다. 그러나 구원의 길은 그와 같이 무언가를 '함'을 통하여 열리는 것이 아니다. 우리의 노력과 수고를 통하여 '도달'하거나 '이루어 내는' 길이 아니다.*

---

* 노자도 도덕경에서 이와 똑같은 말을 하고 있다.
   爲學日益 爲道日損 損之又損 以至於無爲 無爲而無不爲
   取天下 常以無事 及其有事 不足以取天下
   "학문의 길은 하루하루 쌓아 가는 것이지만, 진리의 길은 하루하루 덜어 내는 길이다. (무언가를 함을 통하여 진리를 얻고자 하는 그 마음을) 덜어 내고 또 덜어 내어 무위(無爲)에 이르면, 아무것도 하는 바가 없으면서도 하지 않는 것이 없게 된다. '나'라는 천하 혹은 도를 얻게 되는 길은 언제나 일 없음(無事)을 통해서이니, 무언가를 자꾸 하려고만 해서는 결코 진리를 얻을 수 없다."

"나아만이 이에 내려가서 하나님의 사람의 말씀대로 요단강에 일곱 번 몸을 잠그니, 그의 살이 어린아이의 살 같이 회복되어 깨끗하게 되었더라."

아, 이에 내려가서…….

그렇듯 우리는 우리의 '생각'을 내려놓고, 미래의 보다 완전한 자아상 속에서 구원의 길을 찾는 그 마음을 내려놓고 '지금'으로 돌아와야 한다. 지금 있는 그대로의 자신을 받아들이고, 매 순간 있는 그대로의 자신으로 존재하며, 언제나 새롭게 다가오는 '지금'을 살 때, 마침내 우리 안에 본래 있던 '구원의 길'이 우리 앞에 활짝 열려 영원히 닫히지 않게 될 것이다. 그와 동시에 우리는 비로소 하나님의 아들로서의 본래 모습을 되찾아 진정 자유롭고 행복하게 사랑하며 살아가게 될 것이다.

7
예수 그리스도의 탄생

그러나 진리는 멀리 있지 않았다.
자유도 결코 먼 곳에 있지 않았다. 그리스도는
단 한 순간도 나와 떨어지지 않고 언제나 동행하고 있었다.
지금 이 순간 우리 안에서 현존하는 바로 이것!

마리아가 이미 잉태하였더라. 거기 있을 그 때에 해산할 날이 차서 첫아들을 낳아 강보로 싸서 구유에 뉘었으니, 이는 여관에 있을 곳이 없음이러라.
_누가복음 2:5-7

'한결같다'는 말을 국어사전에서 찾으면 '처음부터 끝까지 똑같다'는 뜻이다. 조금만 주의 깊게 느껴 보면, 세상에는 '한결같은' 것들이 참 많다. 아침에 해가 뜨고 저녁에 해가 지는 것도 한결같고, 전깃불만 끄면 온 밤하늘에 반짝이는 별들이 가득한 것도 한결같으며, 봄이 가면 여름이 오고 여름이 가면 가을이 오고 가을이 가면 겨울이 오고 겨울이 가면 다시 따뜻한 봄이 오는 계절의 가고 옴도 한결같다. 1년에 한 번 지구가 태양을 멀리 도는 것도 한결같고, 땅이 언제나 우리 발 아래에 든든하게 있는 것도 한결같으며, 바다가 하늘이 산이 숲이 바람이 햇살이 공기가 늘 우리와 함께 있다는 것도 한결같다. 생(生)한 것은 멸(滅)한다는 진실도 한결같고, 모든 변화하는 것들 안에 변치 않는 영원이 숨겨져 있다는 진리도 한결같으며, 매 순간 들어왔다가 나가는 우리의 호흡도 한결같다. 그렇듯 '한결같은' 것들이 있기에 지금 이 순간의 우리의 삶도, 사랑도, 자유도, 행복도 가능한 것이다.

여기, 한결같은 것이 또 하나 있다. 그것은 바로 성경이다. 성경이 하는 모든 말씀은 '처음부터 끝까지 똑같다.' 성경이 그 모든 말씀을 통하여 지금 이 순간 우리에게 전해 주고자 하는 그 '뜻'도 한결같고, 가리켜 주고 있는 '길'도 한결같으며, 그 안에 담겨 있는 무궁무진한 지혜와 진리도 한결같다. 성경 전체를 관통하여 흐르는 그 '한결같음'이 있기에 우리는 그 안에서 넉넉히 참된 영혼의 자유와 진리와 영원한 행복을 길어 올릴 수 있는 것이다. 얼마나 고맙고 다행스러운지! 우리의 영혼을 진정으로 자유케 해줄 수 있는 진리의 말씀들로 가득한 성경이 언제라도 손만 뻗으면 닿을 가까운 자리에 늘 있다는 것이 얼마나 감사한지!

그 한결같은 뜻과 길과 진리는 예수의 탄생 이야기 속에도 아름답게 담겨 있다. 만약 우리가 그 안에 있는 '한결같음'을 발견할 수 있다면, "하나님의 말씀은 살아 있고 운동력이 있어 좌우에 날선 어떤 검보다도 예리하여 혼과 영과 및 관절과 골수를 찔러 쪼개기까지 하며……"(히브리서 4:12)라는 말씀처럼, 그것은 우리 안으로 들어와 우리의 모든 것을 변화시켜 마침내 우리의 영혼을 자유케 해줄 것이다. 아, 이 얼마나 가슴 뛰는 일인가!

헤롯 왕 때에 예수께서 유대 베들레헴에서 나시매 동방으로부터 박사들*이 예루살렘에 이르러 말하되, 유대인의 왕으로 나신 이가 어디 계시냐. 우리가 동방에서 그의 별을 보고 그에게 경배하러 왔노라 하니, 헤롯왕과 온 예루살렘이 듣고 소동한지라. 왕이 모든 대제사장과 백성의 서기관들**을 모아 그리스도가 어디서 나겠느냐 물으니, 이르되 유대 베들레헴이오니 이는 선지자로 이렇게 기록된 바, 또 유대 땅 베들레헴아 너는 유대 고을 중에서 가장 작지 아니하도다 네게서 한 다스리는 자가 나와서 내 백성 이스라엘의 목자가 되리라 하였음이니이다. 이에 헤롯이 가만히 박사들을 불러 별이 나타난 때를 자세히 묻고 베들레헴으로 보내며 이르되, 가서 아기에 대하여 자세히 알아보고 찾거든 내게 고하여 나도 가서 그에게 경배하게 하라. 박사들이 왕의 말을 듣고 갈새 동방에서 보던 그 별이 문득 앞서 인도하여 가다가 아기 있는 곳 위에 머물러 서 있는지라. 그들이 별을 보고 가장 크게 기뻐하고 기뻐하더라.

집에 들어가 아기와 그의 어머니 마리아가 함께 있는 것을 보고 엎드려 아기께 경배하고, 보배합을 열어 황금과 유향과 몰약

---

* 고대 동방의 점성가 또는 천문학자였을 것이다.
** 모세의 율법에 정통한 학자. '랍비' 또는 '율법사'라고 불렀다.

을 예물로 드리니라. 그들은 꿈에 헤롯에게로 돌아가지 말라 지시하심을 받아 다른 길로 고국에 돌아가니라.

그들이 떠난 후에 주의 사자가 요셉에게 현몽하여 이르되, 헤롯이 아기를 찾아 죽이려 하니 일어나 아기와 그의 어머니를 데리고 애굽으로 피하여 내가 네게 이르기까지 거기 있으라 하시니, 요셉이 일어나서 밤에 아기와 그의 어머니를 데리고 애굽으로 떠나가 헤롯이 죽기까지 거기 있었으니, 이는 주께서 선지자를 통하여 말씀하신 바 애굽으로부터 내 아들을 불렀다 함을 이루려 하심이라.

이에 헤롯이 박사들에게 속은 줄 알고 심히 노하여 사람을 보내어 베들레헴과 그 모든 지경 안에 있는 사내아이를 박사들에게 자세히 알아본 그 때를 기준하여 두 살부터 그 아래로 다 죽이니, 이에 선지자 예레미야를 통하여 말씀하신 바, 라마에서 슬퍼하며 크게 통곡하는 소리가 들리니 라헬*이 그 자식을 위하여 애곡하는 것이라 그가 자식이 없으므로 위로 받기를 거절하였도다 함이 이루어졌느니라.

헤롯이 죽은 후에 주의 사자가 애굽에서 요셉에게 현몽하여 이르되, 일어나 아기와 그의 어머니를 데리고 이스라엘 땅으로 가라. 아기의 목숨을 찾던 자들이 죽었느니라 하시니, 요셉이

---

* 야곱의 아내이며, 요셉과 베냐민의 어머니다.

일어나 아기와 그의 어머니를 데리고 이스라엘 땅으로 들어가니라. 그러나 아켈라오가 그의 아버지 헤롯을 이어 유대의 임금 됨을 듣고 거기로 가기를 무서워하더니, 꿈에 지시하심을 받아 갈릴리 지방으로 떠나가 나사렛이란 동네에 가서 사니, 이는 선지자로 하신 말씀에 나사렛 사람이라 칭하리라 하심을 이루려 함이러라. (마태복음 2:1~23)

예수는 누구일까?

『마태복음』 16장 13~17절에서 예수가 제자들에게 던진 동일한 물음에서 그 답을 찾을 수 있다. 어느 날 예수가 가이사랴 빌립보 지방에 이르렀을 때에 제자들에게 이렇게 묻는다.

"사람들이 나를 누구라고 하느냐?"

이에 제자들이 "더러는 세례 요한, 더러는 엘리야, 어떤 이는 예레미야나 선지자 중의 하나라 하나이다."라고 대답하자, 예수는 다시 제자들에게 묻는다.

"너희는 나를 누구라 하느냐?"

이때 시몬 베드로가 힘을 주어 대답한다.

"주는 그리스도시요, 살아 계신 하나님의 아들이시니이다."

이 말을 들은 예수는 만면에 미소를 지으며 축복하듯 베드로에게 말한다.

"바요나 시몬아, 네가 복이 있도다. 이를 네게 알게 한 이는 혈육이 아니요, 하늘에 계신 내 아버지시니라."

그리스도…….

예수에게는 언제나 '그리스도'라는 호칭이 따라 붙는다. 예수 그리스도 혹은 그리스도 예수……. '그리스도'라는 말은 히브리어 '메시아'를 헬라어로 옮긴 것으로 '기름 부음을 받은 자'*라는 뜻인데, 이는 곧 왕이나 구세주(救世主)를 가리킨다. 즉, 예수는 '구세주'로 이 땅에 오셨다는 말이다.

'구세주'를 다시 국어사전에서 찾아보면 다음과 같은 여러 가지 뜻으로 설명되어 있다. ①세상을 구제하는 이 ②어려움이나 고통에서 구해 주는 사람을 비유적으로 이르는 말 ③[기독교] 인류를 죄악과 파멸의 상태에서 구원하는 하나님을 이르는 말 ④[기독교] 세상의 악이나 위험으로부터 인류를 구원하는 주인이라는 뜻으로, 예수 그리스도를 이르는 말 ⑤[불교] '석가모니'의 다른 이름. 모든 중생을 고통에서 벗어나게 해준다 하여 이렇게 이른다.

그런데 '구세주'에 대한 이런 여러 설명들을 가만히 보면 모두가 우리 자신 '밖'에 있는 어떤 '대상'을 가리키고 있음을 알 수 있다. 그리하여 '구세주'라고 하면 우리는 대뜸 2,000년 전에 이 땅

---

* 구약시대에 하나님은 인간을 특정의 성직(왕, 제사장, 선지자)에 불러 앉힐 때 그 임무 수행에 필요한 성령과 힘을 부여하는 상징으로 그에게 기름을 부었다.

에 오신 예수를 떠올리거나, 2,500년 전에 오신 석가모니를 연상하게 된다. 그러나 진정한 그리스도는 우리의 '밖'에 있지 않으며, 어떤 '대상'도 아니요, 어떤 '모습'을 갖고 있지도 않다. 그리스도는 바로 지금 이 순간 우리 자신 안에 '현존'하고 있다.

그리스도를 우리 자신 밖에 있는 어떤 특정한 존재라고 믿게 되면 '종교'로 나아가게 되지만, 그것을 우리 '안'으로 돌이키게 되면 그리스도는 곧 지금 이 순간 우리 안에서 현존하는 '이것'이다. 그리하여 매 순간 있는 그대로의 '이것'을 온전히 받아들이고 영접함으로써 우리가 그리스도를 만나게 되면 "마음이 상한 자를 고치며 포로된 자에게 자유를, 갇힌 자에게 놓임을 선포하며……"(이사야 61:1)라는 말씀과도 같이, 우리 마음 안의 모든 상처가 치유되고 고통과 괴로움이 영원히 끝이 나서, 온갖 모양으로 억눌리고 포로 되었던 우리의 영혼에 마침내 진정한 평화와 자유가 찾아오게 된다. 그렇듯 진정한 그리스도는 지금 이 순간 우리 '안'에서 탄생한다.

그러므로 '예수의 탄생'에 관한 이 이야기를 단순히 2,000년 전에 이 땅에 오신 '그 분'에 대한 이야기로만 읽을 것이 아니라, 우리 '안' 곧 우리 '내면의 이야기'로 돌이켜 읽어 보자. 그랬을 때 우리는 이 이야기 속에서 분명하게 우리의 영혼을 자유케 해줄 구세주 곧 그리스도는 바로 지금 이 순간 우리 자신 '안'에서 탄생한다는 사실과, 나아가 우리 '안'의 어디에서 어떻게 탄생하는

지도 동시에 알게 되어 마침내 영혼의 안식을 얻게 될 것이다.

그런데 '예수의 탄생'에 관한 이야기는 4복음서 가운데 『누가복음』에도 기록되어 있는데, 앞에서 인용한 『마태복음』의 내용과는 사뭇 다르다. 그래서 『누가복음』에 기록되어 있는 예수 탄생에 관한 이야기도 여기에 소개하고자 한다. 이렇게 하는 것은, 우리가 크리스마스 때마다 성극(聖劇)이나 성화(聖畵)를 통하여 자주 보고 듣고 하여 일반적으로 기억하고 있는 예수 탄생 이야기—동방 박사들이 별을 보고 찾아와 구유에 누인 아기 예수께 경배를 드린다는—가 사실은 『마태복음』과 『누가복음』의 내용이 반반씩 섞여 있는 것이기 때문이다.

『마태복음』에는 헤롯왕 때에 동방 박사들이 별을 보고 베들레헴으로 찾아와 "아기와 그의 어머니 마리아가 함께 있는 집에 들어가"(마태복음 2:11) 경배하는 것으로 되어 있지만, 『누가복음』에는 로마 황제 아우구스투스가 내린 인구 조사령에 따라 호적하기 위해 고향인 베들레헴으로 왔던 요셉과 마리아가 여관에 묵을 곳이 없어 외양간에서 아기 예수를 낳았고, 때마침 근처에서 양 떼를 지키던 목자들이 천사들로부터 그 소식을 듣고 찾아와 "강보에 싸여 구유*에 누인 아기 예수께"(누가복음 2:7) 경배를 드리는 것으로 되어 있는 것이다.

---

* 말이나 소의 먹이를 담아 주는 큰 그릇. 흔히 큰 나무 토막이나 돌을 길쭉하게 파내어 만든다.

나는 우리가 일반적으로 기억하고 있는 예수의 탄생 이야기를 토대로 하여 그리스도 탄생의 진정한 의미를 '종교 밖'에서 찾아 보고 싶다. 우선 『누가복음』에 기록되어 있는 이야기를 소개하면 다음과 같다.

그 때에 가이사 아구스도가 영을 내려 천하로 다 호적*하라 하였으니, 이 호적은 구레뇨가 수리아 총독이 되었을 때에 처음 한 것이라. 모든 사람이 호적하러 각각 고향으로 돌아가매 요셉 도 다윗의 집 족속이므로 갈릴리 나사렛 동네에서 유대를 향하 여 베들레헴이라 하는 다윗의 동네로 그 약혼한 마리아와 함께 호적하러 올라가니, 마리아가 이미 잉태하였더라. 거기 있을 그 때에 해산할 날이 차서 첫아들을 낳아 강보로 싸서 구유에 뉘었 으니, 이는 여관에 있을 곳이 없음이러라.

그 지역에 목자들이 밤에 밖에서 자기 양 떼를 지키더니, 주 의 사자가 곁에 서고 주의 영광이 그들을 두루 비추매 크게 무서 워하는지라. 천사가 이르되, 무서워하지 말라. 보라, 내가 온 백 성에게 미칠 큰 기쁨의 좋은 소식을 너희에게 전하노라. 오늘 다 윗의 동네에 너희를 위하여 구주가 나셨으니 곧 그리스도 주시

---

* 호적(戶籍) 인구 조사를 말한다. 호적의 목적은 세금을 거두기 위한 것이었다.

니라. 너희가 가서 강보에 싸여 구유에 뉘어 있는 아기를 보리니 이것이 너희에게 표적이니라 하더니, 홀연히 수많은 천군이 그 천사들과 함께 하나님을 찬송하여 이르되, 지극히 높은 곳에서는 하나님께 영광이요 땅에서는 기뻐하심을 입은 사람들 중에 평화로다 하니라.

천사들이 떠나 하늘로 올라가니 목자가 서로 말하되, 이제 베들레헴으로 가서 주께서 우리에게 알리신 바 이 이루어진 일을 보자 하고, 빨리 가서 마리아와 요셉과 구유에 누인 아기를 찾아서 보고 천사가 자기들에게 이 아기에 대하여 말한 것을 전하니, 듣는 자가 다 목자들이 그들에게 말한 것들을 놀랍게 여기되, 마리아는 이 모든 말을 마음에 새기어 생각하니라.

목자들은 자기들에게 이르던 바와 같이 듣고 본 그 모든 것으로 인하여 하나님께 영광을 돌리고 찬송하며 돌아가니라. (누가복음 2:1~20)

어느 칠흑 같이 어두운 밤 동방의 박사들이 여느 때처럼 밤하늘을 바라보다가 문득 서쪽 하늘에 아주 크고 밝은 별 하나가 반짝이는 것을 목격한다. 틀림없이 새로운 왕의 탄생을 알리는 하늘의 징조라고 생각한 그들은 서둘러 예물을 준비하여 그 별빛이 가리키는 곳을 향하여 길을 떠난다. 여러 날이 걸렸지만 가는 내내 별의 인도를 받으며 예루살렘 성 가까이에 이르자, 그들은 그만 별의 인도를 따라가던 지금까지의 마음을 잃어버리고 자신들의 '생각'의 인도를 따라가 버린다. 즉, 너무도 당연하게 새로운 왕은 왕궁에서 탄생할 것이라고 '생각'한 것이다. 그래서 날이 밝자마자 그들은 예루살렘 성 안으로 들어가 헤롯왕께 예를 올리고는 이렇게 말한다.

"유대의 왕으로 나신 이가 어디 계시느냐. 우리가 동방에서 그의 별을 보고 그에게 경배하러 왔노라."

"아니, 유대의 왕이라니……?"

난데없는 동방 박사들의 출현과 그들의 입에서 나온 말로 인해 헤롯왕과 온 예루살렘은 크게 놀라며 소동한다. 그도 그럴 것이 로마로부터 유대의 왕으로 인정받은 헤롯이 공포정치를 통해 유대를 다스리면서 이미 많은 유대인들로부터 원망과 증오를 받아오던 터에 새롭게 그들의 왕이 탄생했다면 그것은 후에 큰 반란을 일으킬 수 있는 후환이 될 것이기 때문이었다.

이에 헤롯이 눈을 휘둥그레 뜨며 모든 대제사장과 백성의 서기관들을 모아 그리스도가 어디서 나겠느냐 묻고, 그곳이 선지자의 기록 등으로 미루어 보아 유대 중에서도 가장 작은 고을인 베들레헴임을 알게 되자, 박사들을 불러 그리로 보내며 말하기를 "가서 아기에 대하여 자세히 알아보고 찾거든 내게 고하여 나도 가서 그에게 경배하게 하라."고 말한다.

자신들이 찾던 그리스도가 예루살렘 왕궁에서 탄생한 것이 아니라는 사실을 안 박사들이 헤롯이 말한 베들레헴으로 가기 위해 예루살렘 성 밖으로 나왔을 때, 동방에서 봤던 그 별이 문득 다시 나타나 자신들의 머리 위에서 반짝이는 것을 보게 된다. 그 순간 그들은 깨닫는다. 자신들이 어느새 '생각'의 인도를 따라갔음을!* 사실 베들레헴은 예루살렘에서 남쪽으로 10㎞ 떨어진 곳에 있는 마을이어서 박사들이 별의 인도를 그대로 따라갔다면 예루살렘을 그냥 지나쳤어야 했다. 그런데 그들은 너무도 당연하게 새로운 왕은 왕궁에서 탄생할 것이라는 자신들의 '생각'을 따라갔기에 예루살렘 왕궁으로 불쑥 들어갔던 것이다. 그러나 그리스도는 거기에 없었다.

다시 별의 인도를 따라가던 그들은 문득 그 별이 어느 한 곳 위에 머물러 서 있는 것을 보게 된다. 그런데 가만히 보니 그곳은 초라하고 냄새 나며 보잘것없기 짝이 없는 외양간이 아닌가! 아니, 설마……? 순간 놀라고 의아해하며 '그리스도가 어찌 이런 곳에서 날 수 있다는 말인가?'라는 표정으로 잠시 서로의 얼굴을 바라보다가, 어둡고 낮은 문 안으로 허리를 굽혀 들어간다. 그런데 과연 갓 태어난 아기가 강보에 싸여 구유에 뉘어 있는 것이 아닌가! 오, 그리스도가 정녕 여기에서 탄생하셨구나! 그들은 크

---

* 나아만 장군도 말했었다. "내 생각에는……"이라고. (열왕기하 5:11)

게 기뻐하며 준비해 간 보배합을 열어 예물을 드리고는 땅에 엎드려 아기께 경배를 드린다…….

아, 아기 예수는 유대 가운데서도 가장 작은 고을인 베들레헴에서, 그것도 따뜻하고 아늑한 방 안이 아니라 냄새 나고 더럽고 비천하기 그지없는 외양간에서 태어나 구유에 뉘었다. 그리스도는 그렇게 모두의 부러움과 축복을 받을 수 있는 아름다운 곳이 아니라, 어느 누구도 가고 싶어 하지 않고 잠시 머물러 있고 싶어 하지도 않는 작고 초라하고 천한 곳에서 태어났다. "한 다스리는 자"(마태복음 2:6)는 그렇게 가장 낮은 곳에서 탄생한 것이다.

그런데 이 이야기를 단지 2,000년 전에 태어난 그리스도 예수에 관한 이야기로만 읽어서는 안 된다. 우리를 구원할 그리스도는 우리 밖에 있는 어떤 '대상'이 아니며, 지금 이 순간의 우리 자신과 분리되어 있지도 않기 때문이다. 그렇기에 이 예수의 탄생 이야기를 우리 '안'으로 돌이켜, 지금 이 순간 우리 자신 안에서 탄생하는 그리스도에 관한 이야기로서 읽어 보자. 그랬을 때 우리는 이 이야기 속에서 '종교'와는 상관없는 그리스도 탄생의 진정한 의미와 메시지를 발견할 수 있다.

그리하여 만약 지금 이 순간 우리 자신 안에서 그리스도가 탄생한다면 우리 안에서는 어떤 근본적이고도 질적인 변화가 일어나, 마음의 모든 상처가 치유되고 모든 억압과 메마름들이 풀어져서 참된 평화와 안식이 우리의 영혼을 가득히 채우게 될 것이다. 그렇듯 그리스도의 탄생은 언제나 '지금', '여기'에서의 일인 것이다. 그렇다면, 그리스도는 '지금' 우리 안의 어디에서 어떻게 탄생할까? 우리의 영혼은 어떻게 영원한 자유를 얻게 되는 것일까?

  우리 안에도 가만히 보면 어느 누구도 가고 싶어 하지 않고 잠시 머물러 있고 싶어 하지도 않는, 작고 초라하고 볼품없는 '내면의 외양간'이 있다. 살아가면서 문득문득 우리 안에서 예기치 않게 올라와 우리를 힘들게 하고 지치게 하는 우울, 불안, 외로움, 슬픔, 두려움, 무기력, 초라함, 열등감, 무지, 게으름, 미움 등등이 그것이다. 우리는 결코 단 한 순간도 그런 것들을 우리 안에서 경험하고 싶어 하지 않으며, 그런 자신을 있는 그대로 인정하고 시인하며 받아들이려고 하지도 않는다. 그렇기는커녕 오히려 그런 자신을 부끄러워하고 수치스러워하며 끊임없이 외면하고 부정하는 가운데 할 수만 있다면 그와는 정반대의 사람, 곧 언제나 당당하고 편안하며 충만하고 성실하며 지혜롭고 완전한 사람이 되고 싶어 한다. 오직 그런 존재가 될 때에만 진정으로 자유롭고 행복할 것이라고 '생각'하는 것이다. 그것은 마치 동방 박사들이 새로운 왕은 당연히 조금도 부족한 것이 없는 왕궁에서 탄생할 것이라고 '생각'하고는 예루살렘 성으로 들어갔던 것처럼, 우리도 그와 같은 충만하고 완전한 것들로 가득한 우리의 '내면

의 왕궁'에서 그리스도, 곧 우리의 영혼을 자유케 해줄 그 무언가
를 찾고 있는 것이다.

그러나 동방 박사들이 찾아갔던 예루살렘 왕궁에는 그들이 기
대했던 새로운 왕이 없었다. 마찬가지로 우리가 그렇게 애쓰고
노력하면서 도달하려고 하는 미래의 완전한 자아상 속에는 놀랍
게도 우리가 바라는 참된 영혼의 자유와 평화가 없다. 자유는 오
직 '지금' 속에서만 만날 수 있기 때문이다.

아기 예수가 유대 가운데서도 가장 작은 고을에서 그것도 더
할 나위 없이 작고 초라하고 보잘것없는 외양간에서 태어났듯
이, 우리의 영혼을 자유케 해줄 진정한 그리스도는 우리가 스
스로 부끄럽게 여기고 수치스러워하며 한사코 외면하고 부정하
는, 지금 여기 있는 그대로의 '나' 곧 우울, 불안, 외로움, 슬픔,
두려움, 무기력, 초라함, 열등감, 무지, 게으름, 미움 등등 '내면
의 외양간'에서 탄생한다.* 진리는 바로 매 순간의 '현존'이기 때

---

* 노자도 도덕경에서 똑같은 말을 하고 있다.

　上善若水 水善利萬物而不爭 處衆人之所惡 故幾於道

　"최상의 선(善)은 물과 같다. 물은 만물을 이롭게 하면서도 다투지 않고, 모든 사
람들이 싫어하는 곳에 처한다. 그러므로 도(道)에 가깝다."

　모든 사람들이 싫어하는 곳은 어디인가? 그것은 당연히 초라하고 보잘것없고 볼
품없는 '낮은' 곳이다. 사람은 누구나 그런 곳에는 가고 싶어 하지 않는다. 그런데
물은 사람들이 싫어하는 '낮은' 곳에 처하기에 도에 가깝다는 것이다. 노자의 이
말을 우리 '내면의 이야기'로 돌이켜 읽으면, 외양간에서 탄생한 그리스도를 말하
고 있는 이 성경 이야기와 놀랍도록 똑같지 않은가? 그렇듯 진리의 길은 언제나

문이다.

그러므로 지금, 여기에 존재하라. 자신의 '생각'을 따라 지금 있는 그대로의 자신을 버리고 미래의 완전한 모습 속으로 달려 가려고만 하지 말고, 잠시 그 걸음을 멈추라. 매 순간 우리 안에서 그 어떤 초라하고 못난 감정, 느낌, 생각들이 올라오든 그 모든 것들을 다만 있는 그대로 받아들이며 가만히 껴안아 보라. 어떤 것도 거부하거나 저항하지 말고, 어떤 것도 '소유'하려고 하지 말고, 다만 매 순간 있는 그대로를 올올이 경험해 보라. "또 자기 십자가를 지고 나를 따르지 않는 자도 내게 합당하지 아니하니라."(마태복음 10:38)고 예수가 말씀하셨듯이, 살아가면서 문득문득 우리 안에서 예기치 않게 올라와 우리를 힘들게 하고 지치게 하는 그 '내면의 십자가'를 지고 매 순간의 '지금'을 따르지 않는 자는 참된 영혼의 자유와 진리를 얻을 수 없기 때문이다. 그리하여 다만 매 순간의 '지금'을 있는 그대로 받아들이며 '지금' 속에 존재할 때, 그리스도는 마침내 우리 안에서 탄생한다.

그렇게 우리 안에서 '한 다스리는 자'—진리, 깨달음, 실상(實相)—가 나타나면 우리 삶의 모든 것은 변화한다. 그 안에서는 모든 의미의 '소유'가 끝이 나고, '나'와 '너'의 구별과 모든 이원(二元)의 분별이 사라져서 다만 강 같은 평화와 자유와 사랑만이

'하나'이다.

가득히 흐르게 된다. 비로소 하나님의 아들로서의 자신의 본래 모습을 되찾아 사랑의 존재가 되어 살아가게 되는 것이다. 아, 이 얼마나 가슴 벅찬 일인가!

아기 예수께 경배를 드린 동방 박사들은 헤롯왕에게 가지 않고 다른 길로 고국으로 돌아가 버린다. 이에 헤롯왕은 박사들에게 속은 줄을 알고 심히 분노하며, 후환을 없애기 위해 베들레헴과 그 모든 지경 안에 있는 사내아이를 박사들에게 자세히 알아본 그 때를 기준하여 두 살부터 그 아래로 다 죽인다. 나는 처음에 성경의 이 대목을 읽으면서 참으로 마음이 무겁고 답답했다. "주는 그리스도시요, 살아 계신 하나님의 아들이시니이다."라는 베드로의 고백처럼, 예수가 그리스도로서 태어났으면 태어났지 그로 인해 해맑은 웃음 한 번 제대로 웃어 보지 못한 많은 어린 아이들이 영문도 모른 채 죽어 가야만 했다는 것을 생각하면 설명할 수 없는 분노마저 치밀어 올랐던 것이다.

그런데 나중에 알고 보니, 그것은 내가 성경을 '밖'으로 읽었기 때문이었다. 내가 내 안에서 그리스도를 만나면서 삶의 모든 것에 완전한 자유와 해방을 얻고 난 뒤에 성경의 이 대목을 우리 '안' 곧 우리 '내면의 이야기'로 다시 읽어 보았을 때, 헤롯은 정확히 나 자신을 가리키고 있음을 깨닫고는 크게 전율했었다.

내가 그랬던 것이다…… 살아가면서 문득문득 내 안에서 예기

치 않게 우울, 불안, 외로움, 슬픔, 두려움, 무기력, 초라함, 열등
감, 무지, 게으름, 미움 등등이 올라올 때면 나는 그렇게 초라하
고 볼품없고 못난 나를 몹시도 괴로워하고 못견뎌하면서, 더 낫
고 더 충만하고 더 완전하고 더 자유로운 존재가 되기 위해 서슬
퍼런 마음의 칼을 빼들고는 그것들이 내 안에서 조금이라도 고
개를 내밀기만 하면 남김없이 죽여 버렸던 것이다. 언제나 보잘
것없고 초라하기 그지없는 모습으로 나타나 나를 힘들게 하고
지치게 할 뿐인 그것들이 내 안에서 온전히 사라질 때에만 나는
비로소 평화롭고 자유로운 삶을 살게 될 것이라고 '생각'했던 것
이다. 아, 그럼으로써 얼마나 많은 내 안의 '나'가 어리석은 나의
칼부림에 죽어 갔을 것이며, 얼마나 많은 내면의 아이들이 고개
한 번 제대로 들지 못하고 숨 한 번 마음껏 쉬지 못한 채 납덩이
처럼 주눅 들고 굳어 갔을 것인가! 나는 그렇게 스스로 헤롯왕이
되어 내 안에 있는 두 살 아래의 '생명'들을 잔인하게 죽였던 것
이다.

그러나 내 영혼의 자유는 나의 그런 오랜 칼부림의 끝에서 오
지 않았다. 오히려 정반대로 어느 순간 갑자기 내 안에서 초라하
고 못난 나를 죽임으로써 보다 완전한 존재가 되고자 하는 바로
그 마음이 없어져 버렸고, 내 손에서는 칼이 온데간데없이 사라
져 버렸다. 그와 동시에 내 안의 모든 것들이 비로소 있는 그대
로 보이면서, 그것들은 본래 '죽일 대상'이 아님을 알게 되었다.

말하자면, 죽이려는 자와 죽일 대상이 내 안에서 동시에 사라져 버린 것이다. 그리고 나니 무어라 형언할 수 없는 평화가, 고요가, 이제 비로소 끝이 났다는 안도감이, 감사가, 사랑이, 그 무엇에도 걸림이 없는 자유가 내 영혼과 삶을 가득히 감쌌다.

그때 나는 비로소 알게 되었다. 살아가면서 문득문득 우리 안에서 예기치 않게 올라와 우리를 힘들게 하고 지치게 하는 그 모든 것들이 사실은 우리 안에 있는 모든 상처를 치유하고 온갖 억압들을 풀어 놓아 우리의 영혼을 진정으로 자유케 해주기 위해서 지금 이 순간 찾아온 선물이요 축복이라는 것을, "하나님이 허락하지 않으면 참새 한 마리도 땅에 떨어지지 않는다."(마태복음 10:29)는 예수의 말씀처럼, 그 모든 것들은 우리에게 진정한 사랑이 무엇인가를 가르쳐 주기 위해 하늘이 보내 온 소중한 메시지라는 것을, 그리하여 그 모든 것들을 다만 있는 그대로 받아들일 때 그리스도는 바로 그 속에서 탄생한다는 것을! 그 진실과 비밀을 알지 못했기에 나는 끊임없이 그것들을 거부하고 저항하고 외면하면서, 때로는 동방 박사들처럼 또 때로는 헤롯왕처럼 행동하며 엉뚱한 곳에서 헛되이 그리스도를 찾고 또 찾아 헤매었던 것이다.

그러나 진리는 멀리 있지 않았다. 자유도 결코 먼 곳에 있지 않았다. 그리스도는 단 한 순간도 나와 떨어지지 않고 언제나 동행하고 있었다. 지금 이 순간 우리 안에서 현존하는 바로 이것!

아, 2,000년 전 베들레헴 땅 초라한 외양간에서 탄생한 그리스도가 지금 이 순간 우리 모두의 '내면의 외양간'에서도 눈부시게 탄생하기를!

8
예수의 족보(族譜)

우리는 지금 이대로 이미 '길' 위에 서 있으며,
'진리' 안에 있고, 영원한 '생명'으로서 존재하고 있다는 것이다.
진리란 바로 매 순간의 '현존'이기 때문이다.
이 실상을 성경은 '예수의 족보'를 통하여 아름답게
우리에게 보여 주고 있는 것이다.

너희가 우리아를 맹렬한 싸움에 앞세워 두고 너희는 뒤로 물러나서 그가 맞아 죽
게 하라.

_사무엘하 11:15

아브라함과 다윗의 자손 예수 그리스도의 세계*라. 아브라함이 이삭을 낳고, 이삭은 야곱을 낳고, 야곱은 유다와 그의 형제를 낳고, 유다는 다말에게서 베레스와 세라를 낳고, 베레스는 헤스론을 낳고, 헤스론은 람을 낳고, 람은 아미나답을 낳고, 아미나답은 나손을 낳고, 나손은 살몬을 낳고, 살몬은 라합에게서 보아스를 낳고, 보아스는 룻에게서 오벳을 낳고, 오벳은 이새를 낳고, 이새는 다윗 왕을 낳으니라.

다윗은 우리아의 아내에게서 솔로몬을 낳고, 솔로몬은 르호

---

* 세계(世系) '족보'라는 뜻이다.

보암을 낳고, 르호보암은 아비야를 낳고, 아비야는 아사를 낳고, 아사는 여호사밧을 낳고, 여호사밧은 요람을 낳고, 요람은 웃시야를 낳고, 웃시야는 요담을 낳고, 요담은 아하스를 낳고, 아하스는 히스기야를 낳고, 히스기야는 므낫세를 낳고, 므낫세는 아몬을 낳고, 아몬은 요시야를 낳고, 바벨론으로 사로잡혀 갈 때에 요시야는 여고냐와 그의 형제를 낳으니라.

바벨론으로 사로잡혀 간 후에 여고냐는 스알디엘을 낳고, 스알디엘은 스룹바벨을 낳고, 스룹바벨은 아비훗을 낳고, 아비훗은 엘리아김을 낳고, 엘리아김은 아소르를 낳고, 아소르는 사독을 낳고, 사독은 아킴을 낳고, 아킴은 엘리웃을 낳고, 엘리웃은 엘르아살을 낳고, 엘르아살은 맛단을 낳고, 맛단은 야곱을 낳고, 야곱은 마리아의 남편 요셉을 낳았으니, 마리아에게서 그리스도라 칭하는 예수가 나시니라.

그런즉 모든 대 수가 아브라함부터 다윗까지 열네 대요, 다윗부터 바벨론으로 사로잡혀 갈 때까지 열네 대요, 바벨론으로 사로잡혀 간 후부터 그리스도까지 열네 대러라.(마태복음 1:1~17)

"아브라함과 다윗의 자손 예수 그리스도의 세계라."(마태복음 1:1)

이는 2,000년 전 이 땅에 진리를 증거하기 위해 오신 예수의 가르침과 행적을 읽고 싶어서 신약성경을 펼쳤을 때 맨 먼저 만나게 되는 구절이다. 그런데 마음을 가다듬으면서 그 다음 구절을 읽어 나갈라치면 곧 누가 누구를 낳고, 누가 누구를 낳고, 누가 누구를 낳고…… 하며 마흔 번이나 쉬지 않고 되풀이되는 '낳고'와 무수히 등장하는 낯선 이름들에 그만 지쳐 버리기가 일쑤다. 그래서 미처 한 장을 채 넘기기도 전에 벌써 답답해져 오는 머리를 흔들며 성경을 덮어 버리는 경우가 많다.

그러나 이 '낳고'와 그 안에 등장하는 수많은 이름들 속에는 참으로 놀라운 비밀과 깊은 뜻이 담겨 있다. 나는 '예수의 족보' 속에 담겨 있는 그 놀라운 비밀과 뜻을 캐내어 지금 이 순간의 우리 자신 앞에 따뜻이 펼쳐 보여 주고 싶다. 예수의 족보를 단순히 '그'의 족보로서만 읽는 것이 아니라 그것을 우리 '안' 곧 우리 '내면의 이야기'로 돌려 읽음으로써, 예수의 족보는 바로 지금 이 순간의 우리 자신의 '마음의 족보'임을 드러내어 보여 주고 싶은 것이다. 뿐만 아니라 "내가 곧 길이요 진리요 생명이니……"(요한복음 14:6)라는 예수의 말씀처럼, 그의 족보는 또한 '길과 진리와 생명의 족보'이기도 하기에 나는 이 이야기를 통하여 진리는 바로 지금 이 순간 있는 그대로의 우리 자신 안에 있다는 것과, 진리 안에는 구체적으로 무엇이 담기며, 궁극적으로는 진리가 무엇인지를 분명하게 밝혀 보여 주고 싶은 것이다.

참으로 많은 사람들의 온갖 이야기와 사건들이 '예수의 족보'

안에서 다양하게 펼쳐질 것이다. 그 속에는 아름답고 따뜻하며 가슴 뭉클한 감동적인 이야기도 있지만, 간악하고 어리석으며 한없이 나약한 인간들의 모습에 혀를 내두르며 몇 번이고 얼굴을 돌리고 싶어지는 이야기도 있을 것이다. 나는 그 모두를 다만 있는 그대로 드러내어 보여 줄 것이다. 그를 통하여 지금 이 순간의 우리 자신의 '마음'에 대해서도 맑은 눈으로 새롭게 한 번 바라볼 수 있게 할 것이다.

그러므로 '예수의 족보' 안에 등장하는 수많은 사람들의 이야기와 그들이 빚어내는 온갖 삶의 모습들을 단지 '그들만의' 이야기로 읽지 말고, 때때로 우리 자신에게로 돌이켜 우리 마음 '안'의 이야기로도 읽어 보자. 그리하여 '예수의 족보'가 사실은 '마음'이 무엇이며 '진리'가 무엇인지를 지금 이 순간 우리 자신 앞에 드러내어 보여 주는 이야기임도 깨달아 알자. 그럼으로써 이것을 읽어 나가는 동안 우리 자신을 있는 그대로 받아들이게 되어, 참된 영혼의 자유와 평안이 우리 안을 가득히 채울 수 있도록 해 보자.

아브라함이 이삭을 낳고

성경에서 아브라함을 말할 땐 언제나 '믿음의 조상'이라는 수식어가 그 이름 앞에 따라 붙는다. 믿음의 조상 아브라함……

그를 그렇게 부르게 된 데에는 다음과 같은 여러 말씀들에 연유한다. "만일 아브라함이 행위로써 의롭다 하심을 받았으면 자랑할 것이 있으려니와 하나님 앞에서는 없느니라. 성경이 무엇을 말하느냐. 아브라함이 하나님을 믿으매 그것이 그에게 의(義)로 여겨진 바 되었느니라."(로마서 4:2~3), "아브라함은 우리 모든 사람의 조상이라."(로마서 4:16), "아브라함이 하나님을 믿으매 그것을 그에게 의로 정하셨다 함과 같으니라. 그런즉 믿음으로 말미암은 자들은 아브라함의 자손인 줄 알지어다."(갈라디아서 3:6~7), "너희가 그리스도의 것이면 곧 아브라함의 자손이요 약속대로 유업을 이을 자니라."(갈라디아서 3:29)

그런데 성경에서 이렇게 아브라함을 '믿음의 조상'이라고 말하고 있는 데에는 다음과 같은 그의 삶에서 비롯되었다. 그는 어느 날 갑자기 하나님이 자신에게 나타나 "너는 너의 고향과 친척과 아버지의 집을 떠나 내가 네게 보여 줄 땅으로 가라."(창세기 12:1)고 말씀하셨을 때 그의 나이 이미 75세였음에도 불구하고, 그리고 그의 앞날에 무슨 일이 벌어질지 도무지 알 수 없고 그래서 더욱 막막하고 불안한 발걸음이었을 것임에도 불구하고 두말 않고 그 말씀을 따라 오랫동안 의지하며 안정되게 살아온 자신의 고향과 친척과 아버지의 집과 생업을 버리고 떠날 만큼 '큰 믿음'이 있었고, 그의 조카 롯이 소돔 땅에 거하고 있을 때에 큰 전쟁에 휘말려 재물을 모두 노략질당하고 사로잡혀 가기까지 했을 때에도 고작 318명의 군사를 데리고 가서는 "모든 빼앗겼던 재물과 자기의 조카 롯과 그의 재물과 또 부녀와 친척을 다 찾아왔더라."(창세기 14:16)고 기록되어 있을 만큼 강한 '힘'과 '용맹'도 있었으며, 또한 하나님이 이윽고 타락한 소돔과 고모라 땅을 유황과 불로 멸하려 하실 때에도 오히려 하나님 앞에 가까이 나아가 "주께서 의인을 악인과 함께 멸하려 하시나이까. 그 성 중에 의인 오십 명이 있을지라도 주께서 그곳을 멸하시고 그 오십 의인을 위하여 용서하지 아니하시리이까. 주께서 이같이 하사 의인을 악인과 함께 죽이심은 부당하오며, 의인과 악인을 같이 하심도 부당하니이다. 세상을 심판하시는 이가 정의를 행하실 것이 아니니이까."(창세기 18:23~25)라고 거듭거듭 간청할 만큼 절절한 '자비심'과 '사랑'도 있었다. 뿐만 아니라 오랫동안 자식이 없다가 늘그막에 100세가 되어서야 낳은 귀하디귀한 아들인 이삭을 하나님이 어느 날 난데없이 번제*로 바치라고 했을 때에도 그는 그 말씀을 거부하거나 하나님을 원망하기는커녕 오히려 "아침에 일찍 일어나 나귀에 안장을 지우고"(창세기 22:3) 하나님이 그에게 지시한 곳에 이르러서는 "이에 아브라함이 그곳에 단을 쌓고 나무를 벌여 놓고 그 아들 이삭을 결박하여 단 나무 위에 놓고 손을 내밀어 칼을 잡고 그 아들을 잡으려 하더니"(창세기

---

* 번제(燔祭) 구약시대에 하나님께 올렸던 제사의 한 가지. 제물(祭物)을 통째로 불에 태우는 제사를 말한다.

22:9~10)라고 기록되어 있을 만큼 하나님에 대한 완전한 '헌신'
의 마음도 갖고 있었다.

그랬기에 하나님은 시시로 때때로 그에게 나타나 "내가 너로
큰 민족을 이루고 네게 복을 주어 네 이름을 창대하게 하리니,
너는 복의 근원이 될지라. 너를 축복하는 자에게는 내가 복을 내
리고 너를 저주하는 자에게는 내가 저주하리니, 땅의 모든 족속
이 너로 말미암아 복을 얻을 것이니라."(창세기 12:2~3), "너는
눈을 들어 너 있는 곳에서 동서남북을 바라보라. 보이는 땅을 내
가 너와 네 자손에게 주리니, 영원히 이르리라. 내가 네 자손이
땅의 티끌 같게 하리니, 사람이 땅의 티끌을 능히 셀 수 있을진
대 네 자손도 세리라. 너는 일어나 그 땅을 종과 횡으로 두루 다
녀 보라. 내가 그것을 네게 주리라."(창세기 13:14~17)며 더할 나
위 없는 복을 내리시고 또한 거듭거듭 축복하셨으니, 그의 완전
함과 충만함이야 더 말할 나위가 있겠는가. 과연 그는 '믿음의 조
상'이라는 이름에 부끄럽지 않은 사람이었던 것이다.

그러나 빛과 어둠이 함께 있고 낮과 밤이 끊어지지 않고 이어
지듯이, 그런 그에게도 말할 수 없는 나약함과 두려움, 혀를 내
두를 만큼의 비겁과 비열함, 그리고 하나님에 대한 의심과 불신
까지도 그 삶 속에 공존하고 있음을 본다.

아브라함이 "너는 너의 고향과 친척과 아버지의 집을 떠나 내
가 네게 보여 줄 땅으로 가라."는 하나님의 말씀을 좇아 길을 떠

나서 점점 남방으로 옮겨가다가, 한때 기근을 피하여 애굽(이집트) 땅으로 내려갈 때의 일이다. 그는 이방 민족의 땅인 애굽이 가까워 오자 문득 두려운 마음에 길 위에서 자기 아내 사래*를 돌아보며 이렇게 말한다. "나 알기에 그대는 아리따운 여인이라. 애굽 사람이 그대를 볼 때에 이르기를, 이는 그의 아내라 하고 나는 죽이고 그대는 살리리니, 원하건대 그대는 나의 누이라 하라. 그리하면 내가 그대로 말미암아 안전하고 내 목숨이 그대로 말미암아 보존되리라."(창세기 12:11~13)고.

아니나 다를까 그들이 애굽 땅에 이르렀을 때에 애굽 사람들뿐만 아니라 바로(왕)의 대신들도 사래의 아름다움을 보고 놀라워하며 칭찬을 아끼지 않으므로 바로는 그들을 왕궁으로 불러들인다. 그리고는 그 아름다운 여인이 자신의 아내가 아니라 여동생이라고 말하는 아브라함**의 말을 듣고 기뻐하며 그에게 융숭한 대접을 한 다음 사래를 자기의 아내로 삼아 버린다. 아브라함에게는 그 대가로 남종과 여종들, 양떼와 소떼, 암나귀와 수나귀, 그리고 여러 마리의 낙타 등을 넘치도록 선물로 주면서 말이다.

아니, 세상에! 자기 살겠다고, 자기가 죽을까 봐 두려워서, 아내를 지켜 주기는커녕 오히려 비열하게 여동생이라고 말함으로

---

* 나중엔 그 이름이 '사라'로 바뀐다.

** 이때는 아직 그의 이름이 아브라함이 아니라 '아브람'이었지만, 필자가 굳이 구분하지 않고 있음을 밝혀 둔다.

써 선선히 다른 남자의 아내가 되게 하다니! 더구나 제 한 목숨 건지려고 벌벌 떨며 "원하건대 그대는 나의 누이라 하라."는 말을 들었을 때의 사래의 실망과 낙담은 얼마나 컸겠으며, 남편이 보는 앞에서 다른 남자의 품으로 끌려 들어가야만 했던 그녀의 처참한 심정은 또 어떠했겠는가. 아, 거기 어디에도 '믿음의 조상'으로서의 그득하고 굳건하며 흔들림 없는 모습은 조금도 보이지를 않는다. 오히려 그저 자기 한 목숨 부지하기에 바빠 옹색하게 떨고 있는 한 비겁하고 나약한 인간이 있을 뿐이다.

물론 여호와 하나님이 그날 밤 바로와 그 집에 큰 재앙을 내림으로써 사래가 바로의 아내가 되는 것을 막아 주지만, 아브라함은 다음 날 아침 불같이 화를 내는 바로 왕 앞에 불려나가 초라하게 서서 "네가 어찌하여 나에게 이렇게 행하였느냐. 네가 어찌하여 그를 네 아내라고 내게 말하지 아니하였느냐. 네가 어찌 그를 누이라 하여 내가 그를 데려다가 아내를 삼게 하였느냐."(창세기 12:18~19)라는 심한 책망과 함께, 많은 사람들이 보는 앞에서 자신의 아내를 돌려받는 큰 수치와 부끄러움을 당한다.

그런데 아브라함은 그 일이 있고 난 뒤에도 다시 한 번 더 그 부끄러운 일을 똑같이 되풀이한다. 소돔과 고모라 땅이 멸망하고 난 뒤에 "아브라함이 거기서 남방으로 이사하여 가데스와 술 사이 그랄에 거할 때"(창세기 20:1)에도 자기 아내 사라를 누이동생이라고 함으로써 그랄 왕 아비멜렉이 사람을 보내어 그녀를 취하여 자신의 아내로 삼는 일이 또 일어난 것이다. 물론 이때에도 하나님이 아비멜렉에게 현몽하여 사라가 그의 아내가 되는 것을 막아 주지만, 이번에도 아브라함은 이전과 똑같은 모습으로 아비멜렉 왕 앞에 불려나가 "네가 어찌하여 우리에게 이렇게 하느냐. 내가 무슨 죄를 네게 범하였기에 네가 나와 내 나라가 큰 죄에 빠질 뻔하게 하였느냐. 네가 합당하지 아니한 일을 내게 행하였도다. 네가 무슨 뜻으로 이렇게 하였느냐."라는 심한 책망을 듣게 된다. 그러자 아브라함은 "내 아내로 말미암아 사람들이 나를 죽일까 두려워"(창세기 20:11) 그렇게 했다며 겁에 질린 채 궁색하고도 초라한 변명을 늘어놓는다. 더욱이 이번에는 자기 아내 사라마저 아비멜렉 왕으로부터 "내가 은 천 개를 네 오라비에게 주어서 그것으로 너와 함께 한 여러 사람 앞에서 네 수치를 가리게 하였노니……"(창세기 20:16)라는 말을 듣게 하였으니, 그가 얼굴을 들 수 없게 되었음은 더 말할 나위가 없다.

어디 그뿐인가. 자식이 없어 고민하는 아브라함에게 하나님이 나타나셔서 그를 축복하며 말하기를, "아브라함아, 두려워 말라. 나는 너의 방패요 너의 지극히 큰 상급이니라. …… 네 아내 사래는 이름을 사래라 하지 말고 그 이름을 사라라 하라. 내가 그에게 복을 주어 그가 네게 아들을 낳아 주게 하며, 내가 그에게 복을 주어 그를 여러 민족의 어머니가 되게 하리니, 민족의 여러 왕이 그에게서 나리라."(창세기 15:1, 17:15~16) 하며, 마침내 그에게 아들이 날 것을 예언하시는 바로 그 순간에도 아브라함은 "엎드려 웃으며 마음속으로 이르되, 백 세 된 사람이 어찌 자식을 낳을까, 사라는 구십 세니 어찌 출산하리요."(창세기 17:17)라며 오히려 하나님의 말씀을 의심하고 비웃기까지 한다. 그랬기에 그는 하나님의 그 말씀과 언약을 믿음으로 기다리지 못하고, 자기 아내 사라의 여종인 하갈과 동침하여 이스마엘이라는 서자(庶子)를 낳고 만다. 또한 그렇게 아브라함에게 아들을 낳아 주었다는 이유만으로 무슨 대단한 권세라도 쥔 양 하는 자신의 여종으로부터 사라가 받아야 했던 멸시와 수모는 얼마나 컸던지!

'믿음의 조상' 아브라함! 그리하여 그 믿음을 의롭게 여기심을 받으며 끊임없이 하나님으로부터 축복과 약속을 받은 그였지만, 다른 한편으로 보면 그도 또한 나약하고 겁 많고 허물 많고 부족한 것이 많은 사람이었던 것이다. 그런데도 '예수의 족보' 안에, 다시 말해 '길과 진리와 생명의 족보' 안에 맨 처음 그 이름이 올려져 있다는 것은 그 모든 이야기를 지금 이 순간의 우리 자신의 '마음의 이야기'로 돌려 읽어 보려는 우리에게 시사하는 바가 크다. 어쩌면 진리란 혹은 진정한 믿음이란 우리가 생각하는 모습과는 전혀 다른 것일 수 있다는 것이다.

바로 이러한 점에 주목하면서 나는 '예수의 족보' 속에 등장하는 많은 인물들과 그 삶의 적나라한 이야기들을 통하여 결국 진리가 무엇이며 영혼의 자유가 어디에 있는가를 찾아갈 것이다.

이삭은 야곱을 낳고

아브라함의 아들 이삭은 나이 40세가 되었을 때 사랑스럽고 마음 깊으며 아름다운 여인 리브가를 만나 깊이 사랑하여 아내로 맞아들이지만, 오랫동안 자식이 없다가 그의 나이 60세가 되었을 때에야 쌍둥이 형제인 에서와 야곱을 낳는다.* '털이 많은 자'란 뜻의 형 에서는 말 그대로 살빛이 붉고 온몸은 마치 털로 된 가죽옷을 입은 것처럼 털투성이었는데, 장성하여서는 능숙한 사냥꾼이 되어 주로 들에서 사냥을 하며 살았고, '발꿈치를 잡은 자'란 뜻의 동생 야곱은 성격이 차분하고 얌전하여 주로 집 안에서만 지냈다.

그런데 하루는 형 에서가 들에서 사냥을 하고 막 돌아왔을 때 배가 너무 고픈 나머지 마침 팥죽을 끓이고 있는 야곱에게 다가

---

* 그런데 이삭도 그랄 땅에 거할 때에 자기 아버지 아브라함과 똑같은 일을 저지름으로써 사람들로부터 큰 수치와 부끄러움을 당하는 일을 겪게 된다. 그도 또한 자기 아내 리브가를 아내라 하지 않고 누이동생이라고 한 것이다. "그곳 사람들이 그의 아내에 대하여 물으매, 그가 말하기를 그는 내 누이라 하였으니, 리브가는 보기에 아리따우므로 그곳 백성이 리브가로 말미암아 자기를 죽일까 하여, 그는 내 아내라 하기를 두려워함이었더라."(창세기 26:7)
그러던 어느 날 이삭이 리브가를 껴안고 있는 것을 블레셋 왕 아비멜렉이 창으로 내다보고는, 이에 이삭을 불러 크게 면박을 준다. "그가 분명히 네 아내거늘 어찌 네 누이라 하였느냐. 네가 어찌 우리에게 이렇게 행하였느냐. 백성 중 하나가 네 아내와 동침할 뻔하였도다. 네가 죄를 우리에게 입혔으리라."(창세기 26:9~10)

가 "내가 피곤하니 그 붉은 것을 내가 먹게 하라."(창세기 25:30)
고 말하는데, 이때 야곱은 마치 오랫동안 이 순간을 기다려 왔다
는 듯이 "형의 장자의 명분을 내게 팔면 내가 팥죽을 주겠다."고
말한다. 그러자 에서는 "내가 죽게 되었으니 이 장자의 명분이
내게 무엇이 유익하리요."(창세기 25:32)라고 말하면서 그만 야곱
이 건네는 팥죽 한 그릇에 장자의 명분을 팔아 버린다. 이후 아
버지 이삭의 모든 축복은 당시 '장자 상속'의 관례에 따라 모두
야곱에게로 돌아가게 되는데…….

　사실 야곱은 어머니 뱃속에서부터 '장자'에 대한 강한 집착을
갖고 있었다. 그래서 모태에서부터 자기가 먼저 나오려고 형과
싸우고(창세기 25:22), 결국 둘째로 태어나면서도 마치 끝까지 '장
자'를 놓칠 수 없다는 듯 형의 발꿈치를 잡고 나온다. 그래서 그
이름이 '발꿈치를 잡은 자'란 뜻의 야곱이 된 것이다. 그러다가
장성하여서는 때마침 형 에서가 사냥에서 돌아와 몹시 배고파할
때에 그 기회를 놓칠세라 팥죽 한 그릇에 기어코 '장자의 명분'을
빼앗고야 만다. 그리곤 또 오랜 세월이 흐른 후에 아버지 이삭이
나이가 많아 눈이 어두워 잘 보지 못한다는 사실을 이용하여 형
에서에게 주어져야 할 '장자의 축복'마저 온갖 간교함을 다 써서
가로채 버린다. 오죽했으면 아버지 이삭이 크게 치를 떨며 "네
아우가 간교하게 와서 에서 네가 받을 복을 빼앗았도다."(창세기
27:35)라고 할 정도였을까. 그런데 그 과정을 좀 더 자세하게 들

여다보면 실로 혀를 내두를 만하다.

어느 날 아버지 이삭이 맏아들 에서를 불러 말한다.

"내가 이제 늙어 어느 날 죽을는지 알지 못하니, 그런즉 네 기구 곧 화살통과 활을 가지고 들에 가서 나를 위하여 사냥하여 내가 즐기는 별미를 만들어 내게로 가져와서 먹게 하여, 내가 죽기 전에 내 마음껏 네게 축복하게 하라."(창세기 27:1~4)

그런데 곁에서 이 말을 들은 어머니 리브가는 자기가 더 사랑하는 아들 야곱이 '장자의 축복'을 받게 하기 위해 온갖 계략을 다 꾸민다. 우선 맏아들 에서가 사냥하러 나간 사이에 야곱으로 하여금 좋은 염소 새끼를 잡아오게 하고, 그것으로 남편 이삭이 가장 좋아하는 요리를 자신이 직접 만든 다음, 온몸에 털이 많은 에서처럼 보이게 하기 위해 "또 염소 새끼의 가죽을 야곱의 손과 목의 매끈매끈한 곳에 꾸미고"(창세기 27:16), 그것도 모자라 "집안 자기 처소에 있는 맏아들 에서의 좋은 의복을 가져다가 작은 아들 야곱에게 입히고"(창세기 27:15), 그런 다음 자신이 만든 별미와 떡을 야곱의 손에 들려 이삭의 장막 안으로 들여보낸다. 그런데 그렇게 들어간 야곱이 아버지의 축복을 받기 위해 짐짓 자기 형 에서인 체 하며 꾸며대는 말과 행동은 더욱 가관이다.

우선 들어가면서부터 대담하게 "아버지여!" 하고 부른다. 이에 나이 많아 눈이 어두워져 잘 보지 못하게 된 이삭이 "내 아들아, 네가 누구냐?"라고 묻자 "나는 아버지의 맏아들 에서로소이다. 아버지께서 내게 명하신 대로 내가 하였사오니, 원하건대 일어나 앉아서 내가 사냥한 고기를 잡수시고 아버지 마음껏 내게 축복하소서."라고 말한다. 그런데 뭔가 좀 이상하다고 느낀 이삭이 "내 아들아, 네가 어떻게 이렇게 빨리 잡았느냐?"라고 묻자, 야곱은 하나님까지 팔아가면서 이렇게 거짓말을 한다. "아버지의 하나님 여호와께서 나로 (사냥감을) 순조롭게 만나게 하셨음이니이다."라고.

그래도 뭔가 미심쩍다고 생각한 이삭이 "내 아들아, 가까이 오라. 네가 과연 내 아들 에서인지 아닌지 내가 너를 만져 보려 하노라."며 야곱을 가까이 오게 하여 그를 만져 보는데, 이미 염소 가죽으로 그 손을 덮은 뒤라 형 에서의 손과 같이 털이 있으므로 이삭이 능히 분별치 못하고 "음성은 야곱의 음성이나 손은 에서의 손이로다."(창세기 27:22)라고 중얼거린다. 그리곤 준비해 온 음식을 가져오게 하면서 마지막으로 다그치듯 다시 한 번 더 묻기를 "네가 참 내 아들 에서냐?"라고 하자, 이때에도 야곱은 "그러하니이다."라며 오히려 힘주어 대답한다.

이윽고 이삭이 음식을 먹고 또 포도주를 마시고는 "내 아들아, 가까이 와서 내게 입 맞추라."고 말하여, 가까이 다가와 입 맞추는 아들의 옷에서 나는 향기마저 맏아들 에서의 것임을 확인한 이삭은 마침내 야곱에게 "내 아들의 향취*는 여호와께서 복 주신

---

* 향취(香臭) 향기. 향냄새.

밭의 향취로다. 하나님은 하늘의 이슬과 땅의 기름짐이며 풍성한 곡식과 포도주를 네게 주시기를 원하노라. 만민이 너를 섬기고 열국이 네게 굴복하리니, 네가 형제들의 주가 되고 네 어머니의 아들들이 네게 굴복하며, 너를 저주하는 자는 저주를 받고 너를 축복하는 자는 복을 받기를 원하노라."(창세기 27:27~29)라며 축복을 내린다.

그렇게 온갖 거짓과 간교함으로 '장자의 축복'마저 가로챈 야곱이 아버지의 장막에서 나간 지 채 얼마 지나지 않았을 때 사냥에서 돌아온 에서가 별미를 만들어 자랑스럽게 아버지의 장막 안으로 들어서며 "아버지여, 일어나서 아들이 사냥한 고기를 잡수시고 마음껏 내게 축복하소서."라고 말하지만, 그러나 그때서야 비로소 둘째 아들 야곱에게 모든 것을 감쪽같이 속은 줄을 알게 된 아버지 이삭으로부터 "네가 오기 전에 내가 다 먹고 그를 위하여 축복하였은즉 그가 정녕 복을 받을 것이니라. ······ 내가 그를 너의 주로 세우고 그의 모든 형제를 내가 그에게 종으로 주었으며 곡식과 포도주를 그에게 주었으니, 내 아들아 내가 네게 무엇을 할 수 있으랴."라는 말만을 들을 뿐이었다. 이에 에서는 "내 아버지여, 내게도 축복하소서. 내게도 그리 하소서. 아버지께서 나를 위하여 빌 복을 남기지 아니하셨나이까. 아버지의 빌 복이 이 하나뿐이리이까. ······ 그가 나를 속임이 이것이 두 번째니이다. 전에는 나의 장자의 명분을 빼앗고, 이제는 내 복을 빼앗았나이다."라며 소리 높여 운다.

그날 이후 에서는 분노에 가득 차서 "아버지를 곡할 때가 가까 웠은즉 내가 내 아우 야곱을 죽이리라."고 마음먹게 되는데, 야곱은 자신을 죽이려는 형 에서를 피하여 황급히 외삼촌 집으로 달아나 거기 머물게 된다. 그런데 야곱이 떠나려 할 때에 어머니 리브가가 그를 불러 "네 형 에서가 너를 죽여 그 한을 풀려 하니, 내 아들아 내 말을 따라 일어나 하란으로 가서 내 오라버니 라반 에게로 피신하여 네 형의 노(怒)가 풀리기까지 몇 날 동안 그와 함께 거하라. 네 형의 분노가 풀려 네가 자기에게 행한 것을 잊 어버리거든 내가 곧 사람을 보내어 너를 거기서 불러오리라."고 말하면서 그를 떠나보내는데, 그러나 '몇 날 동안'이라던 그 길이 이후 20년이나 될 줄은 아무도 예상하지 못했다.*

---

* 그렇게 자신을 죽이려는 형 에서를 피하여 황망히 집을 떠나 하란으로 가는 그 고난의 길 위에서 야곱은 뜻밖에도 하나님을 만나는 경험을 한다. 이것이 이른바 '야곱의 돌베개' 사건인데, 그 연유는 이렇다.

야곱이 브엘세바를 떠나 하란으로 가다가(창세기 28:10) 어느 한 곳에 이르러서 는 해도 지고 배도 고프고 몸도 지쳐 더 이상 걸을 수가 없어 쓰러지듯 길 위에 누워서는 돌 하나를 가져다가 베개를 하고 잠을 청한다. 이때 그는 꿈을 꾸는데, "꿈에 본즉 사닥다리가 땅 위에 서 있는데 그 꼭대기가 하늘에 닿았고, 또 본즉 하나님의 사자들이 그 위에서 오르락내리락 하고, 또 본즉 여호와께서 그 위에 서서 이르시되, 나는 여호와니 너의 조부 아브라함의 하나님이요 이삭의 하나님 이라. 네가 누워 있는 땅을 내가 너와 네 자손에게 주리니, 네 자손이 땅의 티끌 같이 되어서 동서남북으로 퍼져나갈지며, 땅의 모든 족속이 너와 네 자손으로 말 미암아 복을 받으리라. 내가 너와 함께 있어 네가 어디로 가든지 너를 지키며 너 그 20년 동안 야곱은 외삼촌 집에서 하인처럼 일을 하며 "내가 이와 같이 낮에는 더위를 무릅쓰고 밤에는 추위를 당하며 눈붙일 겨를도 없이 지냈나이다."(창세기 31:40)라고 스스로 고백하듯, 죽을 고생을 한다. 그러는 중에도 야곱은 사랑하는 여인 라헬과 그 언니 레아를 두 아내로 얻고 또 그들에게 딸린 두 여종 빌하와 실바를 첩으로 얻어 그 네 명의 여인으로부터 열두 명의 아들을 낳게 되는데, 이들에 의해 나중에 이스라엘의 12지파가 형성된다.

먼 훗날 야곱은 열한 번째 아들인 요셉으로 말미암아 애굽으

를 이끌어 이 땅으로 돌아오게 할지라. 내가 네게 허락한 것을 다 이루기까지 너를 떠나지 아니하리라 하신지라."(창세기 28:12~15)

이에 야곱은 잠에서 깨어 감동에 젖어 말한다. "여호와께서 과연 여기 계시거늘 내가 알지 못하였도다. 두렵도다, 이곳이여! 이것은 다름 아닌 하나님의 집이요 이는 하늘의 문이로다."

아침에 야곱은 일찍 일어나 베개로 삼았던 돌을 가져다가 기둥으로 세우고 그 위에 기름을 붓고, 그곳 이름을 벧엘─문자적인 뜻은 '하나님의 집'이다. 예루살렘에서 북쪽으로 19㎞ 지점에 위치한다─이라 한다.

그 후 야곱은 20년의 세월이 지난 뒤에 하란을 떠나 다시 집으로 돌아가게 되는데, 이때에도 형 에서가 여전히 자기를 미워하여 죽이려고 하지 않을까 하는 큰 두려움 속에서 "내가 주께 간구하오니 내 형의 손에서, 에서의 손에서 나를 건져 내시옵소서. 내가 그를 두려워함은 그가 와서 나와 내 처자들을 칠까 겁이 나기 때문이니이다."(창세기 32:11)라고 간절하게 기도하다가, 다시 한 번 하나님을 만나는 경험을 한다. 이 경험 이후로 그의 이름은 야곱에서 '이스라엘'로 바뀌고(창세기 32:28), 편안히 형 에서를 만나 눈물로써 서로 화해하게 된다.

로 내려가 애굽 왕 바로 앞에 섰을 때에 "험악한 세월을 보내었나이다."(창세기 47:9)라는 말로써 자신의 힘겨웠던 삶을 고백하기도 하지만, 마지막엔 "나의 출생으로부터 지금까지 나를 기르신 하나님, 나를 모든 환난에서 건지신 여호와"(창세기 48:15~16)께 감사를 드리며, 백사십칠 세를 일기로 아브라함과 이삭이 묻힌 땅에서 조용히 눈을 감는다.

야곱은 유다와 그의 형제를 낳고, 유다는 다말에게서 베레스와 세라를 낳고

야곱은 열두 아들을 낳았다. 그 중 맏아들은 첫 번째 부인인 레아에게서 난 르우벤이고, 그가 가장 사랑한 아들은 "여호와께서 요셉과 함께 하시므로 그가 형통한 자가 되어……"(창세기 39:2)라는 기록에서도 보듯, 두 번째 아내 라헬에게서 난 그의 열한 번째 아들인 요셉이다. 요셉은 어릴 때에는 그를 미워하고 시기하는 형들로 인해 죽을 고비를 넘기기도 하고 결국에는 노예로 애굽으로 팔려 가게도 되지만, 나중에는 그것이 오히려 전화위복이 되어 큰 흉년으로 인해 곤궁에 처한 온 집안과 가족을 살리는 훌륭한 아들이 된다. 그렇기에 창세기 37장부터 마지막 50장까지는 온통 요셉에 관한 이야기뿐이다.

그런데도 르우벤이나 요셉의 이름이 '예수의 족보' 위에 올라

간 것이 아니라 넷째 아들인 유다가, 그것도 열 명의 형제들이 모의하여 요셉을 죽이려고 할 때에 그를 죽인들 무슨 이익이 있겠느냐며, 그럴 바에는 차라리 은 이십 개라도 받고 지나가는 상인에게 노예로 팔아 버리자고 제안한 유다의 이름이 '길과 진리와 생명의 족보' 위에 올라가 있는 것이다. 이는 또 어떤 연유일까? 더구나 유다가 쌍둥이 아들인 베레스와 세라를 낳는 이야기는 참 기가 막히기까지 하다.

유다에게는 가나안 사람 수아라 하는 사람의 딸에게서 낳은 세 아들이 있었다. 첫째 아들의 이름은 엘이요 둘째는 오난이며 셋째는 셀라인데, 그 아들들이 장성했을 때에 유다는 장자 엘을 위하여 다말이라는 여자를 그 아내로 맞아들이게 된다. 그런데 어찌된 연유인지 장자 엘은 결혼한 지 얼마 지나지 않아 시름시름 앓다가 곧 죽어 버리고, 둘째 아들인 오난이 (형이 아들을 낳지 못하고 죽으면 동생이 그 형수와 결혼하여 씨를 잇게 하는 이스라엘의 풍습에 따라) 대신 다말과 동침하게 되는데, 이때 오난은 아이를 낳아도 자기 자식이 되지 못하는 줄을 알고 있었기에 형수와 잠자리에 들었을 때에 형을 이을 아들을 낳아 주지 않으려고 땅바닥에 사정해 버린다.(창세기 38:9)* 이것이 여호와의 저주를 받아 그도 곧 죽게 되는데, 결국 며느리를 얻으면서 두 아들을 잃어버

---

* 이에서 유래하여 '오나니(Onanie)'라는 말이 생겼다. '오나니'란 곧 자위 행위요 수음(手淫)을 뜻한다.

린 유다는 셋째인 셀라마저 죽을까 봐 그를 다말에게로 들여보내기를 꺼린다.

그러던 차에 얼마 후 유다는 멀리 다른 지방으로 양털 깎는 일을 하러 가게 되는데, 아무리 기다려도 셋째 아들을 자기 남편으로 주지 않을 것이라고 여긴 다말은 면박*으로 얼굴을 가리고 몸을 휩싸고(창세기 38:14) 시아버지인 유다가 머물고 있는 곳으로 찾아간다. 그곳에 이르자 다말은 성문 곁 길가 한 곳에 앉은 채 이리저리 살피며 시아버지를 찾고 있는데, 때마침 그곳을 지나던 유다가 얼굴을 가리고 길가에 앉아 있는 그녀를 창녀라고 생각하고는, 염소 새끼 한 마리를 화대(花代)로 주기로 하고 동침한다. 이 일을 계기로 다말은 결국 자기 시아버지의 씨를 받아 쌍둥이를 잉태하게 되는데, 이에서 난 자식이 바로 베레스와 세라인 것이다.

베레스는 헤스론을 낳고, 헤스론은 람을 낳고, 람은 아미나답을 낳고, 아미나답은 나손을 낳고, 나손은 살몬을 낳고

이들은 예수의 족보 위에 그 이름들이 올라가 있기는 하지만, 그 구체적인 삶과 탄생의 연유들은 잘 보이지 않는다.

---

* 여자들이 주로 머리와 어깨를 가리는 데 사용했던 천을 말한다. 본문에서는 더 아름답게 보이기 위해 썼던 면박이었다.

살몬은 라합에게서 보아스를 낳고, 보아스는 룻에게서 오벳을
낳고

라합은 기생이다. 모세의 뒤를 이어 이스라엘 백성들을 젖과
꿀이 흐르는 땅 가나안으로 인도할 소명을 받은 여호수아(여호수
아 1:1~2)가 요단강을 건너 가나안으로 들어가기 전에 두 명의
정탐꾼을 먼저 여리고 성 안으로 들여보내는데, 그들은 마침 이
기생 라합의 집에 들어가 유숙하게 된다. 이때 라합은 이미 이스
라엘과 하나님에 대한 많은 소문들을 익히 듣고 있던 터라 대세
가 어찌될 줄을 알고 있었기에 "여호와께서 이 땅을 너희에게 주
신 줄을 내가 아노라. 우리가 너희를 심히 두려워하고, 이 땅 백
성이 다 너희 앞에 간담이 녹나니……"(여호수아 2:9)라고 말하며
그들을 은밀히 숨겨 준다.

그리고는 여리고 왕과 군사들이 정탐꾼에 관한 첩보를 입수하
고 곧 무리를 지어 라합의 집에 들이닥쳐 "네게로 와서 네 집에
들어간 그 사람들을 끌어내라. 그들은 이 온 땅을 정탐하러 왔느
니라."고 말했을 때, 라합은 태연히 "과연 그 사람들이 내게 왔었
으나 그들이 어디에서 왔는지 나는 알지 못하였고, 그 사람들이
어두워 성문을 닫을 때쯤 되어 나갔으니 어디로 갔는지 내가 알
지 못하나, 급히 따라가라. 그리하면 그들을 따라잡으리라."는 말
로써 그들을 돌려보낸다. 이 일을 계기로 라합과 그 가족은 나중

에 여호수아가 이스라엘 백성들을 이끌고 가나안 땅으로 들어가 여리고 성을 함락시켰을 때 성 안의 모든 사람들이 죽임을 당하는 속에서도 유일하게 살아남게 된다. "여호수아가 기생 라합과 그의 아버지의 가족과 그에게 속한 모든 것을 살렸으므로 그가 오늘날까지 이스라엘 중에 거주하였으니, 이는 여호수아가 여리고를 정탐하려고 보낸 사자들을 숨겼음이었더라."(여호수아 6:25)

이 라합이 나중에 자신의 집에 숨겨 주었던 정탐꾼 중의 한 사람인 살몬과 결혼하여 보아스라는 아들을 낳게 되는데, 이 보아스는 장성하여 부유한 사람이 되었으면서도 하나님에 대한 믿음이 온전하고 겸손하며 사려가 깊고 신중한 성품을 지녔을 뿐만 아니라 타인과 아랫사람에 대해서도 따뜻하게 배려할 줄 아는 덕망 있는 사람이 된다.

그런데 보아스가 어느 날 베들레헴에서 돌아왔을 때에 마침 추수 때가 되어 일꾼들이 무리를 지어 추수를 하고 있는 자신의 보리밭에 우연히 나가 보게 되는데, 그때 보리 베는 자들을 따르며 단 사이에서 이삭을 줍고 있는 한 여인을 발견하게 된다. 이 여인이 바로 룻으로서, 룻은 남편과 사별하고서도 재가하지 않고 수절하며 홀로 된 시어머니를 극진히 모시고 살아가는 현숙한 여인이었는데, 이 날도 가난한 시어머니의 끼니를 위해 이삭을 주우러 나왔던 것이다.

그녀를 본 보아스는 일꾼들에게 다가가 "그에게 곡식 단 사이에서 줍게 하고 책망하지 말며, 또 그를 위하여 곡식 다발에서 조금씩 뽑아 버려서 그에게 줍게 하고 꾸짖지 말라."(룻기 2:15~16)고 당부한다. 이에 룻이 땅에 엎드려 절하며 그에게 이르되 "나는 이방 여인이거늘 당신이 어찌하여 내게 은혜를 베푸시며 나를 돌보시나이까?"라고 묻자, 보아스는 "네 남편이 죽은 후로 네가 시어머니에게 행한 모든 것과, 네 부모와 고국을 떠나 전에 알지 못하던 백성에게로 온 일이 내게 분명히 들렸느니라. 여호와께서 네가 행한 일에 보답하시기를 원하며, 이스라엘의 하나님 여호와께서 그의 날개 아래에 보호를 받으러 온 네게 온전한 상 주시기를 원하노라."(룻기 2:10~12)는 말로써 따뜻이 그녀를 위로한다. 이것이 인연이 되어 두 사람은 나중에 혼인을 맺게 되고, 이에 룻이 잉태하여 아들을 낳게 되는데, 그가 바로 오벳이다.

오벳은 이새를 낳고, 이새는 다윗 왕을 낳으니라. 다윗은 우리아의 아내에게서 솔로몬을 낳고

다윗은 아버지 이새가 낳은 여덟 명의 아들 중 막내로서, 언제나 들에서 양을 치는 순박한 소년이었다. 그는 빛이 붉고 눈이 빼어나고 얼굴이 아름다웠으며(사무엘상 16:12), 수금*을 잘 탔고,

---

* 수금(竪琴) 가장 오래된 현악기 중의 하나이다.

특히 시를 좋아했는데, 그가 평생 삶의 굽이굽이에서 혹은 기쁨과 감사로 혹은 깊은 고난과 괴로움 속에서 눈물로 노래한 많은 시들은 구약성경 『시편』에 고스란히 남아 오늘날까지 많은 사람들의 심금을 울리며 애송되고 있다.

그는 청년이 되었을 때 씩씩하고 날랜 용사로서 말도 잘하고 외모도 준수한 사람이 되었으며(사무엘상 16:18), 이후의 오래고도 긴 삶의 여정 속에서 참으로 많은 고난과 고초를 겪게도 되지만, 마침내 이스라엘의 제2대 왕이 되어 40년 동안 나라를 다스리며 통일왕국을 건설하는 큰 업적을 남기게 된다. 이제 그런 그의 삶을 '예수의 족보' 안에서 다시 한 번 돌이켜 보자.

아직 왕이 없던 시대에 사울이라는 사람이 모든 이스라엘 백성 중에서 택함을 받아 초대 왕으로 기름부음을 받는다. 그는 "이스라엘 자손 중에 그보다 더 준수한 자가 없고, 키는 모든 백성보다 어깨 위만큼 더 컸더라."(사무엘상 9:2)고 할 만큼 빼어난 사람이었지만, 왕이 되고 난 이후부터는 자꾸만 스스로 높아져 자기를 위하여 기념비를 세우기도 하고, 제사장 이외에는 결코 해서는 안 되는 일도 서슴지 않았으며, 스스로 한 맹세도 번복하기 일쑤였다.

그러던 어느 날 그는 마음이 몹시도 심란해지고 번뇌하게 되어(사무엘상 16:14) 괜스레 왕궁 안을 서성이게 되는데, 이를 본 신하들이 "원하건대 왕께서는 신하에게 명하여 수금을 잘 탈 줄

아는 사람을 구하게 하소서. 왕의 마음이 괴로우실 때에 그가 손으로 수금을 타면 왕이 나으시리이다.”라며 그의 마음을 위로하려고 한다. 그러자 다른 한 신하가 문득 생각난 듯 “내가 베들레헴 사람 이새의 아들을 본즉 수금을 잘 타고, 용기와 무용(武勇)과 구변(口辯)이 있는 준수한 자라. 여호와께서 그와 함께 계시더이다.”라며 다윗을 천거한다.

이에 사울이 이새에게 사자를 보내어 “양 치는 네 아들 다윗을 내게로 보내라.”며 그를 데려온다. 이렇게 하여 두 사람의 운명적인 만남이 시작되는데, 다윗이 이윽고 사울 왕 앞에 섰을 때에 사울은 첫눈에 그를 크게 사랑하여 언제나 왕의 가장 가까이에 있게 했으며, 마음이 심란할 때마다 다윗으로 하여금 수금을 타게 했는데, “다윗이 수금을 들고 와서 손으로 탄즉 사울이 상쾌하여 낫더라.”(사무엘상 16:23)

그러던 어느 날 블레셋* 사람들이 군대를 모아 이스라엘과 싸우고자 하여 국경을 넘어와서는 어느 골짜기를 앞에 두고 전열을 크게 벌여 진을 치는데, 이에 맞서 사울과 이스라엘도 온 군대를 이끌고 나와 그 앞에 진을 치니, 곧 큰 전쟁이 있게 될 터였다. 그런데 이때 블레셋 사람들의 진 앞에 나타나 이스라엘을 향하여 고함을 치며 싸움을 돋우는 한 사람이 있었는데, 그가 바로

---

* 이스라엘 민족이 가나안을 정복한 이래 적대 관계를 가졌던 민족이다. 이 민족의 이름에서 ‘팔레스타인’이란 지명이 유래했다.

골리앗이라는 장수였다.

이 골리앗이라는 사람이 얼마나 대단했으며, 이스라엘 사람들은 그 앞에서 얼마나 혼비백산이 되어 두려워 떨었던가 하는 것을 성경은 이렇게 기록하고 있다. "블레셋 사람의 진에서 싸움을 돋우는 자가 왔는데, 그 이름은 골리앗이요 가드 사람이라. 그의 키는 여섯 규빗* 한 뼘이요, 머리에는 놋 투구를 썼고 몸에는 비늘 갑옷을 입었으니 그 갑옷의 무게가 놋 오천 세겔**이며, 그 다리에는 놋 각반을 쳤고 어깨 사이에는 놋 단창을 메었으니, 그 창 자루는 베틀 채 같고 창날은 철 육백 세겔이며, 방패 든 자가 앞서 행하더라. 그가 서서 이스라엘 군대를 향하여 외쳐 가로되, 너희가 어찌하여 진열을 벌였느냐. …… 너희는 한 사람을 택하여 내게로 내려 보내라. 그가 능히 싸워서 나를 죽이면 우리가 너희의 종이 되겠고, 만일 내가 이겨 그를 죽이면 너희가 우리의 종이 되어 우리를 섬길 것이니라. 그 블레셋 사람이 또 이르되, 내가 오늘날 이스라엘의 군대를 모욕하였으니 사람을 보내어 나와 더불어 싸우게 하라 한지라. 사울과 온 이스라엘이 블레셋 사람의 이 말을 듣고 놀라 크게 두려워하니라."(사무엘상 17:4~11)

그런데 이때 마침 아버지 이새의 말씀을 따라 이미 입대하여 전장에 나와 있던 세 형을 문안하러 왔던 다윗이 이 소리를 듣게

---

* 치수의 단위로서, 약 45㎝이다.
** 돈의 단위이며 무게의 단위. 약 11.4g의 무게를 나타낸다.

되는데, 그는 모욕감에 크게 분노하며 사울 왕 앞에 나아간다. 그리곤 자기가 저 무례한 블레셋 사람 골리앗과 싸우겠노라고 말한다. 그러자 사울은 "네가 가서 저 블레셋 사람과 싸울 수 없으리니, 너는 소년이요 그는 어려서부터 용사임이니라."(사무엘상 17:33)며 허락하지 않는다. 이에 다윗은 "내가 내 아버지의 양을 지킬 때에 사자나 곰이 와서 양떼에서 새끼를 물어 가면 내가 따라가서 그것을 치고 그 입에서 새끼를 건져내었고, 그것이 일어나 나를 해하고자 하면 내가 그 수염을 잡고 그것을 쳐 죽였나이다."라며 자신을 보내 줄 것을 강권한다.

그러자 사울은 자신이 입고 있던 갑옷과 투구와 칼을 다윗에게 주며 싸울 것을 허락하지만, 다윗은 그것마저 마다한 채 "손에 막대기를 가지고 시냇가에서 매끄러운 돌 다섯 개를 골라서 자기가 메고 다니던 목동 주머니에 넣고, 손에 물매*를 가지고 블레셋 사람에게로 나아가니라."(사무엘상 17:40)

마침내 자신과 싸우기 위해 이스라엘 군대 앞에 나타난 소년 다윗을 본 골리앗은 크게 웃으면서 그를 업신여기며 말하기를, "네가 나를 개로 여기고 막대기를 가지고 내게 나아왔느냐. …… 오라, 내가 네 살을 공중의 새들과 들짐승들에게 주리라."고 한다. 이에 다윗이 "블레셋 사람을 향하여 빨리 달리며 손을 주머니

---

* 목동들이 작은 돌멩이나 매끄러운 돌을 던지기 위해 지녔던 전투, 사냥, 호신용의 끈 달린 가죽 조각.

에 넣어 돌을 가지고 물매로 던져 블레셋 사람의 이마를 치매 돌이 그의 이마에 박히니 땅에 엎드러지니라."(사무엘상 17:48~49)

싸움은 한 순간에 전광석화와도 같이 끝나 버린 것이다. 다윗은 곧 엎드러진 골리앗에게로 달려가 골리앗의 칼을 빼어 그를 죽이고 그의 머리를 베니, 온 블레셋 사람들은 크게 겁을 집어먹고 달아나고, 사울과 이스라엘 군대는 그들의 뒤를 쫓으며 파죽지세로 밀어붙여 그들을 진멸한다. 전쟁은 소년 다윗으로 말미암아 대승을 거두게 된 것이다. 이에 사울 왕은 다윗을 불러 크게 칭찬하며 그를 높여 장군으로 임명하고, 모든 신하들과 백성들도 그것을 합당히 여기며 크게 기뻐하니, 마침내 이스라엘 땅에 한 영웅이 탄생한 것이다.

그런데 그렇게 전쟁을 승리로 이끌고 사울과 그 군대가 돌아올 때에 "여인들이 이스라엘 모든 성읍에서 나와서 노래하며 춤추며 소고(小鼓)와 경쇠를 가지고 왕 사울을 환영하는데, 여인들이 뛰놀며 노래하여 이르되, 사울이 죽인 자는 천천(千千)이요 다윗은 만만(萬萬)이로다 한지라."(사무엘상 18:6~7) 이 말에 사울은 불쾌하여 심히 노하면서 말하기를 "다윗에게는 만만을 돌리고 내게는 천천만 돌리니, 그가 더 얻을 것이 나라 말고 무엇이냐." 하고 이때부터 다윗을 주목하며 시기와 질투심에 불타게 된다.

아, 한 순간 생겨 버린 사울 왕의 그 마음은 날이 갈수록 더하여, 나중엔 왕위를 빼앗기지 않을까 하는 두려움마저 겹쳐지면서 급기야 다윗을 죽이려고 하는데, 그 마음은 또한 집착에 집착을 더하여 오직 다윗을 죽이려는 데에 자신의 온 삶을 바치는 데에까지 이르게 된다. "사울이 다윗을 더욱 더욱 두려워하여 평생에 다윗의 대적이 되니라."(사무엘상 18:29)

다윗은 또한 다윗대로 오직 사울 왕의 칼날을 피하여 달아나느라 자신의 삶을 조금도 살지 못하게 되는데, 그 길이 얼마나 혹독했으면 "다윗이 심히 두려워하여 그들의 앞에서 그 행동을 변하여 미친 체하고 대문짝에 그적거리며 침을 수염에 흘리매……"(사무엘상 21:13)라는 기록에서 보듯, 때로는 미친 사람 행세를 하기도 하고, 때로는 몇 날 며칠을 먹지도 눕지도 못하기도 하며, 또 때로는 단지 자신을 숨겨 주었다는 이유만으로 제사장을 비롯한 한 성읍 사람 전체가 사울의 칼에 죽임을 당하는 슬픈 일을 목격하기도 한다.

그런 중에도 다윗은 스스로 신의를 지켜, 자신에게도 사울 왕을 죽일 수 있는 절호의 기회가 두어 번 찾아왔지만 그때마다 오히려 "내가 손을 들어 여호와의 기름 부음을 받은 왕을 치는 것은 여호와께서 금하시는 것이니, 그는 여호와의 기름 부음을 받은 자가 됨이니라."(사무엘상 24:6)며 그를 죽이지 않았을 뿐만 아니라, 자기를 따르는 사람들에게도 사울을 해하지 못하게 한다.

그러다가 마침내 사울 왕이 다시 일어난 블레셋 사람들과의 전쟁에서 세 아들과 함께 비참하게 죽자 그 소식을 들은 다윗은

204

심히 애통해하며, 평생 자신을 죽이려고 쫓아다닌 사울을 위해 오히려 다음과 같은 슬픈 노래를 지어 부른다. "이스라엘아, 너의 영광이 산 위에서 죽임을 당하였도다. 오호라, 두 용사가 엎드러졌도다. 사울과 요나단*이 생전에 사랑스럽고 아름다운 자이러니, 죽을 때에도 서로 떠나지 아니하였도다. 그들은 독수리보다 빠르고 사자보다 강하였도다. 이스라엘 딸들아, 사울을 슬퍼하여 울지어다. 오호라, 두 용사가 전쟁 중에 엎드러졌도다." (사무엘하 1:17~27) 그리곤 그들을 위하여 저녁 때까지 슬퍼하여 울며 금식한다.

마침내 다윗은 사울의 뒤를 이어 그의 나이 삼십 세에 이스라엘의 제2대 왕이 되고, 왕이 됨과 동시에 사울과 요나단을 죽게 한 블레셋 사람들을 정벌하는 것을 시작으로 모든 족속들을 차례로 멸하여 위대한 통일왕국을 건설한다. "만군의 하나님 여호와께서 함께 계시니 다윗이 점점 강성하여 가니라."(사무엘하 5:10)는 말씀처럼, 그는 정녕 흠 없고 완전한 사람이었던 듯하다.

그런데 바로 그 이후에 있었던 하나의 '사건'은 지금까지와는 전혀 다른 다윗의 모습을 보여 주는데, 바로 이 '사건'으로 인해

---

* 요나단은 사울의 맏아들로서, 다윗이 골리앗을 쓰러뜨린 그 순간부터 둘은 친구가 되는데, 아버지 사울이 다윗을 미워하여 끊임없이 죽이려고 한 반면, 그는 죽는 날까지 다윗과의 우정을 지키면서 그를 도와주려고 많은 애를 쓴다. 그리하여 다윗은 그의 주검을 앞에 두고도 크게 애도하는 것이다.

예수의 족보 위에 그 이름이 올라가 있는 솔로몬이라는 아들을 낳게 된다. 이제 그 기가 막힌 이야기를 한번 해보자.*

그날도 다윗은 모든 장수와 온 이스라엘 군대가 최후까지 저항을 멈추지 않는 몇몇 족속을 완전 소탕하기 위해서 전쟁터로 나간 뒤, 그들이 기쁘게 달려와 알려 줄 승전보만을 기다리며 예루살렘 왕궁에 홀로 머물고 있었다. 그런데 저녁 무렵 우연히 왕궁 지붕 위를 거닐다가** 저 아래 담장 너머에서 한 여인이 목욕을 하고 있는 것을 발견한다.

그 모습이 너무나 아름다워 다윗은 사람을 보내 그녀가 누구인지를 알아보게 하는데, 돌아온 시자가 "그는 엘리암의 딸이요, 헷 사람 우리아의 아내 밧세바입니다."(사무엘하 11:3)라고 한다. 그녀는 다윗 왕의 명령을 받고 주검이 난무하는 전쟁터에 나가 용감하게 싸우고 있는 우리아라는 병사의 아내였던 것이다. 그런데도 다윗은 전령을 보내 그녀를 자기에게로 데려오게 한 다음 그날 밤 그녀와 동침한다. 그리곤 얼마 지나지 않아 그 여인이 임신했다는 것을 알게 되자 다윗은 그 사실을 숨기기 위해 다음과 같은 온갖 간악한 꾀를 다 부린다.

우선 전쟁터에 파발을 보내 우리아를 왕궁으로 불러들인다.

---

* 당시에 다윗은 이미 많은 아내와 첩들을 통하여 슬하에 열일곱 명의 아들을 두고 있었다.

** 히브리 사람들은 평평한 지붕을 기도처나 휴식처, 잠자는 곳으로 사용했다.

그런 다음 짐짓 총사령관인 요압 장군의 안부와 군사들의 안부와 전쟁이 돌아가는 상황을 묻고는 지금껏 전쟁터에서 수고한 그들 모두와 우리아의 노고까지도 치하한다. 그리곤 술과 음식을 크게 내리며, 집으로 돌아가 오늘 밤 편안히 먹고 마시며 쉬라고 말한다. 그러나 그것은 사실은 우리아와 그 아내 밧세바가 동침하게 함으로써 자신으로 말미암은 그녀의 임신을 덮어 버리려는 다윗의 간교한 속셈이었던 것이다. 그런데 이게 웬일인가! "그러나 우리아는 집으로 내려가지 아니하고 왕궁 문에서 왕의 모든 부하들과 더불어 잔지라."(사무엘하 11:9) 우리아는 아내의 침실로 내려가지 않은 것이다!

이를 안 다윗은 다음 날 아침 그를 불러 말하기를 "네가 길 갔다가 돌아온 것이 아니냐. 어찌하여 네 집으로 내려가지 아니하였느냐."고 다그쳐 묻는다. 이에 우리아는 "온 이스라엘 군대가 야영 중에 있고, 요압 장군과 왕의 부하들이 바깥 들에 진치고 있거늘 내가 어찌 내 집으로 가서 먹고 마시고 내 처와 같이 자리이까. 내가 이 일을 행하지 아니하기로 맹세하였나이다."(사무엘하 11:11)라고 말한다. 그러자 다윗은 그렇게 말하는 그의 충성스러운 마음을 짐짓 크게 치하하면서, 그로 하여금 하룻밤을 더 머무르게 한다. 그러면서 이번엔 자기 앞에서 먹고 마시고 취하게 한 다음 저녁 때 다시 집으로 내려보내는데, 그러나 이때에도 우리아는 자기 아내에게로 들어가지 아니하고 다른 부하들과 함께 침상에 눕는다.

자신의 모든 계략이 수포로 돌아간 것을 안 다윗은 하는 수 없이 그를 다시 전쟁터로 돌려보내는데, 이때 다윗은 요압 장군 앞으로 보내는 편지 한 통을 우리아의 손에 들려 보낸다. 그 내용은 "너희가 우리아를 맹렬한 싸움에 앞세워 두고 너희는 뒤로 물러나서 그가 맞아 죽게 하라."(사무엘하 11:15)는 것이었다. 즉, 다윗은 전쟁터에 나가 있는 우리아를 불러 그의 아내와 동침하게 함으로써 자신의 허물을 덮으려 했으나, 그것이 여의치 않자 이번엔 아예 그를 죽여 후환을 없애려고 한 것이다. 그리하여 "요압이 그 성을 살펴 용사들이 있는 것을 아는 그곳에 우리아를 두니, 성 사람들이 나와서 요압과 더불어 싸울 때에 다윗의 부하 중 몇 사람이 엎드러지고 헷 사람 우리아도 죽으니라."(사무엘하 11:16~17)

다윗은 그렇게 자신의 거짓과 허물을 숨기기 위해 충직한 병사였던 우리아를 죽였을 뿐만 아니라, 지나치게 적의 성 가까이까지 군대를 진격하게 함으로써 많은 병사들도 함께 죽게 한 것이다. 이윽고 남편의 전사 소식을 들은 밧세바의 통곡은 또 얼마나 보는 이의 가슴을 아프게 하는지! "우리아의 아내는 그 남편 우리아가 죽었음을 듣고 그의 남편을 위하여 소리 내어 우니라."(사무엘하 11:26) 그러나 다윗은 그녀가 남편의 장례를 마치자마자 사람을 보내 그녀를 왕궁으로 데려와서는 자신의 아내로 삼아 버린다.

그 후 다윗은 선지자 나단이 찾아와 들려준 하나의 이야기, 곧 "한 성읍에 두 사람이 있는데 한 사람은 부유하고 한 사람은 가난하니, 그 부유한 사람은 양과 소가 심히 많으나, 가난한 자는 아무것도 없고 자기가 사서 기르는 작은 암양 새끼 한 마리뿐이라. 그 암양 새끼는 그와 그의 자식과 함께 자라며, 그가 먹는 것을 먹으며 그의 잔으로 마시며 그의 품에 누우므로 그에게는 딸처럼 되었거늘, 어떤 행인이 그 부자에게 오매 부자가 자기에게 온 행인을 위하여 자기의 양과 소를 아껴 잡지 아니하고 가난한 사람의 양 새끼를 빼앗아다가 자기에게 온 사람을 위해 잡았나이다."(사무엘하 12:1~4)라는 이야기를 듣고서, 크게 노하며 벌떡 일어나 "여호와의 살아 계심을 두고 맹세하노니, 이 일을 행한 그 사람은 마땅히 죽을 자라. 그가 불쌍히 여기지 아니하고 이런 일을 행하였으니, 그 양 새끼를 네 배나 갚아 주어야 하리라."고 고함을 지르다가, "당신이 바로 그 사람이라!"(사무엘하 12:7)는 나단의 말에 고꾸라지듯 엎어져서는 이후 7일 동안을 금식하며 자신의 잘못과 허물을 크게 참회한다.

그러나 다윗이 그렇게 우리아의 아내 밧세바에게서 낳은 아들은 태어난 지 얼마 지나지 않아서 곧 죽고, 다시 밧세바와 동침하여 두 번째 아들을 낳게 되는데, 그가 바로 솔로몬이다. "다윗이 그의 아내 밧세바를 위로하고 그에게 들어가 그와 동침하였더니, 그가 아들을 낳으매 그 이름을 솔로몬이라 하니라."(사무엘 하 12:24) 그렇게 태어난 솔로몬은 이후 이스라엘의 가장 지혜로운 왕이 되어 나라를 크게 번창하게 한다.

솔로몬은 르호보암을 낳고

솔로몬은 어려서부터 지혜롭고 총명했다. 그래서 다윗은 자신이 낳은 많은 아들들 가운데 일찍부터 그를 자신의 뒤를 이을 왕으로 생각하고 있었다. 그런데 다윗 왕이 나이 많아 늙어 이불을 덮어도 따뜻하지 아니할 즈음(열왕기상 1:1)이 되자, 그 틈을 타서 넷째 아들인 아도니야가 아버지 몰래 군대 장관 요압과 제사장 아비아달과 함께 모의하여 자신을 왕이라고 선포하기에 이른다. 이에 다윗은 서둘러 솔로몬을 불러 "내 아들 솔로몬이 정녕 나를 이어 왕이 되고 나를 대신하여 내 왕위에 앉으리라. 내가 오늘 그대로 행하리라."(열왕기상 1:30)며 정식으로 그에게 왕위를 물려준다.

이때부터 솔로몬은 지혜롭고도 힘 있게, 그리고 한 치의 오차나 빈틈도 없이 자신의 왕권 강화를 위한 일들을 진행시켜 나가는데, 우선 아버지 다윗이 늙어 힘없는 틈을 타 왕위에 스스로 오르려고 했던 자신의 이복형 아도니야를 제거하고, 그를 따라 반란을 도모했던 군대 장관 요압을 죽이며, 제사장 아비아달은 제사장 직분을 파면하고 쫓아내 버린다. 그리고 아버지 다윗이 미처 손을 대지 못하던 많은 일들도 잊지 않고 찾아내어 착착 정리를 하고 정비를 해나가는데, "이에 나라가 솔로몬의 손에 견고하여지니라."(열왕기상 2:46)

그리곤 솔로몬은 조용히 여호와 앞에 나아간다. 나아가서 일천 번의 번제를 드리며 간절히 기도하기를, "나의 하나님 여호와여, 주께서 종으로 종의 아버지 다윗을 대신하여 왕이 되게 하셨사오나 종은 작은 아이라. 출입할 줄을 알지 못하고 주께서 택하신 백성 가운데 있나이다. 그들은 큰 백성이라 수효가 많아서 셀수도 없고 기록할 수도 없사오니, 누가 주의 이 많은 백성을 재판할 수 있사오리이까. 지혜로운 마음을 종에게 주사 주의 백성을 재판하여 선악을 분별하게 하옵소서."(열왕기상 3:7~9)라며 자신에게 참다운 지혜를 주시기를 간구한다.

이에 하나님은 "네가 이것을 구하도다. 자기를 위하여 장수하기를 구하지 아니하며 부도 구하지 아니하며 자기 원수의 생명을 멸하기도 구하지 아니하고, 오직 송사(訟事)를 듣고 분별하는 지혜를 구하였으니 내가 네 말대로 하여 네게 지혜롭고 총명한 마음을 주노니, 네 앞에도 너와 같은 자가 없었거니와 네 뒤에도 너와 같은 자가 일어남이 없으리라. 내가 또 네가 구하지 아니한 부귀와 영광도 네게 주노니, 네 평생에 왕들 중에 너와 같은 자가 없을 것이라."(열왕기상 3:11~13)며 그에게 꿈으로 응답한다.

그리하여 마침내 솔로몬은 "그 지혜가 동양 모든 사람의 지혜와 애굽의 모든 지혜보다 뛰어난지라. 저는 모든 사람보다 지혜로워서 그 이름이 사방 모든 나라에 들렸더라. 그가 잠언(箴言) 삼천 가지를 말하였고 그의 노래는 일천 다섯 편이며. …… 사람들이 솔로몬의 지혜를 들으러 왔으니, 이는 그의 지혜의 소문을 들은 천하 모든 왕들이 보낸 자들이더라."(열왕기상 4:30~34)는 기록에서 보듯, 그 지혜를 바탕으로 자신의 이름을 온 세상에 떨쳤을 뿐만 아니라, 이스라엘 나라에 다시없는 부와 태평성대를 가져다준다.

그러나 그런 그도 나중에는 내부를 모두 금으로 장식한 성전을 건축하고, 자신과 왕비가 각각 거할 어마어마한 궁을 건설하느라 20년의 세월과 국력을 허비할 뿐만 아니라, 그로 인하여 백성들을 지나치게 많은 노역에 강제 동원함으로써 온 이스라엘 백성들의 원성을 사게 되고, 더욱이 칠백 명의 후비(后妃)와 삼백 명이나 되는 첩들 속에서 완전히 길을 잃어버리고 만다.

그리하여 그의 통치 말년에는 허다한 이스라엘 무리들이 여기저기에서 일어나 그를 대적하게 되면서 나라는 극도의 혼란에 빠지게 되고, 그런 가운데 그가 죽고 아들 르호보암이 왕위에 올랐을 때에는 마침내 나라가 둘로 분열하게 된다. 또한 그 즈음 애굽 왕도 예루살렘을 침략하여 솔로몬이 그토록 오랜 세월 동안 공들여 건축했던 성전과 왕궁의 모든 보물들을 다 빼앗아 가

버린다.(열왕기상 14:26) 말하자면, 그는 눈에 보이는 건물로서의 성전만 건축했지 보이지 않는 자기 마음의 성전은 건축할 줄 모르는 어리석음을 남겼던 것이다.

르호보암은 아비야를 낳고

솔로몬의 뒤를 이어 르호보암이 왕위에 올랐을 때 이스라엘의 온 무리가 그에게 나아와 부르짖는다. "왕의 아버지가 우리의 멍에*를 무겁게 하였으나 왕은 이제 왕의 아버지가 우리에게 시킨 고역과 메운 무거운 멍에를 가볍게 하소서. 그리하시면 우리가 왕을 섬기겠나이다."(열왕기상 12:4)라고. 그러자 르호보암은 3일 후에 다시 오라며 그들을 돌려보내고는, 한 번은 자기 아버지 솔로몬이 살아 계실 때에 그를 섬겼던 늙은 신하들과 어떻게 할 것인가를 상의하고, 또 한 번은 자기와 함께 자란 젊은 신하들과 그 문제에 대해서 의논한다.

이때 늙은 신하들은 "왕이 만일 오늘날 이 백성을 섬기는 자가 되어 그들을 섬기고 좋은 말로 대답하여 이르시면 그들이 영원히 왕의 종이 되리이다."(열왕기상 12:7)라고 조언하고, 젊은 신하들은 "이 백성들이 왕께 아뢰기를, 왕의 부친이 우리의 멍에를

---

* 수레나 쟁기를 끌기 위하여 말이나 소의 목에 얹는 기구. 자주성과 자유가 없는 고통스러운 구속을 비유할 때 쓰이는 말이기도 하다.

무겁게 하였으나 왕은 우리를 위하여 가볍게 하라 하였은즉, 왕은 대답하기를 나의 새끼손가락이 내 아버지의 허리보다 굵으니 내 아버지께서 너희에게 무거운 멍에를 메게 하였으나 이제 나는 너희의 멍에를 더욱 무겁게 할지라. 내 아버지는 채찍으로 너희를 징계하였으나 나는 전갈*로 너희를 징계하리라 하소서."(열왕기상 12:10~11)라고 말한다.

그런데 어리석게도 르호보암은 늙은 신하들의 간곡하고도 지혜로운 자문을 버리고 젊은 신하들의 말을 좇아, 3일 후에 이스라엘 백성들이 다시 왔을 때 그들을 향하여 오히려 포학한 말로써 으름장까지 놓는다. 이로 인하여 가뜩이나 어지럽던 이스라엘은 나라가 남쪽의 유다 왕국과 북쪽의 이스라엘 왕국으로 둘로 갈라지고, 이후 오랜 세월 동안 두 나라는 서로 전쟁을 거듭하다가, 마침내 기원전 722년 북쪽 이스라엘 왕국은 앗수르에 의해 멸망하고, 남쪽 유다 왕국은 기원전 586년 바벨론에 의해 멸망하고 만다.

아비야는 아사를 낳고, 아사는 여호사밧을 낳고, 여호사밧은 요람을 낳고, 요람은 웃시야를 낳고, 웃시야는 요담을 낳고, 요

---

* 여기서 '전갈'은 노예들에 대해서만 사용되던 일종의 채찍을 가리키지만, 르호보암은 이 채찍을 자유롭게 징집된 이스라엘의 일꾼들에 대해서도 사용하겠다고 위협하고 있는 것이다.

담은 아하스를 낳고, 아하스는 히스기야를 낳고, 히스기야는 므낫세를 낳고, 므낫세는 아몬을 낳고, 아몬은 요시야를 낳고, 바벨론으로 사로잡혀 갈 때에 요시야는 여고냐와 그의 형제를 낳으니라.

르호보암의 아들 아비야는 유다 왕국의 왕위를 물려받았을 때 아버지 르호보암과는 달리 여호와를 의지하며 나라를 잘 다스렸고, 북쪽 이스라엘 왕국과의 전쟁에서도 크게 승리를 거둔다. 아비야의 아들 아사도 "아사가 그 조상 다윗 같이 여호와 보시기에 정직하게 행하여 아사의 마음이 일평생 여호와 앞에 온전하였으며……"(열왕기상 15:9~14)라는 기록에서 보듯, 자기 어머니가 우상을 섬기고 있었음이 발각되었을 때 태후의 지위를 폐하면서까지 나라를 잘 정비하여, 그의 재위 동안에는 오래도록 전쟁도 없고 나라가 평안하였다. 그리하여 아사의 아들 여호사밧에 이르러서는 북쪽 이스라엘 왕국과도 화평을 맺게 되고, 여호와의 율법책을 가지고 온 나라를 순행하며 국민교육에도 힘써 "그가 부귀와 영광을 크게 떨쳤더라."(역대하 17:5)고 기록하고 있다.

그러나 여호사밧의 장자 요람(여호람)은 아버지로부터 왕위를 이어받고 세력을 얻자마자 여섯 명의 동생을 칼로 죽이면서 폭군으로 변하여 전횡을 일삼음으로써 나라 안에 많은 반란군이 일어나게 하고, 또한 그러는 중에 이방 민족의 침략도 받아 왕궁의 모든 재물과 그 아들들과 아내들마저 탈취당하다가, 그 자신도 창자에 중병이 걸려 비참하게 죽고 만다. 더욱이 요람의 아들웃시야는 나이 16세에 왕위에 올라 처음에는 무너진 예루살렘성을 다시 건축하고 길을 닦고 물웅덩이를 많이 파서 농업을 진흥시키는 등 나라의 기반을 바로잡는 듯하더니, 나라가 점점 강성하여지매 그 마음이 교만하여져서 제사장 이외에는 해서는 안되는 일들조차 서슴지 않다가, 결국 문둥병에 걸려 모든 사람들과 격리된 채 쓸쓸히 죽어간다.

그래서 웃시야의 아들 요담은 "요담이 그의 하나님 여호와 앞에서 바른 길을 걸었으므로 점점 강성하여졌더라."(역대하 27:6)는 기록에서 보듯, 정신을 바짝 차리고 자신과 나라를 잘 추스르지만, 요담의 아들 아하스에 이르러서는 또다시 타락하여 우상들을 섬기고, 이민족의 침략뿐만 아니라 화평을 맺었던 북쪽이스라엘 왕국의 침략마저 받아 많은 사람들이 죽거나 사로잡혀 가고 재물도 노략질 당하게 된다. 그는 재위 기간 내내 전쟁에 시달리다가 죽음을 맞이하게 되는데, 그러다가 아하스의 아들 히스기야가 왕위에 올랐을 때에는 사회와 정치와 종교 등 모든 분야에 있어서 대대적인 개혁을 실시함으로써 기울어진 국운을 다시 일으켜 세우려고 한다.

그와 같이, 이후의 '예수의 족보' 속에 등장하는 모든 인물들은 때로는 성군과 폭군의 모습으로, 때로는 지혜 있는 자와 어리석은 자의 모습으로, 때로는 빛과 어둠의 모습으로, 때로는 질서와 혼란의 모습으로, 때로는 흥(興)과 망(亡)의 모습으로, 때로는 약함과 강함의 모습으로, 때로는 선과 악의 모습으로 서로 번갈아 교차하면서 삶과 역사 속에서 전개되어 감을 본다. 그리고 그 모두가 '예수의 족보' 곧 '길과 진리와 생명의 족보' 안에 들어가 있는 것이다.

이제 됐다. 비록 바벨론으로 사로잡혀 간 후로부터 시작하여 예수가 탄생하기까지의 열네 대의 인간 군상과 그 삶들에 대한 이야기가 아직 더 남아 있지만, 이것으로 족하리라고 본다. 나는 이 '예수의 족보'를 통하여 단지 '족보'만을 이야기하려고 한 것이 아니기 때문이다.

나는 '예수의 족보'를 통하여 궁극적으로는 진리가 무엇이며 영혼의 참된 자유가 어디에 있는지를 말해 보고 싶었다. 그래서 진리이신 예수의 족보 안에 어떤 사람들의 이름이 올라가 있고 또한 그 사람들의 삶의 모습이 어떠했는가를 살펴봄으로써, 진리란 결국 무엇이며 진리 안에는 구체적으로 어떤 것들이 담겨 있는가를 보여 주고 싶었던 것이다. 그래서 찬찬히 '예수의 족보'를 들추어 봤더니, 놀랍게도 그 안에는 인생사의 온갖 것들이 다 들어 있었다.

믿음의 조상 아브라함에게서는 그 이름에 걸맞은 큰 믿음과 자비와 하나님에 대한 완전한 헌신을 볼 수 있었지만 그와 동시에 그의 나약함과 두려움과 비열함과 불신도 넉넉히 볼 수 있었고, 거듭되는 하나님의 축복과 약속을 받으며 이스라엘 12지파의 어버이가 된 야곱이었지만 형 에서로부터 장자의 명분과 축복을 가로채는 과정에서 보인 그의 한없는 간교함과 거짓은 우리로 하여금 혀를 내두르게 하며, 또한 그의 아들인 유다가 자기 며느리인 다말을 창녀라고 생각하고는 그녀와 동침하여 베레스와 세라를 낳는 얘기 앞에서는 문득 낯이 뜨거워지기까지 한다.

반면 기생 신분이었음에도 불구하고 라합이 자신의 집에 숨어 들어온 정탐꾼 살몬을 숨겨 준 아름다운 인연으로 인해 나중에 그와 결혼하여 보아스를 낳는 얘기와, 가난한 과부 룻을 대하는 보아스의 따뜻하고 진실하며 배려 깊은 마음을 보면 가슴이 훈훈해지기도 하고, 소년 다윗의 아름다운 얼굴과 골리앗을 단숨에 쓰러뜨린 그의 용맹과, 시기와 질투에 사로잡힌 채 끊임없이 자기를 죽이려 하던 사울 왕에 대해서 그가 지녔던 한결같은 신의를 보면 한 편의 드라마를 보는 듯 가슴이 뭉클해지기도 한다.

그러나 그런 다윗도 우리아의 아내 밧세바를 아내로 취하는 과정에서 자신의 허물과 거짓을 덮기 위해 더할 나위 없는 간악함과 잔인함을 보이기도 하고, 세상에서 가장 슬기롭고 지혜로웠던 임금으로서 이스라엘에 다시없는 부귀와 태평성대를 가져다준 솔로몬이었지만 그에게도 지혜만이 아닌, 바로 자기 아들 대에 무너질 성전과 왕궁을 건축하느라 자신과 나라의 전부를 소진해 버리는 어리석음도 있었다. 그리고 그 이후의 아들들에게서도 낮과 밤이 교차하듯 밝은 모습과 어두운 모습들이 끊임없이 번갈아 가며 명멸해 가는 것을 보았다. 그리고 그 모두가 똑같이 진리이신 예수의 족보 안에 조금의 가감이나 첨삭도 없이 있는 그대로 들어가 있었다.

자, 이제는 이 모든 이야기들을 우리 '안' 곧 우리 '내면의 이야기'로 돌이켜 보자. 중요한 것은 과거 속의 '그들'이 아니라 지금 이 순간의 우리 자신이기 때문이다. 지금 이 순간 속에 살고 있는 '나'의 마음에 참된 평화가 임하고 자유가 찾아와서 내가 진정으로 행복해질 수 있는 '길'을 우리 안에서 발견하는 것이 무엇보다도 소중하기 때문이다. 그리고 그 '길'을 이 예수의 족보가 분명하게 가리켜 보여 주고 있기 때문이다.

아브라함으로부터 시작하여 예수가 탄생하기까지의 그 모든 인간 군상들과, 그들의 적나라한 삶들과, 그들이 보여 준 온갖 부끄럽고 아름다운 마음들과, 그 수많은 이름들이 조금의 가감이나 첨삭도 없이 있는 그대로 '예수의 족보' 안에 남김없이 들어가 있다는 것을 우리 '내면'으로 돌이켜 말해 보면, 곧 지금 이 순간 우리의 마음 안에서 일어나고 있는 온갖 다양한 모양의 감정, 느낌, 생각들이 조금의 가감이나 첨삭도 필요 없이 있는 그대로 '길과 진리와 생명의 족보' 안에 남김없이 들어가 있다는 것을 의미한다. 다시 말하면, 우리는 지금 이대로 이미 '길' 위에 서 있으며, '진리' 안에 있고, 영원한 '생명'으로서 존재하고 있다는 것이다.* 진리란 바로 매 순간의 '현존'이기 때문이다. 이 실상을 성경은 '예수의 족보'를 통하여 아름답게 우리에게 보여 주고 있는 것이다.

그러므로 우리가 따로 해야 할 일은 아무것도 없다. 이미 '길과 진리와 생명의 족보' 안에 들어가 있는데, 다시 무슨 방법과 노력을 통하여 그 안으로 들어갈 수가 있다는 말인가. 다만 매 순간 있는 그대로의 자신을 온전히 받아들이며, 매 순간의 '지금' 속에 존재하면 될 뿐!

낮과 밤이 번갈아 교차함으로써 온전한 하루가 되듯이, 어둠이 있기에 빛이 있듯이, 매 순간 우리의 마음 안에서 번갈아가며 교차하고 있는 밝은 것과 어두운 것, 강한 것과 약한 것, 분명한 것과 모호한 것, 좋은 것과 나쁜 것, 질서와 혼란, 일어서는 것과 무너지는 것, 지혜와 어리석음, 편안함과 불안, 당당함과 우울, 기쁨과 슬픔, 분노와 자비, 사랑과 미움, 넉넉함과 초라함, 앎과 모름 등의 그 모든 것들을 있는 그대로 받아들이며, 다만 매 순간 있는 그대로의 '나'로서 존재하라. 그 '나'를 가감하고 첨삭하

---

* 이 말은 곧 중생 그대로가 부처라는 말과 같다.

『대승찬(大乘讚)』을 쓴 지공화상(誌公和尙)은 이렇게 노래한다.

若言衆生異佛 迢迢與佛常疎 佛與衆生不二 自然究竟無餘

"중생이 부처와 다르다고 말하면, 부처와는 늘 까마득히 멀다. 부처와 중생이 둘이 아니면 그것이 바로 완전한 깨달음이다."

느라 헛되이 수고하며 애쓰지 말라. '나'는 지금 이대로 이미 '길
과 진리와 생명의 족보' 안에 온전히 들어가 있다.

9
네 원수를 사랑하라

싸워야 할 대상이 영원히 사라져 버린 것이다.
그와 동시에 착각 속에서 언제나 목말랐던 영혼의 모든 갈증과
방황이 끝이 나고, 우리 안의 모든 상처가 치유되며,
메말랐던 모든 감정들이 다시 되살아나 진정한 기쁨과 감사가
우리를 따뜻이 감싸게 된다.

이는 하나님이 그 해를 악인과 선인에게 비추시며 비를 의로운 자와 불의한 자에게 내려주심이니라.

_마태복음 5:45

성경은 참 좋은 책이기도 하지만 그만큼 오해의 소지가 많은 책이기도 하다. 선지자 이사야의 고백처럼 성경은 "마음이 상한 자를 고치며 포로 된 자에게 자유를, 갇힌 자에게 놓임을 전파하는"(이사야 61:1) 아름답고 감사한 책이기도 하지만, 그것을 잘못 읽으면 오히려 우리의 마음을 율법과 계명에 매이게 하고, 은혜와 진리는 우리의 노력과 수고와 행위에 있지 않음에도 불구하고 끊임없이 거기에 매달리게 함으로써 자유는커녕 도리어 우리 삶의 발걸음을 더욱 무겁게 만들기도 한다.

그렇게 오해의 소지가 많은 표현들 가운데 하나가 바로 "네 원수를 사랑하라."는 말씀이다. 이는 예수께서 무리를 보시고 산에 올라가 가르치신 유명한 산상수훈(山上垂訓) 중에 나오는 말로

서, 이제 그 말씀을 여기에 다시 펼쳐 봄으로써 그에 대한 우리
의 오랜 오해들을 풀어 보고 싶다.

또 네 이웃을 사랑하고 네 원수를 미워하라 하였다는 것을 너
희가 들었으나 나는 너희에게 이르노니, 너희 원수를 사랑하며
너희를 핍박하는 자를 위하여 기도하라. 이같이 한즉 하늘에 계
신 너희 아버지의 아들이 되리니, 이는 하나님이 그 해를 악인과
선인에게 비추시며 비를 의로운 자와 불의한 자에게 내려주심이
니라. 너희가 너희를 사랑하는 자를 사랑하면 무슨 상이 있으리
오. 세리*도 이같이 아니하느냐. 또 너희가 너희 형제에게만 문
안하면 남보다 더 하는 것이 무엇이냐. 이방인들도 이같이 아니
하느냐. 그러므로 하늘에 계신 너희 아버지의 온전하심과 같이
너희도 온전하라.(마태복음 5:43~48)

우리의 영혼을 진실로 자유케 해줄 주옥같은 진리의 말씀들로
가득한 성경을 우리가 잘못 읽음으로써 오해하게 되는 가장 큰

---

* 세리(稅吏) 세금을 징수하는 관리. 당시 세리는 유대인들로부터 세금을 징수하여
일정액을 로마에 상납하고 거기서 폭리를 취했기 때문에 동족들로부터 반역자라
고 천대를 받았다.

원인은 그 말씀들을 '밖'으로 읽기 때문이다. 그렇게 '밖'으로 읽게 되면 성경의 모든 말씀들은 우리에게 참다운 은혜가 되기보다는 오히려 짐이 되어 우리의 마음을 무겁게 하고 힘들게 할 뿐만 아니라 진리로부터도 멀어지게 한다. 일찍이 예수가 "또 여기 있다 저기 있다고도 못하리니, 하나님의 나라는 너희 안에 있느니라."(누가복음 17:21)고 말씀하셨듯이, 모든 참되고 영원한 것들은 바로 지금 이 순간의 우리 자신 '안'에 있다. 그러므로 그에 이르는 '길'을 너무도 자상하고 분명하고 친절하게 가리켜 보여 주고 있는 성경의 모든 말씀들 또한 '밖'으로가 아니라 '안' 곧 우리 '내면의 이야기'로 돌려 읽어야 한다. 그랬을 때 단지 성경을 읽는 것만으로도 우리는 우리 자신을 보다 분명하게 보게 되고, 그럼으로써 우리 스스로가 짊어지고 있던 많은 무거운 짐들을 내려놓게도 되어 마침내 우리의 영혼에는 자유가, 우리의 삶에는 참된 평화와 감사와 기쁨이 가득히 흐르게 된다.

"나는 너희에게 이르노니, 너희 원수를 사랑하며 너희를 핍박하는 자를 위하여 기도하라."는 예수의 이 말씀도 '밖'으로가 아니라 우리 '안'으로 읽어야 한다. 이 말씀을 '밖'으로 읽게 되면 이 눈부신 진리의 말씀이 한 순간 율법이나 계명이 되어 우리의 마음과 삶을 한없이 짓누르게 된다. 생각해 보라, 살아가면서 우리를 무한히 힘들게 하고 지치게 하는 원수를 사랑하기가 그리 쉬운 일인가. 또 우리를 핍박하는 자를 위하여 기도하며 살기가 그리 가볍겠는가. 그런데도 이 말씀을 그렇게만 받아들여서 온전히 실천하는 가운데 그 말씀 앞에서 조금도 부끄럽지 않은 삶을 살려고 하면 그 마음의 짐이 얼마나 무겁겠는가. 왜냐하면 아무리 마음을 다하고 뜻을 다하고 힘을 다하여 그 말씀을 실천하려고 해도 아직 완전하게 행하고 있지 못한 자신을 자주 목격하게 될 것이기 때문이다. 또한 그 말씀 앞에서 여전히 힘들어하고 있는 자신을 발견할 수밖에 없으며, 결국 지켜야만 하는 계명 앞에서 '지킬 수 없는' 자신을 목도할 수밖에 없기 때문이다.

진리이신 예수는 우리의 마음을 무겁게 하거나 힘들게 하는 말씀은 단 한마디도 하지 않았다. "내가 이를 위하여 태어났으며 이를 위하여 세상에 왔나니, 곧 진리에 대하여 증거하려 함이로라."(요한복음 18:37)고 하신 말씀처럼, 예수는 우리에게 진리를 증거함으로써 우리의 영혼을 진실로 자유케 해주기 위해서 그 말씀을 하셨다. 그런데 우리가 그 말씀의 참뜻을 오해하고는 율법이나 계명처럼 받아들임으로써 스스로 무거운 짐을 지게 된 것이다. 즉, "네 원수를 사랑하라."는 이 말씀에 대한 완전한 실천의 길은 결코 '밖'으로의 완전한 실천 속에 있지 않다는 것을 우리가 깨닫지 못하고 있는 것이다.

그렇듯 우리는 늘 무언가를 오해하고 있다. 그 오해로 인해 우리는 지금 이 순간 '길'을 잃어버리고 있는 것이다. 그렇다면, 그 오해란 무엇일까? 그리고 우리의 '원수'는 누구이며, 우리를 '핍박하는 자'는 또 누구일까? 놀랍게도, 그들은 바로 우리 자신 안에 있다.

얼마 전에 몹시도 우울한 목소리로 어떤 사람에게서 전화가 왔다. 자신은 서울에 살고 있고, 인터넷 사이트와 책을 통하여 나를 알게 되었는데, 마음이 너무 괴롭고 힘들어서 나를 꼭 한 번 만나고 싶다고 했다. 그래서 무엇 때문에 그러느냐고 물었더니, 자신은 오랫동안 강박증을 앓고 있는데, 그것을 고치기 위해서 할 수 있는 모든 방법과 노력들을 다 해봤지만 아무런 소용이 없었고, 오히려 증상은 더욱더 심해져서 이제는 아예 꼼짝달싹도 하지 못하는 지경이 되어 버렸다는 것이다. 그런데 그런 상태로는 도저히 살아갈 수가 없을 것 같은데, 어떻게 하면 좋겠느냐는 것이다. 그 마음의 절박함이 나에게도 짙게 느껴져서 시간이 되는 대로 언제든 오라고 말했다.

바로 그 다음 날 오후 동대구 터미널로 달려 내려온 그를 만나 근처 찻집에서 차 한 잔을 마주하고 앉았을 때, 그는 머뭇거리면서도 힘들고 괴로웠던 지난 삶의 이야기들을 하나하나 털어놓기 시작했다. 그는 고등학교 1학년 때 갑자기 찾아온 강박 때문에 무려 16년 동안이나 그 안에 갇힌 채 온갖 모양으로 강화되고 더욱 세밀화된 그 강박에 시달리며 숨조차 마음껏 내쉬지 못하고 있었다. 아, 얼마나 힘들었을까! 그는 눈물을 흘리면서 오랜 시간 자신의 힘들었던 마음의 얘기들을 내게 쏟아 놓았는데, 이윽고 얼굴을 들고는 아직도 눈물이 그렁그렁한 눈으로 나를 바라보며 "선생님, 저는 어떡하면 좋습니까?"라고 말했을 때, 나는 간곡한 마음으로 그에게 이렇게 되물으며 말을 시작했다.

"그런데…… 님은 강박에 갇혀 살아온 지난 16년 동안의 힘겨웠던 삶을 말씀하셨지만, 그 많은 시간들을 한마디로 말하면 오직 '강박으로부터 벗어나기 위한 몸부림의 연속'이었다고 말할 수 있지 않습니까?"

"예, 그렇습니다. 맞아요! 어느 순간 갑자기 찾아온 그 강박으로 인해 제 인생은 엉망이 되어 버렸으니까요. 아, 생각하면 생각할수록 억울하고 분하고 안타깝고…… 왜 내게 이런 일이 일어났는지…… 할 수만 있다면 지금이라도 당장 옛날의 저 자신으로 돌아가고 싶어요! 그 강박 때문에 제가 꿈꿔 왔던 제 삶의 모든 것들도 남김없이 다 깨어지고…… 더구나 얼마나 많은 세월 동안을 납덩이같은 가슴을 안은 채 숨도 제대로 쉬지 못하며 살아왔는지…… 아, 그 강박만 없었더라면!"

그랬기에, 그에게 있어서 그 강박은 얼마나 죽여 버리고 싶은 '원수'였겠으며, 자신 안에서 영원히 뽑아내 버리고 싶은, 꿈속에서조차 만나고 싶지 않은 '철천지원수'가 아니었겠는가. 또한 그 강박은 언제나 어느 순간에나 느닷없이 튀어나와 자신을 무한히 힘들게 하고 지치게 하는, 그래서 자신의 마음과 인생을 온갖 모양으로 '핍박하는 자'가 아니었겠는가. 그래서 그는 오직 자신 안에서 그 강박이 사라져 없어지기만을 미친 듯이 갈구했던 것이다.

"그런데 그 강박으로부터 벗어나기 위한 지난 16년 동안의 처절했던 그 노력과 몸부림이 단 한 톨이라도 님에게 참된 자유와 해방을 가져다주던가요?"

"아뇨, 그렇기는커녕 오히려 이제는 아주 사소한 일들 속에서도 강박증세가 심하게 나타나서 더욱 꼼짝달싹 못하게 되어 버렸습니다!"

"그렇지요? 바로 그겁니다! 그 분명한 사실 하나만이라도 님이 깊이 자각한다면, 다시 말해 '강박으로부터 벗어나고자 했던' 16년 동안의 온갖 노력이 님을 강박으로부터 벗어나게 해주기는커녕 도리어 더욱더 그 속에 갇혀 버리게 했다는 사실 하나만이라도 님이 진실로 이해한다면, 일상 속에서 다시 강박증세가 나타난다고 하더라도 지금까지 본능적으로 해왔던 것처럼 그렇게 '강박으로부터 벗어나고자 하는' 헛된 몸부림을 또다시 되풀이하겠습니까? 아니, 16년 동안의 명백한 실패가 지금 님 앞에 이렇게나 뚜렷이 있는데도요? 이미 '안 된다'는 결론을 님은 님 자신의 오래고도 고통스러운 삶을 통하여 거듭거듭 확인해 오셨습니다. 그런데도 그 사실을 명확하게 인식하지 못한 채 아직도 무언가를 '함'을 통하여 그 강박으로부터 벗어날 수 있는 길을 찾고 계십니까?"

이 대목에서 그는 무언가 새로운 각성이 자신 안에서 일어나고 있는 듯 무척 상기된 얼굴로 뚫어져라 나를 쳐다보며 내 말에 귀를 기울이고 있었다. 나는 그 모습을 놓치지 않으면서 이야기를 계속했다.

"님이 이 사실 하나만이라도 깊이 자각한다면, 님의 삶 속에서 또다시 온갖 종류의 강박증세가 나타난다고 하더라도 다시는 '강박으로부터 벗어나고자 하는' 헛된 몸부림을 하지 않게 될 것입니다. 왜냐하면 골백번을 더 하더라도 그것은 이미 '안 되는' 일임이 님의 삶을 통하여 명명백백하게 드러났으니까요. 그리하여 마침내 님이 '강박으로부터 벗어나려는' 몸짓을 멈추게 될 때, 그 순간 님의 마음 안에서는 어떤 질적인 비약이 일어나 영원히 강박으로부터 놓여나는 참된 자유를 얻게 될 것입니다. 사실은 강박이 문제가 아니라 그 강박에 저항하며 그것으로부터 벗어나려고만 했던 그 마음이 끊임없는 구속과 괴로움들을 만들어 냈던 것이니까요. 그러므로 그 마음을 멈출 때, 님은 어느새 강박에 매이지 않는 자신을 문득문득 발견하게 될 것이고, 그와 동시에 님의 마음과 삶 속에서도 강박은 스스로 치유되고 사라져, 오래지 않아 이제는 끝났다는 안도감과 함께 진정한 평화로움과 자유가 님의 영혼을 가득히 채우게 될 것입니다."

그런데 참 고맙고 감사했던 것은, 나의 애틋한 이야기를 듣는 동안 그는 어느새 자신에게 일어났던 그 모든 일들을 완전히 새롭게 이해하게 되었다는 것이다. 그랬기에, 내가 말을 마쳤을 때 그는 대뜸 "이제 알겠습니다. 제 삶의 모든 것을 이해했습니다. 제가 무엇을 해야 하는지도 비로소 알았습니다. 고맙습니다, 선생님."이라고 힘주어 말하면서 환한 얼굴로 자리에서 일어났다. 그리곤 터미널까지 배웅해 주겠다는 나를 한사코 사양하면서, 다만 정중히 머리 숙여 진심으로 감사하다는 말을 남기고는 총총히 사람들 속으로 사라져 갔다.

예수는 우리에게 말한다. "너희 원수를 사랑하며 너희를 핍박하는 자를 위하여 기도하라."고. 이때 우리의 '원수'와 우리를 '핍박하는 자'는 우리 밖에 있는 어떤 대상이나 사람을 가리키는 것이 아니다. 그것은 우리 안에 있으면서 언제나 예기치 않은 순간에 불쑥 나타나 우리를 힘들게 하고 지치게 하는 바로 그것, 이를테면 강박이나 우울, 불안, 말더듬, 대인공포, 수치심, 무기력, 외로움, 미움, 그리고 온갖 형태의 열등감과 결핍감 등등을 가리킨다. 우리는 단 한 순간도 그런 것들을 삶 속에서 경험하고 싶어 하지 않으며, 할 수만 있다면 그 모든 것들을 우리 안에서 남김없이 몰아내 버리고는 그 완전한 평화 속에서 언제나 자유롭고 당당하게 살아가고 싶어 한다.

그렇기에, 그것들이 우리 안에서 조금이라도 고개를 들려고 하면 우리는 대번에 서슬 퍼런 마음의 칼을 빼들고는 얼마나 단칼에 베어 버리려고 하는가. 그런데도 그것들이 쉽게 베어지지 않거나, 베었다 싶은데 다시 또 오고 다시 또 찾아올 땐 얼마나 속을 태우며 그것들이 영원히 찾아오지 못하게 할 수 있는 방법들을 찾고 또 찾는가. 그들은 정녕 우리를 무한히 힘들게 하고 괴롭게 하는 우리의 '원수'요, 우리를 '핍박하는 자'인 것이다.

그래서 우리는 언제나 그것들과 싸우면서 단 하나도 우리 안에 남겨 두지 않고 없애 버리려고 애를 쓰건만, 예수는 도리어 "너희 원수를 사랑하며 너희를 핍박하는 자를 위하여 기도하라."고 말한다. 아, 어떻게 그것들을 사랑할 수 있으며, 어떻게 그들을 위해 기도한다는 말인가!

그러나 사랑은 다른 것이 아니다. 우리 안에 있는 '원수'들을 없애 버리려고 하는 그 마음을 내려놓는 것, '강박으로부터 벗어나려는' 몸짓을 멈추는 것, 우리를 '핍박하는 자'를 베기 위해 들었던 그 마음의 칼을 버리는 것, 그것이 바로 사랑이다. 그리고 그 모든 것들을 매 순간 있는 그대로 받아들이는 것이 바로 기도이다.

이같이 한즉 하늘에 계신 너희 아버지의 아들이 되리니……

그 내려놓음 속에서, 그 멈춤 속에서, 그 받아들임 속에서, 그 사랑과 기도 속에서 우리는 비로소 우리 자신 안의 진실을 보게 된다. 없애 버리거나 베어야 할 '원수'란 본래 없었음을, 그들을 '원수'로 여기고 '핍박하는 자'로 보게 한 것은 오로지 그것들을 거부하고 저항하며 끊임없이 없애 버리려고 했던 그 마음이 만들어 낸 착각이요 허구였음을, 그리하여 모든 것은 다만 있는 그대로일 뿐 아무것도 아니었음을, 우리 안에는 원수는커녕 오직 사랑해야 할 '나'밖에 없었음을, 그 모든 것들이 낱낱이 '나'였음을 비로소 깨닫게 되는 것이다.

그 깨달음과 함께 마침내 우리 안에는 완전한 평화가 찾아온다. 싸워야 할 대상이 영원히 사라져 버린 것이다. 그와 동시에 착각 속에서 언제나 목말랐던 영혼의 모든 갈증과 방황이 끝이 나고, 우리 안의 모든 상처가 치유되며, 메말랐던 모든 감정들이 다시 되살아나 진정한 기쁨과 감사가 우리를 따뜻이 감싸게 된다.

그렇게 우리 안이 평화로 가득 찰 때 '밖'으로의 모든 싸움 또한 영원히 멈춘다. 우리 안에서 싸워야 할 대상이 사라지면서 동시에 밖의 대상도 사라져 버렸기 때문이다. 그리하여 우리 마음 안에서는 모든 의미의 '소유'가 끝이 나서 더 이상 무언가로 자신을 채우려고 하지 않게 되고, 그러면서 사람들을 있는 그대로 대할 줄도 알게 되어 모든 인간관계가 편안해지며, 어디를 가나 누구를 만나더라도 자유로운 마음을 잃어버리지 않게 된다. 삶이 조금씩 즐거워지기 시작하고, "내가 어렸을 때에는 말하는 것이 어린아이와 같고 깨닫는 것이 어린아이와 같고 생각하는 것이 어린아이와 같다가 장성한 사람이 되어서는 어린아이의 일을 버렸노라."(고린도전서 13:11)는 말씀처럼, 자신이 진정으로 성장해 가고 있다는 것을 느끼며 세상의 모든 살아 있는 것들에 대해 따뜻한 사랑의 눈길을 보내게 될 즈음엔 아! 모든 것이 '하나'라는 근원적인 자각도 가슴속에서 싹트게 된다.

그 자각과 함께 '밖'에서 우리를 힘들게 하던 사람들에 대해서도 조금씩 새롭게 보기 시작하면서, 봄바람에 얼음이 녹고 언 땅에 예쁜 새싹들이 돋듯 우리 마음 안에도 이해와 용서와 사랑의 꽃이 저절로 피어나 그들 또한 따뜻이 품게 된다. "내가 율법이나 선지자를 폐하러 온 줄로 생각하지 말라. 폐하러 온 것이 아니요 완전하게 하려 함이라."(마태복음 5:17)고 하신 예수의 말씀처럼, 우리가 우리 '안'의 원수를 사랑하게 되면서 자연스레 우리 '밖'의 원수도 사랑하게 되어, 마침내 안과 밖이 하나가 되는 것이다.

이는 하나님이 그 해를 악인과 선인에게 비추시며 비를 의로운 자와 불의한 자에게 내려주심이니라.

하나님이 언제나 그렇게 하시듯 이제는 우리도 우리 안에 있는 미움이나 우울, 불안, 수치심, 무기력, 외로움, 그리고 온갖 형태의 열등감과 결핍감 등등을 '나쁘다'고도 하지 않고 '초라하다'거나 '못났다'고 하지 않고 다만 있는 그대로 보게 되면서, 그것들에게도 똑같이 따뜻한 사랑과 관심의 해를 비추고 진심어린 존중의 비를 내릴 줄 알게 된다. 허공은 자신 안에 있는 그 어떤 것도 배척하거나 외면하지 않듯이, 우리도 우리 안에 있는 그 모든 것들을 비로소 온전하게 받아들이면서 매 순간 있는 그대로 존재할 줄 알게 된 것이다.

그렇게 우리가 우리 '안'을 차별하지 않고 그 전부를 받아들이게 되면서 우리 '밖'의 사람들도 차별하지 않고 있는 그대로 대할 줄을 알게 되며, 우리가 우리 '안'을 진실로 사랑하게 되면서 우리 '밖'의 사람들도 진정으로 사랑할 줄 알게 되는 것이다. 그렇듯 삶의 모든 아름다운 문을 여는 진정한 열쇠는 지금 이 순간 있는 그대로의 '나' 안에 있다. 예수의 말씀은 계속된다.

너희가 너희를 사랑하는 자를 사랑하면 무슨 상이 있으리오. 세리도 이같이 아니하느냐. 또 너희가 너희 형제에게만 문안하면 남보다 더하는 것이 무엇이냐. 이방인들도 이같이 아니하느냐.

이 말씀 또한 우리 '안'으로 돌려서 읽어 보자. 우리를 사랑하는 자, 곧 우리를 힘들게 하지도 않고 늘 기분 좋고 행복하게만 해주는 우리 안의 온갖 좋은 것들, 이를테면 편안함과 당당함, 충만감, 기쁨, 완전함 등만을 사랑하고, 열등감이나 우울, 불안, 외로움, 미움 등은 싫어하고 미워하고 외면한다면 무슨 상이 있겠는가. 또 우리가 우리 형제 곧 늘 친근감을 느끼며 함께 하고 싶은 우리 안의 성실, 즐거움, 지혜, 만족 등과 같은 것만을 자꾸 찾아가고자 한다면 남보다 더하는 것이 무엇이겠는가.

그러므로 하늘에 계신 너희 아버지의 온전하심과 같이 너희도 온전하라.

온전함이란 '있는 그대로'를 가리킨다. 그것은 곧 '그 어떤 것도 빠져 있거나 누락되어 있지 않은 것'을 의미한다. 그렇기에 지금 이 순간 잘난 것과 못난 것, 밝은 것과 어두운 것, 좋은 것과 나쁜 것, 완전한 것과 부족한 것, 희망적인 것과 절망적인 것 등을 우리 안에 빠짐없이 함께 지니고 있는 우리는 지금 이대로 이미 온전하다. 우리는 이미 하나님의 아들로서 하나님과 동행하고 있으며, 진리로서 존재하고 있다.

그러므로 '나'의 전부를 있는 그대로 받아들여라. 이미 온전한 '나'를 또다시 온전하게 하기 위해 헛되이 수고하지 말라. 낮은 반드시 밤에게 그 자리를 내어주며, 밤은 다시 아침이 되면 미련 없이 자신의 세계를 내려놓는다. 겨울이 가면 봄이 오고, 여름날

울창하던 숲도 찬바람이 불면 그 앙상한 속살을 훤히 드러낼 줄 안다. 맑은 날은 곧 흐리게도 되며, 강함이 있으면 약함도 있고, 빛은 어둠이 있기에 빛이다. 그러므로 다만 매 순간 있는 그대로 존재하라. 우리가 해야 할 일은 단지 그뿐이다. 그리하면 이 모든 진실을 스스로 알게 될 것이다.

예수는 우리 모두를 진리와 영원한 자유로 인도해 주기 위해 다시 한 번 간곡하게 말한다. "너희 원수를 사랑하며 너희를 핍박하는 자를 위하여 기도하라."고.

10
네 왼편 뺨도 돌려 대라

그리하여 진실로 매 순간을 있는 그대로 받아들여서
매 순간의 그것과 '하나'가 될 때, 그렇게 매 순간 있는 그대로 존재할 때,
우리는 즉시 마음의 모든 구속과 굴레로부터 벗어나
영원히 자유로울 수 있다고 예수는 말하고 있는 것이다.

나는 너희에게 이르노니, 악한 자를 대적하지 말라. 누구든지 네 오른편 뺨을 치
거든 왼편도 돌려 대며

_마태복음 5:39

예수가 산상수훈(山上垂訓) 중에 하신 진리의 가르침들 가운데 사람들에게 많이 오해되고 있는 말씀들을 조금 더 펼쳐 내어 우리 '안'으로 읽어 보자. 이렇게 하는 것은 그 말씀들을 '밖'으로 읽음으로 말미암아 우리 스스로가 지게 된 마음의 무거운 짐들을 내려 주고 싶기 때문이기도 하지만, 무엇보다도 예수의 진정한 가르침이 무엇인가를 드러내어 보여 주고 싶기 때문이다. "수고하고 무거운 짐 진 자들아, 다 내게로 오라. 내가 너희를 쉬게 하리라. 나는 마음이 온유하고 겸손하니 나의 멍에를 메고 내게 배우라. 그리하면 너희 마음이 쉼을 얻으리니, 이는 내 멍에는 쉽고 내 짐은 가벼움이라."(마태복음 11:28~30)고 하신 말씀처럼, 예수는 무슨 대단한 이야기나 특별하고 오묘한 말씀들을 하신 것이 아니라 지극히 단순하고 쉽고 또 가벼운, 그래서 누구나 지금 이 순간 자기 자신 안에서 진리를 깨달아 영원하고 완전한 자유로 들어갈 수 있는 '길'을 우리에게 가르쳐 주고 있는 것이다.

그렇기에 다만 그의 말씀에 온전히 귀를 기울이고, 그가 하라는 대로만 하면 우리는 즉시 진리를 알게 되어, 마음의 모든 무거운 짐들을 내려놓음과 동시에 삶의 모든 구속들이 풀어져서 진정 자유롭고 행복하게 감사하며 살아갈 수 있게 될 것이다. 그러므로 이제 예수가 가리키고 있는 그 쉽고 가벼운 우리 내면의 '길'로 들어가 보자.

또 눈은 눈으로, 이는 이로 갚으라 하였다는 것을 너희가 들었으나, 나는 너희에게 이르노니, 악한 자를 대적하지 말라. 누구든지 네 오른편 뺨을 치거든 왼편도 돌려 대며, 또 너를 고발하여 속옷을 가지고자 하는 자에게 겉옷까지도 가지게 하며, 또 누구든지 너로 억지로 오 리를 가게 하거든 그 사람과 십 리를 동행하고, 네게 구하는 자에게 주며 네게 꾸고자 하는 자에게 거절하지 말라. (마태복음 5:38~42)

예수는 언제나 우리에게 지금 이 순간에 존재하라고 말한다.

244

왜냐하면 우리가 영원한 자유를 얻을 수 있는 유일한 길은 오직 '지금'밖에 없기 때문이며, 진리란 바로 매 순간 있는 그대로의 것 이외의 다른 것이 아니기 때문이다.

여러 해 전 여름이 막 끝나가던 무렵의 어느 날 한 통의 전화가 걸려 왔다.

"여보세요, 김기태 선생님이십니까?"

"예, 그렇습니다만……"

"저는 광주에 사는 사람인데, 한 가지 여쭤 볼 게 있어서 전화를 드렸습니다."

"예, 말씀하세요."

그런데 그는 무슨 말인가를 잠시 하다가 말고는 갑자기 울음을 터뜨렸다. 나는 조금 놀라 하면서도 가만히 수화기를 든 채 그의 길게 이어지는 울음이 끝나기를 조용히 기다렸다. 그런데 거의 통곡에 가깝도록 한참을 울던 그는 죄송하다며, 다음에 다시 전화를 드리겠다고 말하고는 전화를 끊었다. 그리곤 다음 날 아침 잔잔해진 목소리로 다시 전화를 해서는 거의 한 시간이 다 되도록 전화기를 든 채 간간이 꺼억꺼억 울음 울기도 하면서 힘들었던 자신의 삶의 얘기들을 했다.

그는 고등학교를 졸업하면서부터 별다른 이유도 없이 허리가 아파 오기 시작되더니, 그것이 나중에는 척추디스크로 발전했고, 거기에다가 목디스크 증세, 축농증, 어지럼증, 방광염, 피부

염, 폐결핵에 이르기까지 15년이 넘는 세월 동안을 온갖 육체의 병마(病魔)와 싸워 오고 있었다. 그 때문에 대학을 다닐 때에도 2년 동안이나 휴학을 해야 할 만큼 공부를 제대로 할 수가 없었고, 직장 생활도 하지 못했으며, 결혼은 엄두도 못 내고 있었다. 내게 전화를 한 그때도 몸이 아파 광주의 어느 한적한 시골집에서 요양하며 겨우 하루하루를 보내고 있었다. 더욱이 그 오랜 세월 동안 자신의 병을 낫게 해줄 유명한 의사를 찾아 전국을 돌아다니느라 경제적으로는 이미 바닥이 나 있었다. 그는 그렇게 아픈 몸에 매인 채 당찬 삶의 발걸음 한 번 제대로 떼어 보지 못하고 있었던 것이다.

그랬기에, 병이 나아서 남들처럼 건강하게 살고 싶고 또 할 수만 있다면 보란 듯이 자신만의 삶의 꽃을 활짝 피우고 싶은 노력과 열망이야 오죽했겠는가. 그러나 그럴 때마다 자신의 발목을 사정없이 낚아채는 육체의 병 때문에 몇 걸음 떼어 보지도 못한 채 맥없이 넘어지기가 일쑤였고, 또한 그럴 때마다 어쩔 수 없이 접어야만 했던 자신의 바람과 희망에 대한 낙담과 절망은 또 얼마나 컸겠는가. 급기야 그는 인생의 패배자라는 자괴감과 함께 '미래'가 보이지 않는 암울함 속에서 삶의 의욕마저 완전히 잃어버리게 된다. 그러던 중에 우연히 알게 된 광주 근교의 어느 시골집에 요양차 가게 된 것인데, 거기서 2년이 지났을 즈음 인터넷을 통해 나를 알고는 전화를 했던 것이다.

그날 이후 몇 번 더 통화를 하면서 그의 집이 부산에 있다는 것을 알게 되었을 때, 마침 나도 매주 부산에 가서 노자의 『도덕경(道德經)』을 강의한다고 했더니, 자신도 꼭 가서 강의를 한 번 듣고 싶다고 했다. 그런데 바로 그 다음 강의 모임 때 그가 아픈 몸을 이끌고 강의실을 찾아왔다. 깡마르고 푸석한 얼굴에 눈은 움푹 들어갔고, 누가 보더라도 병색이 완연한 초췌한 몰골로 쭈뼛거리며 강의실에 들어설 때의 그의 모습을 나는 아직도 잊을 수 없다. 아, 그런데 이게 웬일인가! 그와 반갑게 악수를 하며 인사를 나누고는, 멀리서 온 그에게 초점을 맞추어 애틋하고 간곡한 마음으로 강의를 하며 '마음'에 관한 이야기들을 해 나가는데, 병으로 인해 오래 고통 받았을 그에게 따뜻한 위로의 말이나 마음의 상처를 어루만져 주는 말을 하는 것이 아니라, 자꾸만 내 입에서는 칼날과 같은 말들이 쏟아져 나왔다.

"님은 15년이 넘는 세월 동안 몹시도 몸이 아팠다고 했지만, 제가 보기에는 단 한 순간도 아파 본 적이 없는 것 같습니다. 단 한 순간도 아파 본 적이 없기에 님은 아픔이 뭔지도, 고통이 뭔지도 모르는 사람입니다. 그러니, 이제 쇼는 그만 하시지요!"

책상에 가만히 앉아 있기조차 힘든 모습으로 웅크린 채 강의를 듣고 있던 그의 얼굴은 '쇼'라는 말에 일순간 설명할 길 없는 분노와 억울함으로 깊이 일그러졌고, 그러면서도 자신은 강의를 들으러 온 사람임을 잊지 않으려는 듯 인내하며, 나의 다음 말을 기다리고 있었다. 나는 그런 그의 모습에 시선을 고정시키며 말을 계속했다.

"왜 그런지 아십니까? 님은 아프다 아프다 하시지만, 정작 님의 마음은 오직 병이 낫고 싶고 하루라도 빨리 건강해지고만 싶어서 '지금' 님에게 찾아와 있는 그 병을 끊임없이 원망하고 저주하면서 그것으로부터 벗어나고 달아나려고만 할 뿐, 단 한 순간도 그 병을 있는 그대로 받아들여 그 아픔과 고통 속에 온전히 있어 본 적이 없습니다. 그렇듯 단 한 순간도 병을 받아들여 본 적이 없고, 단 한 순간도 그 아픔이나 고통 속으로 들어가 본 적이 없는 사람이 어떻게 아픔을 알며, 어떻게 고통이라는 것을 알겠습니까? 그렇지 않나요? 그래서 제가 그런 말을 했던 겁니다.

그런데 병은 그렇게 낫는 게 아니에요. 지금까지 님이 가졌던 그런 마음으로는 결코 병이 나을 수가 없어요. 님이 진실로 병이 낫고 싶고 건강해지고 싶다면, 병이 낫고 싶고 건강해지고 싶은 바로 그 마음을 한번 버려 보세요. 그래서 단 한 순간만이라도 건강을 향한 그 마음을 내려놓고 '지금'을 있는 그대로 받아들여 보세요. 병에 대한 마음의 모든 저항과 거부를 내려놓고 '지금'의 그 아픔과 고통을 온전히 받아들인 채 그 속에 한 번 있어 보라는 말입니다. 그렇게 님의 마음이 건강한 '미래'가 아닌 '지금'으로 돌아와 있는 그대로의 자기 자신을 온전히 싸안게 되면, 그래서 님의 마음이 병과 하나가 되고 아픔과 하나가 되고 고통과 하나가 되면, 그때 비로소 님의 마음 안에서는 모든 저항과 싸움이 끝난 깊은 평화가 흐르게 되고, 그 평화 속에서 님의 몸은 진정으로 치유되기 시작할 것입니다.

우리의 삶이 고통스럽고 불행한 것은 병이나 어떤 문제 때문이 아니에요. 오히려 그 병이나 문제에 끊임없이 저항하고 싸우면서 그것이 사라진 자리에서만 평화롭고자 하는 바로 그 마음 때문에 우리는 끝없이 고통 받고 불행한 거예요. 따라서 지금 여기 있는 그대로의 것에 대한 모든 저항을 그치고 온전히 그것을 받아들여서 그것과 하나가 되고 그 자체가 되어 보면, 그렇게 매 순간 있는 그대로 존재해 보면, 그때 우리는 알게 돼요, 우리 자신은 사실 본래부터 그러한 모든 문제들과는 아무런 상관이 없는 존재라는 것을요. 그러한 문제나 병이 결코 우리를 구속할 수 없다는 것을요. 뿐만 아니라 우리가 끊임없이 저항하고 거부해 왔던 바로 그것이 사실은 우리를 진정으로 자유하게 해주고 우리의 영혼을 질적으로 비약하게 해주어 우리로 하여금 지금 이 순간 속에서 영원한 자유를 만나게 해주는 진리의 '길'이었음을요……."

나는 참으로 간곡하고도 애틋하게 이야기를 계속해 나갔다. 그런데 시간이 지나면서 그의 얼굴은 어느새 부드럽게 이완되어 있었고, 눈동자는 설명할 길 없는 공감과 공명(共鳴)으로 가볍게 떨리고 있었다. 그렇게 한 시간 남짓한 강의가 끝났을 때 그는 상기된 얼굴로 일어서서는 내 손을 꼭 잡으며 고맙다는 말과 함께 다음 주에 또 오겠다는 말을 남기고 조용히 돌아갔다.

그리고는 몇 번을 더 찾아와서 아무 말 없이 강의를 듣고 돌아가곤 했는데, 그러던 어느 날 지하철역에서 내려서 자신의 집으로 걸어가던 길 위에서 그는 자신도 모르게 짧은 외마디 비명을 지르고 만다. 자기 자신에 대해 전혀 뜻밖의 진실을 발견하게 되는 순간이었던 것이다.

'아니, 이럴 수가! 나는 지난 39년 동안 단 한 번도 나를 받아들여 본 적이 없구나! 단 한 번도 나를 진정으로 사랑해 본 적이 없구나! 어떻게 이런 일이 가능했을까? 아, 나는 한 번도 나 자신과 함께 살아 본 적이 없다…… 내 삶은 자학의 삶이었구나…… 내 기준에 못 미치는 이 육신을 닦달하고 정신적으로 고문하면서 한없이 학대하며 살았구나! 내가 만든 허구의 기준 때문에 병든 이 몸은, 진정 사랑받았어야 할 이 몸은 도리어 멸시를 당하고 오랜 자학 속에 시달려 왔구나……!'

그 자각과 함께 그는 오랫동안 굵은 눈물을 흘리며 울고 또 운다. 처음으로 자기 자신을 위해 울고 또 울었던 것이다. 그리곤 자신의 삶의 전부를, 그 오랜 고통을 있는 그대로 받아들이게 된다. 그런데 참 놀랍고 감사한 것은, 그 순간부터 그의 병이 조금씩 낫기 시작한 것이다. 매주 부산으로 강의를 갈 때마다 그는 눈에 띄게 좋아 보였는데, 얼마나 그 치유의 속도가 빨랐느냐 하면, 대문 밖을 나서서 10분을 채 걷기도 전에 땅바닥에 주저앉던 그가 나중에는 동료들과 함께 축구를 하면서 신명나게 뛰다가 엄지발가락을 다쳤다며 붕대를 감은 채 환한 얼굴로 찾아오기도 했다.

지금 그는 언제 아팠냐는 듯 건강하게 잘 살아가고 있다. 뿐만 아니라 자기 자신의 삶의 모든 것으로부터 배울 줄 아는 마음도 열리게 되어, 하루하루를 진정으로 감사하며 살아가고 있다.

예수는 우리에게 말한다. "악한 자를 대적하지 말라."고. 이때 '악(惡)' 자는 '나쁠 악' 자인데, 예수의 이 말씀을 우리 '안' 곧 우리 자신에게로 돌이켜 보면, '악한 자'란 우리가 우리 안에서 '나쁘다'고 생각하는 모든 것을 가리킨다. 광주에서 내게 전화를 했던 그 사람에게는 육체의 병이 바로 '악한 자'이며, 또한 시시로 때때로 우리 안에서 올라와 우리를 힘들게 하고 지치게 하는 미움이나 우울, 불안, 수치심, 무기력, 외로움, 그리고 온갖 형태의 열등감과 결핍감 등등이 바로 '악한 자'인 것이다.

우리는 언제나 그것들을 대적한다. 그렇지 않은가? 그것들이 너무 못났다고, 초라하다고, 볼품없고 보잘것없다고, 부끄럽다고, 언제나 나답게 사는 길을 가로막는다고, 그래서 '나쁘다'고 하면서 그것들을 무시하고 멸시하고 외면하거나 싸워서 이기려고 하는 모양으로 언제나 그것들에 대적한다. 그 '악한 자'들이 우리 안에서 영원히 사라져 없어지는 것만이 진정 선(善)이라고 생각하면서 말이다.

그러나 예수는 말한다. "악한 자를 대적하지 말라."고. 이 말씀은 곧 "매 순간 있는 그대로의 너 자신에게 저항하지 말라. 너 자신을 거부하지 말라. '악한 자'란 본래 없다. 네가 그토록 거부하고 저항하며 대적하려는 그것이 사실은 바로 '너 자신'이다. 그러므로 그 모두를 다만 있는 그대로 받아들이라. 그것들에게 대적하려는 마음을 내려놓고 다만 매 순간 있는 그대로 존재하라. 진실로 그리할 때 그 온전한 '받아들임' 속에서 너는 기적을, 자유를, 마음의 참된 평화와 쉼을 얻게 될 것이다."라는 말씀이다.

그 '길'을 보다 구체적으로 가리키기 위해 예수는 또 이렇게 말한다. "누구든지 네 오른편 뺨을 치거든 왼편도 돌려 대며, 또 너를 고발하여 속옷을 가지고자 하는 자에게 겉옷까지도 가지게 하며, 또 누구든지 너로 억지로 오 리를 가게 하거든 그 사람과 십 리를 동행하고, 네게 구하는 자에게 주며 네게 꾸고자 하는 자에게 거절하지 말라."고. 이때 우리의 오른편 뺨을 치는 자도, 우리를 고발하여 속옷을 가지고자 하는 자도, 우리로 하여금 억지로 오 리를 가게 하는 자도, 우리에게 구하고 또 꾸고자 하는 자도 모두가 우리 '안'에 있는 '악한 자'인 것이다.

그리하여 "누구든지 네 오른편 뺨을 치거든 왼편도 돌려 대라."는 이 말씀은 곧 어느 순간 갑자기 육체의 병이나 열등감, 우

252

울, 불안, 수치심 등등 우리가 우리 안에서 '나쁘다'고 생각하는 무언가가 우리의 삶과 마음 속에서 나타나 우리를 치거든 그것에 저항하거나 대적하지 말고, 그것들을 원망하거나 저주하며 거부하지 말고, 다만 그 순간 있는 그대로를 받아들이라는 말이다. 그것들은 그때그때의 인연 따라 잠시 생겼다가 사라지는 실체가 없는 것들이어서 '악한 자'도 아니요 우리의 근본을 다치게 하거나 상처 줄 수 있는 무엇도 아니기에, 다만 그 있는 그대로를 받아들이며 그 순간에 존재해 보면, 그 무저항 속에서, 그 무위(無爲) 속에서 우리는 뜻밖에도 자유를, "영생하도록 솟아나는 샘물"(요한복음 4:14)을 마시게 될 것이라는 것이다. 다시 말해, 지금 이 순간 있는 그대로의 '이것'이 바로 우리를 영원한 자유로 인도해 주는 길이요 진리요 생명이라는 것이다. 그 영생의 '길'을 예수는 너무나 쉽게 우리 모두에게 알려 주고 있는 것이다. "누구든지 네 오른편 뺨을 치거든 왼편도 돌려 대라."고.

"또 너를 고발하여 속옷을 가지고자 하는 자에게 겉옷까지도 가지게 하라."는 이 말씀도 마찬가지다. 이때 '우리를 고발하여 속옷을 가지고자 한다.'는 것은 곧 우리가 살아가면서 때로 우리 안에 있는 초라함과 수치와 부끄러움이 까발려져서 드러나는 것을 가리킨다. 그런데 그 순간 "겉옷까지도 가지게 하라."는 말씀은 곧 그것을 감추려고 하거나 덮으려고 하거나 다른 무엇으로 바꾸려고 하지 말라는 것이다. 단 한 순간만이라도 자신의 그 있는 그대로를 인정하고 시인하며 받아들여 보라는 것이다. 왜냐 하면 "아담과 그의 아내 두 사람이 벌거벗었으나 부끄러워하지 아니하니라."(창세기 2:25)는 말씀처럼, 우리의 있는 그대로의 '벌 거벗은' 모습은 결코 부끄러운 것도, 수치스러운 것도, 초라한 것 도 아니기 때문이다. 다만 있는 그대로일 뿐 아무것도 아니기 때 문이다. 또한 그것은 결코 감추거나 숨겨야 할 무엇이 아니라 인 정하고 시인하며 받아들여야 할 우리 자신이기 때문이며, 지금 이 순간 있는 그대로의 '이것'이 바로 '참 나(眞我)'이기 때문이다. 그렇듯 매 순간의 '나'를 있는 그대로 받아들여 그냥 '나'로서 존 재할 때, 즉 우리의 속옷을 가지고자 하는 자에게 겉옷까지도 기 꺼이 가지게 할 때 우리는 방어할 두려움이 없는 자유를, 그 무 엇에도 한정되지 않는 완전하고도 영원한 자유를 누리게 되는 것이다.

"또 누구든지 너로 억지로 오 리를 가게 하거든 그 사람과 십 리를 동행하라."는 이 말씀은 또 어느 순간 문득 우리 안에서 슬 픔이나 외로움, 불안, 미움, 열등감 등이 올라와서 평온하던 우 리의 마음을 사정없이 찢으며 우리를 우울하게 하고 비참하게 하며 한없는 무력감에 사로잡히게 하거든, 그런 감정 상태로 우 리를 몰아가면서 억지로 오 리를 가게 하거든, 그 흐름을 거역하 거나 대적하지 말고 오히려 그 감정들을 더 깊이 허용하고 받아 들이면서 십 리를 동행하는 마음으로 그 전부를 싸안아 품어 보라는 말이다. 그리하면, 대적하기는커녕 오히려 그 무거운 감정들을 더 깊이 받아들여 주었기에, 그것들은 우리 안에서 잠시 머물다가 오래지 않아 제 스스로 사라지면서, 자신을 있는 그대로 허용해 주고 받아들여 준 그 고마움에 보답이라도 하려는 듯 아름다운 '선물' 하나를 우리에게 주고 간다. 그 '선물'이란 다름 아닌 예수가 우리에게 그토록 주고 싶어 하는 영원한 진리요 자유인 것이다. 이 얼마나 놀라운 일인가! 지금 이 순간 있는 그대로의 이것, 즉 우리 안에서 시시로 때때로 올라와 우리로 하여금 억지로 오 리를 가게 하는 무겁고 힘든 감정들에 대해 대적하지 않고 단지 십 리를 동행하는 마음으로 그 있는 그대로를 받아들였을 뿐인데, 뜻밖에도 영혼의 자유와 진리를 선물로 받을 수 있다니!

예수는 말한다. "네게 구하는 자에게 주며 네게 꾸고자 하는 자에게 거절하지 말라."고. 오직 이것만이 우리가 본래 가지고 있고 단 한 순간도 잃어버린 적이 없는 진리와 자유를 다시 되돌려 받을 수 있는 유일한 '길'이기 때문이다.

예수의 또 다른 가르침들을 조금만 더 펼쳐 보자.

옛 사람에게 말한 바, 살인하지 말라 누구든지 살인하면 심판을 받게 되리라 하였다는 것을 너희가 들었으나, 나는 너희에게 이르노니, 형제에게 노하는 자마다 심판을 받게 되고, 형제를 대하여 라가*라 하는 자는 공회**에 잡혀가게 되고, 미련한 놈이라 하는 자는 지옥 불에 들어가게 되리라.(마태복음 5:21~22)

이때 '형제'는 매 순간 우리 자신 안에서 일어나는 온갖 감정, 느낌, 생각들을 가리킨다. 그 모두가 우리 자신 안에서 일어나니 '형제'가 아니고 무엇이겠는가. 그런데 우리가 그 모두를 있는 그대로 받아들이지 못하고 어떤 것에 대해서는 '초라하다'고 화를 내며 멸시하거나, 어떤 것은 '나쁘다'고 욕을 하며 배척하거나, 또 어떤 것은 '미련한 놈'이라 하며 손가락질한다면 그는 지옥 불에 들어가게 될 것이라는 것이다. '지옥 불'이란 바로 단 한 톨의 진정한 평화도 자유도 없고 그저 한없이 메마르기만 할 뿐인 우리의 '마음'을 가리킨다. '지금'의 있는 그대로의 자신을 버리고 '미래'의 보다 완전한 자신만을 꿈꾸며 끊임없이 스스로에게 화내고 욕하며 마음에 들지 않는다고 비난하기만 한다면, 그것이 바로 지옥이 아니고 무엇이겠는가. 나 또한 그렇게 어리석게 사느라 34년간이나 무간지옥***을 살았다. 예수는 말한다. "이제 그

---

* 조롱하고 욕할 때 쓰는 경멸적인 말로, '어리석은 놈', '멍텅구리'라는 뜻이다.
** 공회(公會) 법적, 종교적, 시민적인 어떤 문제들을 토의하고 숙고하기 위하여 선택된 사람들의 모임. 유대인들의 최고 회의.
* 무간지옥(無間地獄) 끊임없는 고통이 있는 지옥이라는 뜻이다.

만 하라."고.

또 옛 사람에게 말한 바 헛 맹세를 하지 말고 네 맹세한 것을 주께 지키라 하였다는 것을 너희가 들었으나, 나는 너희에게 이르노니, 도무지 맹세하지 말지니, 하늘로도 하지 말라 이는 하나님의 보좌임이요, 땅으로도 하지 말라 이는 하나님의 발등상임이요, 예루살렘으로도 하지 말라 이는 큰 임금의 성임이요, 네 머리로도 하지 말라 이는 네가 한 터럭도 희고 검게 할 수 없음이라. 오직 너희 말은 옳다 옳다, 아니라 아니라 하라. 이에서 지나는 것은 악으로부터 나느니라.(마태복음 5:33~37)

진리는, 영원한 자유는, 삶의 진정한 만족은 우리의 결심과 다짐과 실천의 영역이 아니다. 왜냐하면 진리는 단지 드러날 수 있을 뿐 얻을 수 있는 것이 아니기 때문이다. 우리가 무언가를 얻거나 어딘가에 도달하기 위해 결심하고 다짐하고 실천한다면, 그것은 필연적으로 그 목표를 '미래'에 두기 마련이다. 그러나 진리는 언제나 지금, 여기에 있다. 삶의 완전한 만족은 오직 '지금' 속에서만 만날 수 있으며, 마음의 모든 고통과 괴로움과 구속이 끝난 진정한 자유는 바로 '여기'에 있다.

그렇기에, 예수는 말한다. "도무지 맹세하지 말라."고. 맹세란 무언가를 위해 결심하고 다짐하고 실천하는 것을 가리키는데,

그런 행위를 통해서는 결코 지금 여기에 있는 진리와 자유를 얻을 수 없기 때문이다. 영원한 것은 '소유'의 영역이 아니기 때문이다.

예수는 계속해서 말한다. "네 머리로도 하지 말라. 이는 네가 한 터럭도 희고 검게 할 수 없음이라."고. 그렇지 않은가? 우리 안에 있는 교만을 우리의 결심과 다짐과 실천으로써 겸손으로 바꿀 수 있겠는가? 얼핏 가능할 것도 같지만, 아무리 노력하고 수고해도 '겸손의 모양'은 만들 수 있을지언정 진정으로 겸손해지지는 않는다. 진정한 겸손은 노력을 통해 오는 것이 아니기 때문이다. 또 겉과 속이 다른 '나'를 하늘을 우러러 한 점 부끄러움이 없는 사람으로 만들 수 있겠는가? 사랑이 없는 '나'를 사랑의 사람으로 빚어낼 수 있겠는가? 게으른 '나'를 온전히 성실한 사람으로 고칠 수 있겠는가? 온갖 잡생각들이 잠시도 가만히 있지 않고 일어나는 내 머릿속을 고요하고 잠잠하게 할 수 있겠는가? 시도 때도 없이 우리 안에서 올라와 우리를 힘들게 하고 지치게 하는 미움이나 우울, 불안, 수치심, 무기력, 외로움, 그리고 온갖 형태의 열등감과 결핍감 등등을 고치거나 바꾸어서 언제나 평화롭고 당당한 마음의 상태로 유지할 수 있겠는가? 예수는 우리에게 말한다. "이제 그만 하라."고, "이는 네가 한 터럭도 희고 검게 할 수 없음이라."고.

"오직 너희 말은 옳다 옳다, 아니라 아니라 하라. 이에서 지나

258

는 것은 악으로부터 나느니라." 다시 말해, 인 것은 이다 하고 아닌 것은 아니다 하며, 아는 것은 안다 하고 모르는 것은 모른다 하라는 말이다.* 슬픔과 외로움이 사무치도록 우리 가슴으로 파고들 때, 불안과 우울이 우리로 하여금 아무것도 할 수 없게 만들 때, 강박이 일어나고 수치심이 들고 초라함이 우리를 사로잡을 때 그 순간 그것을 피하거나 달아나려고 하지 말고, 그 '소중한' 순간을 벗어나거나 모면하려고만 하지 말고, 오히려 그것들을 있는 그대로 받아들여 그 순간에 존재해 보라는 말이다. 그것들이 우리 안에서 일어남을, 그것들이 지금 이 순간 우리 안에 '있음'을 '있다'고 스스로에게 솔직하게 인정하고 받아들여 보라는 말이다. 또 우리가 얻고 싶고 이루고 싶은 마음의 자유나 편안함, 당당함, 자신감 등이 지금 이 순간 내게 '없음'을 못 견뎌하거나 숨기려고만 할 것이 아니라, 그 '없음'을 '없다'고 스스로에게 정직하게 시인하고 받아들여 보라는 말이다.

그리하여 진실로 매 순간을 있는 그대로 받아들여서 매 순간의 그것과 '하나'가 될 때, 그렇게 매 순간 있는 그대로 존재할 때, 우리는 즉시 마음의 모든 구속과 굴레로부터 벗어나 영원히 자유로울 수 있다고 예수는 말하고 있는 것이다. 진리란 바로 지

---

* 공자도 『논어(論語)』에서 이렇게 말한다.

知之爲知之 不知爲不知 是知也

"아는 것을 안다 하고 모르는 것을 모른다 하는 것, 이것이 진정 아는 것이다."

금 이 순간 있는 그대로의 것 이외의 다른 것이 아니기 때문이다. 그러니, 진리를 얻기란 얼마나 쉬운가. "내 멍에는 쉽고 내 짐은 가볍다."고 하신 예수의 말처럼, 다만 지금 이 순간 우리의 왼편 뺨을 돌려 대기만 하면 되니 말이다.

11
강도 만난 자의 비유

아무것도 하지 않을 때 모든 것을 할 수 있는
진리와 자유를 만나게 된다는 것은 성경 전체를 관통하는
가장 핵심적인 가르침이다.

네 생각에는 이 세 사람 중에 누가 강도 만난 자의 이웃이 되겠느냐.

_누가복음 10:36

몇 년 전 딸이 초등학교 3학년에 다닐 때의 일이다. 그 해 중학교 1학년이 된 제 오빠와는 달리 녀석은 얼마나 물을 좋아하고 또 수영을 하고 싶어 하는지! 때로 계절 이야기만 나오면 언제나 내게 "아빠, 아빠 어떤 계절을 제일 좋아해?"라고 묻고는, 내가 미처 대답하기도 전에 "난 여름을 제일 좋아해! 왠지 알아? 여름엔 바다나 수영장에 가서 수영을 할 수 있으니까!"라며 어느새 물 속에 들어가 있는 표정과 몸짓을 하곤 한다. 그래서 언제나 여름이 빨리 돌아오기만을 기다리고, 그러다가 날씨가 조금 더워질라치면 벌써부터 물미끄럼틀이 있는 수영장엘 가자며 졸라대기 일쑤이다. 심지어 제 엄마하고 목욕탕엘 갔다 온 날이면 내내 내 앞에 앉아 냉탕에서 자맥질하며 논 얘기밖에 안한다.

 그러던 녀석이 어느 날엔가는 학교 수업시간에 정식으로 수영장에 가서 수영 선생님으로부터 배영(背泳)을 한 번 배운 모양이다. 그래서 학교에서 돌아오자마자 호들갑을 떨며 나를 불러서는 연신 눈을 반짝이며 수영장에서 있었던 재미있는 얘기며, 선생님으로부터 배운 이야기들을 하기에 바빠하는데, 나도 그 녀석만큼이나 짐짓 들뜬 표정을 지으며 재밌게 얘기를 들어 주고 있었다. 그런데 어느 순간 녀석이 수영 선생님이 받쳐 주는 손 위에서 배영 자세를 취할 때를 얘기하는 대목에서 나는 나도 모르게 무릎을 탁 쳤다. 왜냐하면 그렇게 말하는 녀석의 표정이 너무 귀엽기도 했거니와, 녀석의 입에서 튀어나온 말이 기가 막혔기 때문이다.

 "힘 빼야지……! 힘 빼야지……!"

 아마 실제로 배영 동작을 해보기 전에 수영 선생님으로부터, 물 위에 드러눕는 자세를 취하게 되면 본능적으로 빠지지 않으려고 몸에 힘을 주게 마련이지만 그러면 오히려 더 쉽게 물에 빠지게 되니, 이때 반드시 힘을 빼야 몸이 뜰 수 있다는 주의 사항을 들었던 모양이다. 그래서 자기 순서가 되었을 때 선생님 손 위에서 배영 자세를 취하면서 마음속으로는 연신 "힘 빼야지, 힘 빼야지……!"라고 중얼거렸다니, 그 모습과 마음이 일순간 머릿속에 그려지면서 얼마나 예쁘고 귀엽던지!

'힘을 빼야 한다'는 말을 하고 보니 문득 또 하나의 이야기가 생각난다. 한때 중·고등학교 선생님들에게 『도덕경(道德經)』을 강의하며 2년 여 동안 함께 읽어 나간 적이 있다. 그런데 그때 체육 선생님 한 분이 나중에 합류하셨는데, 그 분이 처음 모임에 참석해서 강의를 듣고는 뒤풀이 시간에 그 소감을 이렇게 말씀하셨다.

"선생님, 저는 도덕경은 잘 모릅니다만, 말씀을 듣고 보니 도덕경에서 하는 얘기가 제가 아이들을 가르칠 때 강조하는 것과 비슷한 것 같습니다. 우리 학교는 테니스가 교기(校技)여서 저는 테니스를 학생들에게 전문적으로 가르칩니다만, 수업 때마다 항상 강조하는 것이 바로 '힘 빼라' 입니다. 힘이 들어가면 제 아무리 잘 하려고 하고 또 잘 하고 싶어도 그 게임은 지게 되어 있거든요. 도덕경에서 하는 얘기가 체육 선생인 제가 듣기에는 계속 '힘 빼라, 힘 빼라'고밖에 안 하는 것 같은데, 맞는지 모르겠습니다. 허허허⋯⋯."

그때 내가 도덕경 몇 장(章)을 강의했는지는 기억에 없지만, 딱 한 번 듣고는 그렇게 도덕경 전체의 핵심을 꿰뚫는 말씀을 하시는 그 선생님에게 나는 참 감탄했었다. 그런데 그 선생님은 더욱 감복할 다음의 얘기도 들려주셨는데, 특히 테니스 특기생으로 진학해 오는 학생들을 만나면 우선 공을 하나 주면서 서로 경기를 해보게 한단다. 그리곤 그들의 동작을 주의 깊게 살펴본 다음 그들에게는 단순히 '힘 빼라'는 단계를 넘어 '너 자신을 버려라'는 주문도 간혹 한다는데, 왜냐하면 지금껏 선수로 활약해 온 그들이기에 그들 나름의 방식들이 다 있고 또 그것을 고집하기 마련이지만, 그것이 선생님이 보기에는 오히려 그 학생이 더 나아갈 수 있고 더욱 발전할 수 있는 가능성을 스스로 가로막고 있는 경우가 많다는 것이다. 그래서 때로 그런 주문도 가차없이 한다는데, 학생 입장에서 보면 그 방식이 바로 오늘날의 자신을 있게 하고 나름대로의 성취마저 맛보게 한 훌륭한 토대와도 같은 것이기에, 버리기는커녕 더욱 그것을 고수하려 한다는 것이다. 그러면 그 선생님은 몇 번 그렇게 주문하다가 그래도 말을 듣지 않고 계속 자신을 고집하면 대번에 "집에 가, 임마! 네가 그렇게 잘났으면 집에 가서 혼자 해!"라고 호통을 치고는 테니스 코트에서 내쫓아 버린다는 것이다. 허허…….

그런데 영적으로도 이와 똑같은 말을 할 수 있다. 우리는 누구나 인생을 행복하게 살고 싶어 하고, 마음의 모든 고통과 괴로움으로부터 벗어나서 언제나 스스로에게 만족하는 가운데 자유롭고 당당하게 살고 싶어 한다. 또 어떤 사람들은 진리를 깨달아 영원히 변치 않는 무언가를 얻고 싶어 한다. 그런데 정녕 그러고 싶다면, 정녕 마음의 참된 평화와 행복을 얻고 또 영원의 자리에 들고 싶다면 진실로 힘을 빼야 한다. 왜냐하면 우리가 추구하는 마음의 평화랄까, 자유랄까, 진리랄까, 영원이랄까 하는 것은 결코 우리가 힘을 들여 애쓰거나 노력함으로써 갈 수 있는 자리

가 아니기 때문이다. 그렇기는커녕 오히려 그 자리는 우리가 온
전히 마음의 힘을 뺐을 때에만 주어지는 '선물'과도 같은 것이다.
만약에 진리에 이르는 길이, 마음의 진정한 평화에 이르는 길이
전적으로 우리의 노력과 수고와 방법에 달려 있다면 과연 우리
중에 몇 명이나 그 자리에 도달할 수 있을까? 진리는 그렇게 높
고 고매하며 특별한 무엇이 아니다. 오히려 그것은 너무나 단순
하고 평범하며, 지극히 낮은 자리에 있다.

그런데도 우리는 우리가 잘 알지 못하는 '그 자리'에 도달하기
위해 너무나 많은 힘을 들여가며 수고하고 애쓰고 있다. 우리가
기울이는 바로 그 노력과 수고 때문에 오히려 그 자리로부터 더
욱더 멀어지는 줄도 모르고 말이다. 그것은 마치 배영을 할 때
물에 빠지지 않으려고 몸에 힘을 주면 수영을 잘하게 되기는커
녕 오히려 더욱 쉽게 물에 빠지는 것과 같고, 테니스를 할 때 잘
하려고 힘을 주게 되면 결코 게임에서 이길 수 없는 것과 꼭 마
찬가지다.

여기 영적으로 힘을 빼야 함을, 그래야만 영원한 진리와 자유
라는 존재의 진정한 힘에 닿을 수 있음을 가르쳐 주는 예수의 기
가 막힌 비유가 하나 있다. 이른바 '강도 만난 자의 비유'인데,
"예수께서 이 모든 것을 무리에게 비유로 말씀하시고 비유가 아
니면 아무것도 말씀하지 아니하셨으니, 이는 선지자를 통하여
말씀하신 바 내가 입을 열어 비유로 말하고 창세부터 감추인 것

들을 드러내리라 함을 이루려 하심이라."(마태복음 13:34~35)는 말씀과도 같이, 예수는 이 비유를 통하여 진리에 이르는 '길'이 어디에 있는가를 우리 앞에 분명하게 드러내어 보여 주고 있다. 그러므로 이제 그 이야기를 여기에 펼쳐 봄으로써 우리 안에 있는 오랜 착각과 헛된 수고를 걷어내고, 우리의 본래 모습인 진리와 자유를 만날 수 있도록 해보자.

어떤 율법사가 일어나 예수를 시험하여 이르되, 선생님 내가 무엇을 하여야 영생을 얻으리이까. 예수께서 이르시되, 율법에 무엇이라 기록되었으며 네가 어떻게 읽느냐. 대답하여 이르되, 네 마음을 다하며 목숨을 다하며 힘을 다하며 뜻을 다하여 주 너의 하나님을 사랑하고 또한 네 이웃을 네 몸과 같이 사랑하라 하였나이다. 예수께서 이르시되, 네 대답이 옳도다 이를 행하라 그러면 살리라 하시니, 그 사람이 자기를 옳게 보이려고 예수께 여쭈오되, 그러면 내 이웃이 누구니이까. 예수께서 대답하여 이르시되, 어떤 사람이 예루살렘에서 여리고로 내려가다가 강도를 만나매 강도들이 그 옷을 벗기고 때려 거의 죽은 것을 버리고 갔더라. 마침 한 제사장이 그 길로 내려가다가 그를 보고 피하여 지나가고, 또 이와 같이 한 레위인도 그곳에 이르러 그를 보고 피하여 지나가되, 어떤 사마리아 사람은 여행하는 중 거기 이르러 그를 보고 불쌍히 여겨 가까이 가서 기름과 포도주를 그 상처에 붓고 싸매고 자기 짐승에 태워 주막으로 데리고 가서 돌보아 주니라. 그 이튿날 그가 주막 주인에게 데나리온* 둘을 내어 주며 이르되, 이 사람을 돌보아 주라. 비용이 더 들면 내가 돌아올 때에 갚으리라 하였으니, 네 생각에는 이 세 사람 중에 누가 강도 만난 자의 이웃이 되겠느냐. 이르되, 자비를 베푼 자니이다. 예수께서 이르시되, 가서 너도 이와 같이 하라 하시니라.(누가복음 10:25~37)

어느 날 한 율법사가 일어나 예수에게 묻는다.

"선생님, 내가 무엇을 하여야 영생을 얻으리이까?"

무엇을 하여야……

이 율법사는 영생, 곧 참되고 영원한 것을 얻기 위해서는 무언가를 해야만 한다고 믿는 사람이었다. 그래서 늘 무언가를 함으로써 진리에 도달하려는 그에게 예수가 하나하나 문답해 나가는 이 과정이 참 기가 막히다. 예수는 우선 그가 '율법사'라는 사실에 초점을 맞추어 이렇게 되묻는다.**

---

* 로마의 은화(銀貨). 근로자의 하루 품삯에 해당하던 금액이다.
** 이를 대기설법(對機說法)이라고 한다. 즉, 듣는 사람의 근기에 맞추어 하는 설법을 가리킨다.

"율법에 무엇이라 기록되었으며, 네가 어떻게 읽느냐?"

그러자 그 사람은 평생을 두고 성경을 읽으며 율법—삶과 인간의 바람직한 길을 제시해 놓은 규범과 계율—을 연구해 온 율법사답게 성경 전체를 꿰뚫는 가장 핵심적인 말로써 자신 있게 대답한다.

"네 마음을 다하며 목숨을 다하며 힘을 다하며 뜻을 다하여 주너의 하나님을 사랑하고, 또한 네 이웃을 네 몸과 같이 사랑하라 하였나이다."라고.

정말 놀랍도록 훌륭한 대답이다. 그러자 예수도

"네 대답이 옳도다. 이를 행하라. 그러면 살리라."고 말한다.

이를 행하라…….

그런데 그 율법사는 정녕 그렇게 행할 수 있을까? 하루하루의 일상 속에서 진정으로 자신의 마음을 다하고 목숨을 다하고 힘을 다하고 뜻을 다하여 하나님을 사랑하고, 또 이웃을 자기 몸과 같이 사랑할 수 있을까?

그는 인생에 관한 완전한 답을 알고 있었다. 그리고 그것을 예수에게 자랑스레 말했다. 그러나 그는 자기를 옳게 보이려는 마음이 많았기 때문에 정작 자신의 말과 삶이 다르다는 것을 조금도 자각하지 못했고, 그것을 괴로워하지도 않았다. 예수는 그런 그의 모습을 깨우쳐 주기 위해 이렇게 말한다.

"네가 대답한 그 말대로 행하라. 그러면 영생을 얻으리라."고.

그런데 만약 그가 자기 자신에 대해 좀 더 진지한 사람이었고, 그 스스로 일어나 예수에게 물었던 그 질문 그대로 진실로 영생을 얻고 싶어 했던 사람이라면, 그래서 "네 대답이 옳도다. 이를 행하라. 그러면 살리라."는 예수의 말씀대로 자신의 삶 속으로 돌아가 진정으로 율법에 기록된 대로 행하려고 했다면 그는 곧 자신은 결코 율법대로 행할 수 없는 사람이라는 것을 깨닫게 되었을 것이다. 왜냐하면 그 율법을 온전히 지킬 수 있는 사람은 이 세상에 아무도 없기 때문이다. 즉, 예수가 "이를 행하라. 그러면 살리라."고 말했던 것은 진실로 행하라 함이 아니요, 행할 수 없는 자신을 깨닫게 해주기 위해서였던 것이다. 그래서 만약 그가 예수가 하신 말씀의 참된 뜻을 깨닫고, 무언가를 함으로써 영생을 얻으려고 하는 그 마음을 내려놓았다면 그의 영혼은 즉시 자유를 얻었을 것이다.

그러나 그는 예수가 가리킨 첫 번째 '길'을 놓쳐 버린다. 그랬기에 "내 이웃이 누구니이까?"라는 다음 물음으로 곧장 넘어가 버린 것이다. 그런데도 예수는 참 친절하고도 따뜻하게 '강도 만난 자의 비유'를 통하여 그가 자신 안에 있는 참된 영생의 '길'을 만날 수 있도록 도와준다.

어떤 사람이 예루살렘에서 여리고로 내려가다가 강도를 만나매 강도들이 그 옷을 벗기고 때려 거의 죽은 것을 버리고 갔더

라. 마침 한 제사장이 그 길로 내려가다가 그를 보고 피하여 지나가고, 또 이와 같이 한 레위인도 그곳에 이르러 그를 보고 피하여 지나가되, 어떤 사마리아 사람은 여행하는 중 거기 이르러 그를 보고 불쌍히 여겨 가까이 가서 기름과 포도주를 그 상처에 붓고 싸매고 자기 짐승에 태워 주막으로 데리고 가서 돌보아 주니라. 그 이튿날 그가 주막 주인에게 데나리온 둘을 내어 주며 이르되, 이 사람을 돌보아 주라. 비용이 더 들면 내가 돌아올 때에 갚으리라 하였으니, 네 생각에는 이 세 사람 중에 누가 강도 만난 자의 이웃이 되겠느냐.

그러나 이번에도 그는 "자비를 베푼 자니이다."라고 대답함으로써 또다시 '길'을 놓쳐 버리고 만다. 왜냐하면 영생의 길 곧 진리의 길은 자비행이든 혹은 다른 무엇이든 우리의 '행위'를 통해서는 결코 도달할 수가 없기 때문이다. 생각해 보라, 우리가 얼마만큼 자비를 베풀면, 얼마만큼 선행(善行)을 하면, 얼마만큼 자신을 닦으며 수행을 하면 영원한 것이 우리 앞에서 열릴까? 영생이라는 것이 그와 같은 우리의 끊임없는 노력과 수고의 '결과물'로서 주어지는 것일까? '지금'은 아니지만 우리의 노력 여하에 따라서 '미래'의 어느 순간에는 우리 것이 될 수 있는 그런 것일까? 결코 그렇지 않다. 진리란 있지 않은 순간이 없고, 있지 않은 곳이 없으며, 언제나 현존(現存)이요, 그래서 영원한 것이다.

또한 그래서 얻을 수도 없고 잃어버릴 수도 없는 것이다. '현존'
으로서 지금 여기에 이미 완전히 주어져 있는 진리를 다시 무슨
수로 얻는다는 말인가.

그래서 "자비를 베푼 자니이다."라고 대답하면서 여전히 무언가
를 함을 통하여 영원한 것을 얻으려는 그에게 예수는 "가서 너도
이와 같이 하라."고 말해 줌으로써 역설적이게도 그렇게 행할 수
없는 자신을 깨닫고 '행함'을 통하여 영생을 얻으려는 그 마음을 내
려놓게 함으로 말미암아 진정으로 영생할 수 있는 길을 열어 주고
있는 것이다. 바로 이런 참된 영생의 길을 예수는 '강도 만난 자의
비유'를 통하여 우리에게 보다 자세하게 들려주고 있다.

예수는 "어떤 사람이 예루살렘에서 여리고로 내려가다가 강도
를 만나매 강도들이 그 옷을 벗기고 때려 거의 죽은 것을 버리고
갔더라……."는 말로써 이야기를 시작한다. 이때 '거의 죽었다'는
것은 곧 자신의 힘으로는 스스로를 구제할 길이 끊어져 버린 사
람, 자신을 위해서는 아무것도 할 수 없게 된 사람, 할 수 있는 모
든 방법이 끝나 버린 사람, 그리하여 살 수 있는 모든 길이 막혀
버린 사람을 가리킨다. 이를 영적으로 말하면, 영생과 진리와 참
된 영혼의 자유를 향한 우리의 모든 노력과 수고와 방법이 끝나
버려서 더 이상 아무것도 보이지 않고 아무것도 할 수 없게 되어
버린 상태를 가리킨다. 즉, 무언가를 함을 통하여 진리와 깨달음
을 얻으려고 하는 그 마음이 완전히 내려진 무위(無爲)의 상태를

가리킨다.* 그런데 뜻밖에도 바로 그 순간에 진리는 우리에게 '선물'처럼 다가와 지치고 메마른 우리의 영혼을 따뜻이 어루만져 주며 우리의 모든 것을 회복시켜 준다는 것을 예수는 사마리아 사람이라는 비유를 통하여 다음과 같이 아름답게 묘사하고 있다.

어떤 사마리아 사람은 여행하는 중 거기 이르러 그를 보고 불쌍히 여겨 가까이 가서 기름과 포도주를 그 상처에 붓고 싸매고 자기 짐승에 태워 주막으로 데리고 가서 돌보아 주니라. 그 이튿날 그가 주막 주인에게 데나리온 둘을 내어 주며 이르되, 이 사람을 돌보아 주라. 비용이 더 들면 내가 돌아올 때에 갚으리라 하였으니……

---

* 노자도 『도덕경』에서 이렇게 말하고 있다.
道常無爲而無不爲 侯王若能守之 萬物將自化 化而欲作 吾將鎭之以無名之樸
"도는 언제나 함이 없되 하지 않음이 없다. 사람들이 만약 무위(無爲)할 수 있다면 우리 안의 만물(곧 우리 내면의 모든 감정, 느낌, 생각들)이 저절로 조화를 이루어 마음의 참된 평화를 얻게 될 것이다. 만약 누군가가 자기 마음에 조화를 이룬답시고 무언가를 하려 한다면 나는 장차 이름 없는 통나무—무분별(無分別)의 도(道)—로써 그를 말릴 것이다."
또 『논어』에는 이런 구절이 있다.
爲政以德 譬如北辰 居其所而衆星共之
"덕으로써 나라를 다스리는 것은 비유하자면 마치 북극성은 제자리에 가만히 있는데도 모든 별들이 그것을 중심으로 질서정연하게 도는 것과 같다."

이때 사마리아 사람은 '진리'를 상징한다. 예수는 이 비유를 통하여 우리가 '강도 만난 자'와 같이 우리의 모든 방법과 수고와 노력들을 그치고, 무언가를 함으로써 영생을 얻고 진리를 구하려는 바로 그 마음을 내려놓을 때, 바로 그때 진리가 우리에게 가까이 다가와 우리 영혼의 모든 목마름과 메마름을 적셔 주고, 마음의 모든 상처와 아픔들을 치유해 주며, 삶의 모든 구속과 굴레들을 남김없이 걷어내어 우리로 하여금 영원한 평안과 자유에 들게 한다는 것을 가르쳐 주고 있는 것이다. 이 얼마나 아름다운 비유인가!

그러므로 다만 내려놓기만 하라. 힘을 빼라! 영생은 우리의 노력과 수고와 애씀을 통하여 미래에 이루어지는 것이 아니라, 지금 여기의 실재(實在)요 실상(實相)이며 현존(現存)이다. 그렇기에 우리가 다만 매 순간 있는 그대로 존재할 뿐 아무것도 하지 않을 때, 오히려 모든 것을 할 수 있는 진리를 만나게 되는 것이다. 지금 이 순간 속에서!

아무것도 하지 않을 때 모든 것을 할 수 있는 진리와 자유를 만나게 된다는 것은 성경 전체를 관통하는 가장 핵심적인 가르침이다. 그 진실을 잘 보여 주는 또 하나의 이야기가 요한복음에 도 있기에 여기에 소개하고자 한다.

＊

　예루살렘에 있는 양문＊ 곁에 히브리 말로 베데스다라 하는 못이 있
는데, 거기 행각＊＊ 다섯이 있고, 그 안에 많은 병자, 맹인, 다리 저는
사람, 혈기 마른 사람들이 누워 물의 동함을 기다리니, 이는 천사가
가끔 못에 내려와 물을 동하게 하는데 동한 후에 먼저 들어가는 자
는 어떤 병에 걸렸든지 낫게 됨이러라. 거기 삼십팔 년 된 병자가 있
더라. 예수께서 그 누운 것을 보시고 병이 벌써 오래된 줄 아시고 이
르시되, 네가 낫고자 하느냐. 병자가 대답하되, 주여 물이 동할 때에
나를 못에 넣어 주는 사람이 없어 내가 가는 동안에 다른 사람이 먼
저 내려가나이다. 예수께서 이르시되, 일어나 네 자리를 들고 걸어가
라 하시니, 그 사람이 곧 나아서 자리를 들고 걸어가니라.(요한복음
5:2~9)

＊

　여기, 어떤 병이든 맨 먼저 그 물에 들어가기만 하면 깨끗이
낫는 연못이 하나 있다. 그 소문이 퍼지자 수많은 병자들이 낫고
싶어서, 병이 완전히 나아서 진정 자유롭고 행복하게 살고 싶어

＊ 양문(羊門) 예루살렘에 있는 많은 문들 중 동북편에 위치한 문으로서, 그 성문 안
에 양(羊) 시장이 있었다.
＊＊ 행각(行閣) 몸체의 대청 양옆에 있는 긴 집채를 말한다.

276

서 절박한 마음으로 그 연못으로 모여든다. 그런데 문제는, 천사가 가끔 내려와서 그 물을 동하게 할 때에 바로 그 순간을 놓치지 않고 맨 먼저 들어가야만 병이 낫는데, 그 물이 언제 동할는지를 아무도 모른다는 것이다. 그러니 잠시 잠깐도 그 연못을 떠나지 못한 채 모든 사람들이 눈을 부릅뜨고서 물이 동하기만을 기다릴 수밖에 없었다.

거기 어느 구석진 곳에 38년 된 병자가 있었다. '38년 되었다'는 것은 곧 병을 고쳐 보려고 온갖 노력을 다하면서 물이 동하는 순간마다 자기가 맨 처음일 것이라고 믿으며 연못에 뛰어들고 또 뛰어들기를 38년 동안이나 거듭했다는 것이다. 그런데 먹지도 않고 자지도 않은 채 간절히 물이 동하기를 기다렸다가 물이 동하자마자 급히 뛰어 들어가기를 거듭해 봤지만, 그 넓은 연못에 있는 수없이 많은 병자들 가운데 다른 누군가가 먼저 들어가 버렸는지 자기의 병은 조금도 낫지를 않았던 것이다. 그렇게 실패에 실패를 거듭할수록 그는 얼마나 애틋한 마음으로 가장 먼저 연못에 들어갈 수 있는 방법들을 찾고 또 찾았겠으며, 얼마나 간절한 마음으로 자신이 할 수 있는 모든 노력들을 기울이고 또 기울였겠는가.

그러나 그러는 동안 그의 병은 점점 더 깊어져 갔고, 병이 깊어 갈수록 연못가에 몰려 있는 사람들로부터 점점 더 뒤로 밀려났으며, 그러면서도 낫고 싶은 간절한 마음에 연못을 떠나지 못한 채 38년의 세월이 무심히도 흘러가 버린 어느 날, 그는 문득 이제는 자신의 힘으로는 맨 먼저 연못에 들어간다는 것이 불가능한 일이 되어 버렸다는 것을 깨닫는다. 자신의 노력으로는 더 이상 병을 낫게 할 수가 없게 되어 버린 것이다. 그 사실을 깨닫는 순간 그는 38년 동안 단 한 순간도 놓지 않았던, 자신의 방법과 수고와 노력을 통하여 병을 낫게 하려던 그 마음을 가만히 내려놓는다. 살기 위한 모든 몸부림들이 그의 마음 중심에서부터 끊어져 버린 것이다.

"아, 나는 이제 안 되는구나……!"

그런데 놀랍게도 바로 그 순간 예수가 그의 앞에 나타나 이렇게 묻는다.

"네가 낫고자 하느냐?"

그러나 나을 수 있는 가능성이 조금도 보이지 않았기에 그는 힘없이 예수를 올려다보며 이렇게 대답한다.

"물이 동할 때에 나를 못에 넣어 줄 사람이 없어 내가 가는 동안에 다른 사람이 먼저 내려가나이다."

그때 예수는 말한다.

"일어나 네 자리를 들고 걸어가라."

그런데 바로 다음 순간, 그 병자는 38년 동안이나 누워 있던 자신의 오랜 침상을 들고 스스로 일어나 걸어간다. 마침내 그의 병이 깨끗이 나은 것이다!

이 이야기는 단순히 예수가 행한 기적에 대한 이야기가 아니다. 지금 이 순간 우리의 마음이 어떻게 오랜 고통과 괴로움으로부터 벗어나서 진정한 해방과 자유를 맞이하게 되는가를 보여 주는 참된 '길'에 관한 이야기다. 예수가 38년 된 병자 앞에 나타났다고 하는 것은 단순히 2,000년 전의 한 구체적인 인물로서의 예수가 그의 앞에 나타나 죽을 수밖에 없었던 그를 살려 주었다는 의미가 아니라, 지금 이 순간 우리가 38년 된 병자와도 같이 우리 자신의 노력과 수고와 행위로써 우리 자신을 깨끗하게 하고 완전하게 하려는 그 마음을 내려놓을 때, 바로 그 순간 놀랍게도 진리가 우리 앞에 나타나 우리의 영혼을 진정으로 자유하게 한다는 뜻이다.

우리는 우리의 노력과 수고로써 우리 자신을 깨끗하게 하거나 완전하게 할 수 없다. 왜냐하면 우리는 지금 이대로 이미 완전하기 때문이다. 그렇기에 우리 자신의 노력과 수고와 행위를 통하여 다시 깨끗하게 하거나 다시 완전하게 해야 할 '나'란 본래 존재하지 않는다.* 성경은 오직 이 하나의 진리를 우리 앞에 드러내어 보여 주기 위해 온갖 비유로써 말씀하고 있는 것이다.

---

* 이를 '종교적'으로 말해 보면, 예수가 십자가에 못 박혀 죽음으로 말미암아 이미 우리의 모든 죄를 사하여 놓았기에, 우리가 수고하고 노력함으로써 다시 사해야 할 죄란 본래 없다는 것이다.

12
간음 중에 잡힌 여자

예수는 조용히 "너희 중에 죄 없는 자가 먼저 돌로 치라."고 말했다.

그런데 바로 그 다음 순간에 일어난 일에 우리는 주목해야 한다.

왜냐하면 바로 거기에 우리 영혼의 참된 구원의 '길'이 있기 때문이다.

예수께서 일어나사 여자 외에 아무도 없는 것을 보시고 이르시되, 여자여 너를
고발하던 그들이 어디 있느냐. 너를 정죄한 자가 없느냐.

_요한복음 8:10

성경은 참 단순하고 순수하다. 왜냐하면 어떤 것도 섞여 있지 않은 오직 하나의 빛깔만을 갖고 있으며, 오직 하나의 말만 하고, 오직 한 '길'만을 가리켜 보여 주고 있기 때문이다. 그 '하나' 란 다름 아닌 영원한 진리이며, 그를 통한 우리 모든 사람들의 영혼의 참된 해방과 구원이다. 그러니, 이보다 더 고맙고 아름다운 책이 또 있을까! 이보다 더 한결같은 책이 또 있을까!

여기, 요한복음에 나오는 '간음 중에 잡힌 여자' 이야기도 우리가 지금 이 순간 속에서 어떻게 그 '길'에 들어설 수 있는가를 가장 단적으로 보여 주는 아름다운 이야기 중의 하나이다.

예수는 감람산으로 가시니라. 아침에 다시 성전으로 들어오시니 백성이 다 나아오는지라. 앉으사 그들을 가르치시더니, 서기관들과 바리새인들이 간음 중에 잡힌 여자를 끌고 와서 가운데 세우고 예수께 말하되, 선생이여 이 여자가 간음하다가 현장에서 잡혔나이다. 모세는 율법에 이러한 여자를 돌로 치라 명하였거니와 선생은 어떻게 말하겠나이까. 그들이 이렇게 말함은 고발할 조건을 얻고자 하여 예수를 시험함이러라. 예수께서 몸을 굽히사 손가락으로 땅에 쓰시니 그들이 묻기를 마지아니하는지라. 이에 일어나 이르시되, 너희 중에 죄 없는 자가 먼저 돌로 치라 하시고 다시 몸을 굽혀 손가락으로 땅에 쓰시니, 그들이 이 말씀을 듣고 양심에 가책을 느껴 어른으로 시작하여 젊은이까지 하나씩 하나씩 나가고, 오직 예수와 그 가운데 섰는 여자만 남았더라. 예수께서 일어나사 여자 외에 아무도 없는 것을 보시고 이르시되, 여자여 너를 고발하던 그들이 어디 있느냐. 너를 정죄한 자가 없느냐. 대답하되, 주여 없나이다. 예수께서 이르시되, 나도 너를 정죄하지 아니하노니, 가서 다시는 죄를 범하지 말라 하시니라. (요한복음 8:1~11)

한 여자가 간음하다가 현장에서 잡혔다. 그러자 많은 사람들이 몰려와서 그 여자를 에워싸고는 더럽다, 추악하다, 구역질난다, 없애 버려야 한다, 어찌 저런 것이 우리와 함께 있었던고! 죽여 마땅하다 하며 욕하고 침 뱉고 뺨을 때리고 머리채를 끌며 주먹질과 발길질에, 심지어 어떤 사람들은 돌마저 던지면서 어디론가 거칠게 끌고 간다.

끌려가는 여자는 외마디 비명소리 한 번 지르지 못한 채 극도의 두려움과 공포와 수치심 속에서 그저 죽을 듯이 떨고만 있다. 이미 온몸에는 피멍이 들었고 여기저기 옷과 살갗이 찢겼을 뿐만 아니라, 영원히 추방해 버려야 할 더러운 죄인이라는 낙인이 그녀의 마음을 더욱 괴롭고 비참하게 한다.

이윽고 온 무리가 예수 앞에 섰을 때, 사람들은 여전히 험악한 얼굴로 양손에는 돌을 든 채 금방이라도 던질 듯 '간음 중에 잡힌 여자'를 노려보며 둘러서 있고, 여자는 몸을 제대로 가누지도 못한 채 금방이라도 쓰러질 듯한 모습으로 무리 한가운데 겨우 서 있다. 이윽고 무리 중의 한 사람이 큰 소리로 외친다.

"선생이여, 이 여자가 간음하다가 현장에서 잡혔나이다. 모세는 율법에 이러한 여자를 돌로 치라 명하였거니와 선생은 어떻게 말하겠나이까?"

그 말을 들은 예수는 대답 대신 아무 말 없이 몸을 굽혀 손가락으로 땅에 무언가를 쓴다. 짧은 순간이었지만 사람들에게 침묵할 수 있는 기회를 준 것이다. 그러나 그 짧은 침묵 속에서 사람들이 마음의 눈을 자기 자신에게로 돌이켜 스스로를 보기에는 그들의 마음이 너무나 '밖'을 향해 있었다. 그들이 다시 다그치며 묻기를 마지아니하자 예수는 일어나 조용히 말한다.

"너희 중에 죄 없는 자가 먼저 돌로 치라."고.

예수는 그렇게 언제나 '밖'으로만 향해 있는 사람들의 마음을 한 순간 그들 자신을 향하도록 돌려 준 것이다. 그러자 그 말씀에 양심의 가책을 느낀 사람들이 어른으로 시작하여 젊은이까지 하나씩 하나씩 사라지고, 오직 여자와 예수만 남는다. 그때 예수는 여자를 보며 이렇게 말한다.

"여자여, 너를 고발하던 그들이 어디 있느냐? 너를 정죄한 자가 없느냐?"

무어라 형언할 수 없는 깊은 안도감 속에서 여자는 조용히 대답한다.

"주여, 없나이다……."

"그러므로 나도 너를 정죄하지 아니하노니, 가서 다시는 죄를 범하지 말라."

모든 사람들이 더럽다며 돌로 치려고 했던 '간음 중에 잡힌 여자'는 그렇게 예수 앞에서 곧 진리 앞에서 홀연히 구원을 받는다. 그런데 분명한 것은, 그녀는 자신을 위해 아무것도 하지 않았다는 것이다. 사람들에게 살려 달라고 소리치지도 않았고, 잘못했다고 빌면서 눈물로써 용서를 구하지도 않았으며, 다시는 그러지 않고 깨끗하게 살겠다고 맹세하지도 않았다. 또 예수 앞에 섰을 때에도 그녀는 자신을 불쌍하게 여겨 달라고 선처를 호소하지도 않았고, 당신의 사랑으로 자신의 영혼을 구원해 달라고 울부짖지도 않았다. 그녀는 정녕 아무것도 하지 않았다. 그저 황망히 끌려온 그대로 단지 무리 한가운데에서 두려움에 떨며 가만히 서 있었을 뿐이다. 그런데 그 더러운 그대로, 그 초라한 그대로, 그 수치 그대로, 그 비참함 그대로 그녀는 홀연히 구원을 받고 자유함을 얻었던 것이다. 어떻게 그런 일이 가능할 수 있었을까? 이 '간음 중에 잡힌 여자'가 우리에게 전해 주고자 하는 영적인 메시지는 무엇일까?

이 이야기를 우리 '안' 곧 우리 '내면의 이야기'로 돌려 읽어 보면, 우리의 영혼이 지금 이 순간 속에서 어떻게 구원을 받으며 어떻게 영원한 자유에 이르게 되는가를 분명하게 알 수 있다.

살아가는 동안 우리 안에서는 문득문득 우리가 조금도 원하지 않고 잠시도 맞닥뜨리고 싶어 하지 않는 우울, 불안, 수치심, 무기력, 외로움, 미움, 그리고 온갖 형태의 열등감과 결핍감 등등이 올라와 우리를 힘들게 하고 지치게 할 때가 있다. 그런데 그런 것들이 예기치 않게 우리 안에서 올라왔을 때 우리가 그것들을 대하는 마음을 보면 마치 '간음 중에 잡힌 여자'를 험악하게 끌고 가면서 돌로 치려고 하는 사람들의 마음과 꼭 닮았음을 알 수 있다.

우선 그것들이 우리 안에서 조금이라도 보일라치면 바로 그 순간 그 내면의 현장에서 그것을 부여잡고는, 그런 초라하고 못난 것들이 자신 안에 있음을 더할 수 없이 한심해하고 수치스러워하면서, 왜 또 이런 것들이 내 안에서 일어나느냐고, 나는 언제까지 이런 보잘것없고 볼품없는 모습으로 살아가야 하느냐고, 나는 언제쯤 이런 것들이 완전히 사라진 참다운 평화와 충만감과 당당함 속에서 살아볼 수 있느냐며 스스로 괴로워하면서, 그것들에게 영원히 추방해 버려야 할 몹쓸 것이라는 낙인을 찍어 버리고는, 얼마나 얼굴을 붉히며 그것들에게 욕을 하고 침을 뱉고 뺨을 때리고 주먹질과 발길질에, 심지어 죽어라고 돌까지 던지는가.

그러는 동안 그것들은 외마디 비명소리 한 번 제대로 지르지 못한 채 세상에 다시없는 더러운 죄인이 되어 얼마나 주눅 들고 눈치 보며 억압당하면서, 한없는 공포와 두려움 속에서 죽을 듯이 떨어야만 하는지! 얼마나 손가락질을 받으며 외면을 당하고, 얼마나 차가운 눈길 속에서 무시를 당하는지! 그것도 모자라 시시로 때때로 날아오는 온갖 저주와 폭력 앞에서 그저 살갗이 찢기고 피멍이 들어야만 하는지! 또한 얼마나 거친 손길들에 붙잡혀 이리저리 채이며 끌려 다녀야만 하는지!

우리는 늘 그렇게 '간음 중에 잡힌 여자'를 대하듯 우리 내면의 부족과 허물과 결핍과 번뇌들을 대하고 있지 않은가. 얼마나 그것들에 대해 스스로 고발하며 '나쁜 것'이라고 정죄하면서 때마다 성난 얼굴로 돌로 치려고 하는가. 얼마나 모질게 그것들을 자신 안에서 몰아내려고만 하는가. 그것들이 자신 안에 한 톨도 남아 있지 않은 것만이 선(善)인 것처럼, 오직 그때에만 비로소 진정한 자기다움과 인격 완성을 이룰 수 있는 것처럼, 오직 그것만이 참된 자유와 진리에 이르는 길인 것처럼 생각하고는 얼마나 그를 위해 애를 쓰며 스스로 날을 세우는가. 그러나 '간음 중에 잡힌 여자'는 어떻게 구원을 받았던가? 그녀는 아무것도 하지 않은 채 그냥 홀로 서 있었을 뿐이다!

나는 이 과정을 좀 더 자세하게 들여다봄으로써 우리 안에 있는 부족과 허물과 번뇌가 어떻게 참다운 해방을 맞게 되는지를, 우리의 영혼이 어떻게 자유함을 얻게 되는지를, 그 진리의 '길'이 어디에 있는지를 분명하게 드러내어 보여 주고 싶다.

간음 중에 잡힌 여자를 끌고 와서 사람들이 "선생이여, 이 여자가 간음하다가 현장에서 잡혔나이다. 모세는 율법에 이러한 여자를 돌로 치라 명하였거니와 선생은 어떻게 말하겠나이까?"라고 물었을 때, 예수는 조용히 "너희 중에 죄 없는 자가 먼저 돌로 치라."고 말했다. 그런데 바로 그 다음 순간에 일어난 일에 우리는 주목해야 한다. 왜냐하면 바로 거기에 우리 영혼의 참된 구원의 '길'이 있기 때문이다.

예수가 그 말을 하고 다시 몸을 굽혀 손가락으로 땅에 무언가를 쓰는 동안, 조금 전까지 '간음 중에 잡힌 여자'를 부여잡고 그녀를 노려보며 욕하고 비난하고 침 뱉고 뺨을 때리고 발길질을 해대던 사람들이, 그것도 모자라 금방이라도 돌로 쳐서 모세의 율법대로 죽이고자 했던 사람들이 하나씩 하나씩 사라져 버린 것이다! 그리곤 오직 그 여자만 홀로 남았다! 바로 이 놀랍고도 신비로운 순간을 성경은 이렇게 기록하고 있다.

"예수께서 일어나사 여자 외에 아무도 없는 것을 보시고"(요한복음 8:10)

아, 여자 외에 아무도 없는 것을 보시고⋯⋯

바로 여기에 모든 비밀이 있다. 바로 여기에 구원의 '길'이 있으며, 우리 영혼의 완전한 자유와 해방의 '길'이 바로 이 순간에 있다. 여자 외에 아무도 없는 것! 아, 여자 외에 아무도 없는 것! 그때 예수가 말하지 않는가, 진리가 그녀 앞에서 일어나 말하지 않는가, "나도 너를 정죄하지 아니하노니⋯⋯."라고. 다시 말해, 욕하고 비난하며 돌로 치려던 모든 사람들이 사라지고 오직 '간음 중에 잡힌 여자'만 홀로 남게 되었을 때 그녀는 갑자기 해방을 맞았던 것이다.

우리 영혼의 구원의 핵심은 바로 여기에 있다. 즉, 고발하고 정죄하던 사람들이 사라지는 것! 욕하고 비난하며 침 뱉던 자들이 없어지는 것! 돌로 치려고 하던 무리들이 더 이상 존재하지 않는 것! 그리하여 오직 '간음 중에 잡힌 여자'만 홀로 남게 되는 것!*

그러므로 우리 안에서 뜻하지 않게 강박이나 우울, 불안, 말더듬, 대인공포, 수치심, 무기력, 외로움, 미움, 그리고 온갖 형태의 열등감과 결핍감 등등이 올라와 우리를 힘들게 하고 지치게 할 때 그것들을 욕하거나 비난하지 말라. 그것들에게 침을 뱉거나 뺨을 때리지 말라. 왜 또 이런 한심한 것들이 올라오느냐며, 꼴 보기 싫다며 난폭하게 내지르던 주먹질과 발길질을 이제그만 거두라. 그런 폭력으로써 더 이상 그것들을 주눅 들게 하지말고 아프게 하지 말라. 그것들을 향하여 던지려던 그 돌을 이제그만 내려놓으라. 지금까지 그것들에게 하던 그 모든 몸짓들을멈추라. 그것들에게 아무것도 하지 말라.

그리곤 그것들을 있는 그대로 받아들이라. 사람들이 하나 둘물러가고 오직 '간음 중에 잡힌 여자'만 홀로 남았듯, 그것들을그냥 놓아두라. 우리가 해야 할 일은 오직 그뿐이다. 우리 안에

---

* 이를 달리 표현하면, 우리 마음 안에서 이원(二元)의 분별심이 사라지는 것을 가리킨다. '간음 중에 잡힌 여자'만 홀로 남았듯이 아무것도 하지 않고 다만 매 순간 있는 그대로 존재하는 것, 그것이 바로 영원으로 가는 '길'이라는 것이다.
  승찬 스님도 이렇게 말한다.
  至道無難 唯嫌揀擇 但莫憎愛 洞然明白
  "지극한 도는 어렵지 않으니, 오직 가리고 택하는 마음만 내려놓아라. (우리 안에 있는 것들 가운데 어떤 것은) 미워하고 (어떤 것은) 사랑하지만 않으면 막힘없이 밝고 분명하리라."

있는 모든 부족과 결핍과 허물과 번뇌를 매 순간 있는 그대로 받아들이는 것! 예수가 '간음 중에 잡힌 여자'를 정죄하지 않았듯이, 진리는 그것들을 정죄하지 않는다.

그리하여 우리가 우리 자신에 대한 모든 비난과 정죄를 그칠 때, 우리가 우리 자신을 향하여 던지려던 그 돌을 내려놓을 때, 바로 그 순간 우리에게는 영원한 자유와 해방이 찾아온다. 그것들은 영원히 추방해 버려야 할 몹쓸 것들이 아니라 바로 우리 자신이며, 나아가 우리 마음의 모든 상처를 치유해 주고 우리를 참된 자유로 인도해 주기 위해서 찾아온 하늘의 전령들이다. 그러므로 지금 이 순간 우리 자신 안에서 올라오는 '이것'을 있는 그대로 받아들이라. 그 하나하나가 낱낱이 '나'이니, '나'의 전부를 받아들이라. 매 순간 있는 그대로의 '나'로서 존재하라.

진리는 멀리 있지 않다. 그것은 무슨 특별하고도 대단한 것이 아니며, 매 순간 있는 그대로의 우리 자신과 분리되어 있는 것도 아니다. 그것은 지극히 단순하고 평범하며 아무것도 아닌 것이어서 '진리'라고 이름 붙이기에도 쑥스러울 정도이다. 그러나 그 아무것도 아닌 것이 얼마나 특별한지! 그 단순하고 평범한 것이 얼마나 대단한지! 한 순간 있다가 곧 사라지는 것이어서 잡을 수도 모아 둘 수도 없는 이것이 얼마나 영원하고 흔들림 없는 것인지!

그 영원의 길로 들어설 수 있는 유일한 때는 바로 '지금'이다. 지금 이 순간 우리 안에서 올라오는 '이것'이 바로 우리를 영원한

자유로 인도해 주는 유일한 '길'이다. 매 순간 있는 그대로의 우
리 자신이 바로 길이요 진리요 생명이다.

종교 밖으로 나온 성경

초판 1쇄 발행일 2014년 8월 25일
3쇄 발행일 2023년 10월 30일

지은이 김기태

펴낸이 김윤
펴낸곳 침묵의 향기
출판등록 2000년 8월 30일, 제1-2836호
주소 10401 경기도 고양시 일산동구 무궁화로 8-28,
　　　삼성메르헨하우스 913호
전화 031) 905-9425
팩스 031) 629-5429
전자우편 chimmukbooks@naver.com
블로그 http://blog.naver.com/chimmukbooks

ISBN 978-89-89590-46-0　03810

* 책값은 뒤표지에 있습니다.